有爱的青春陪伴者

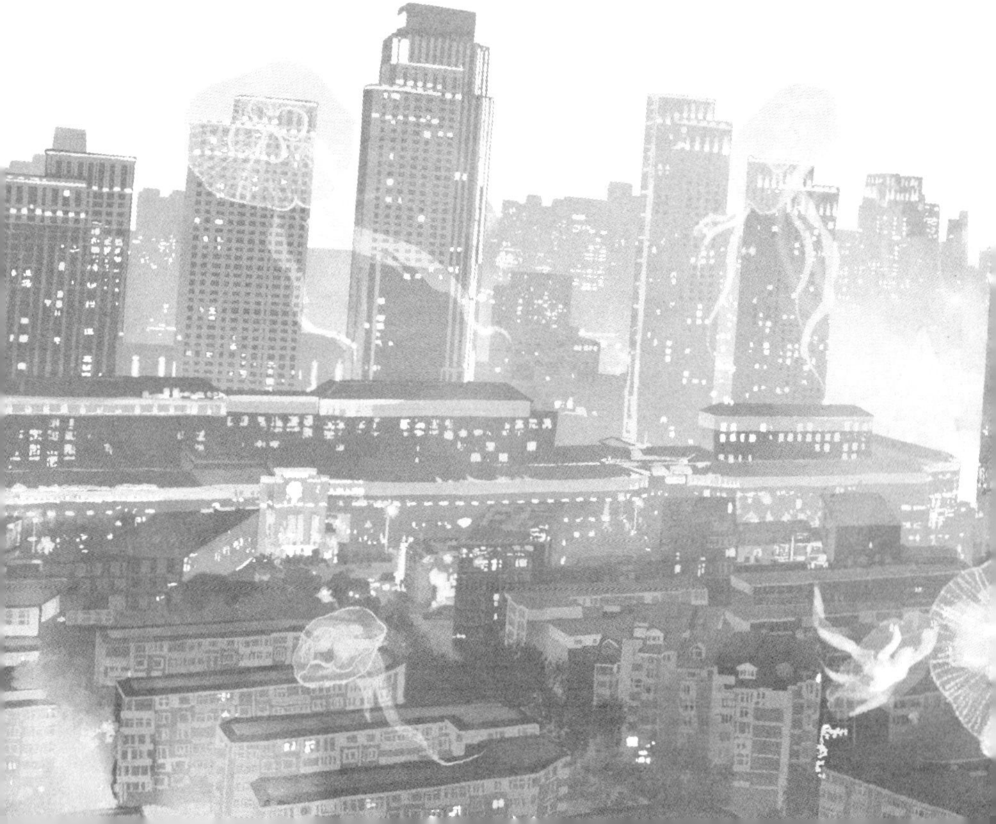

路过巴纳德

朕的甜甜圈 / 著

江苏凤凰文艺出版社

图书在版编目（CIP）数据

路过巴纳德 / 朕的甜甜圈著. -- 南京：江苏凤凰文艺出版社，2024.5
 ISBN 978-7-5594-8254-9

Ⅰ.①路… Ⅱ.①朕… Ⅲ.①长篇小说-中国-当代 Ⅳ.①I247.5

中国国家版本馆CIP数据核字(2024)第008542号

路过巴纳德
朕的甜甜圈 著

责任编辑	王昕宁
特约编辑	文佳慧
出版发行	江苏凤凰文艺出版社
	南京市中央路165号，邮编：210009
网　　址	http://www.jswenyi.com
印　　刷	长沙鸿发印务实业有限公司
开　　本	880mm×1230mm 1/32
印　　张	9
字　　数	295千字
版　　次	2024年5月第1版
印　　次	2024年5月第1次印刷
书　　号	ISBN 978-7-5594-8254-9
定　　价	42.80元

江苏凤凰文艺版图书凡印刷、装订错误，可向出版社调换，联系电话025-83280257

目录

楔子 / 001

· 第一章 / 006
江翻海沸

· 第二章 / 032
暴雨与齿轮

· 第四章 / 073
没有爱的人生，她宁愿不过

· 第三章 / 053
暗流汹涌

· 第五章 / 092
危机四伏

· 第六章 / 111
纠缠的相交线

目 / 录

- 第七章 / 128
  掀动风暴

- 第八章 / 153
  风光之下

- 第九章 / 178
  命运之神的公平

- 第十一章 / 230
  以后，多有得罪了

- 第十章 / 205
  生机之焰

- 第十二章 / 256
  望天光

- 番外 / 277
  一周年结婚礼物

楔/子

记忆里很少有春季下那么猛的雨。

她算了算,从盘山路绕到七河路,时速四十公里,转一圈要十七分钟。

司机刘叔没讲话,一圈又一圈,转了近八圈。

今天天气预报不准,傍晚开始下雨,雨势凶猛,把触目所及的一切,都浇湿浇透。

雨是灵物,水汽转化而来。人拿杯子接住,便是晃荡液态,普通无趣。从天上落下覆盖,就是造境,朦胧,汹涌。

南国的春夏之交,一旦下了雨,入了夜,依然凉意瘆人。帕拉梅拉暖气开得足,后座的人百无聊赖,指尖在起雾的窗上划过。她没写字,只是在窗上画雨,过了一会儿又半躺下来,眯着眼看。窗上静止的雨,和外面的倾盆大雨逐渐重合。

这里是壹乔。父母参加家宴,她昏昏欲睡。类似情况也不是第一次发生,司机刘叔都知道,她也不要去哪儿,只要兜圈就好。壹乔富人区选址很妙,依山傍海,隐蔽性强,如果今天天气好,这条山路风景会很靓。

可惜了。当然,也就一丁点。

对她来说,只是换个地方昏昏欲睡而已。但今天很难得,她没睡过去,视线一直落在窗外。第八圈快结束时,司机听见她说:"刘叔,麻烦你,停一会儿,我有点晕。"

司机刘叔已经干了七年,知道她是什么性格的人,有十分说三分,已经了不得了。他赶忙停下来,担心地回过头:"是不是速度快了?要清凉油吗?"

"别担心,不用。"

她完全放松地倚着窗,看向街对面。

街对面,只是壹乔尽头的一户人家而已,不过,明显比其他别墅占地稍微大点。

这户人家门口跪了个人。

她剥了颗硬水果糖,垫在舌尖底下,帮助思考。

八圈多一点,一百三十八分钟。或者说,至少一百三十八分钟,那人影就没动过。如果她视力和记忆没出错,那人影连位置都没挪过半分。第一次经过时,她投去一瞥,是因为整个画面太对称了。人虽然跪在门外,但刚刚好对着铁门那道中轴线。

中轴线是一道极细银刃,自上而下,将他一分为二。

她动了念头,想走近看看。

跟着感觉走,她从小到大都很习惯。

这么多年,她也没捅出过多大的娄子,顶多挨顿揍的事。

"砰!"

司机刘叔反应过来,惊觉回头时,后座已经空了。

很多时候,人不是靠逻辑储存记忆,是靠变化。

一开始,他是趋于麻木的,听觉、触觉、痛觉都在雨里一退再退。人类都有自保机制,屏障出现,反应就变慢。雨下落的速度,闪电使天亮如白昼,树叶叫风刮得簌簌作响。

一切需要感官参与的,于他而言,都是被屏蔽的信息。

他在等这道平静的铁门,传来新的震动。

等的同时,他也知道,等不来的。当一个人没有路时,最怕一片虚空。

前面是铜墙铁壁最好,先撞到头破血流再说。让血有出口,也算一条路。

水在他膝下,已经汇成小溪状,荡一个来回,越积越多。紧接着,雨声起了变化。

一把伞遮了过来,雨落在伞布上,发出闷闷的叩击声。

淋过暴雨的人都知道,伞是挡不住什么的,但聊胜于无。

这晚经过他的人和车都很多,看热闹是人的本性,尤其是看一道雨夜游魂,谁都会庆幸一番,有遮风避雨之地,其他的烦恼都能往后排了。

而他要费神看的,并不是路人,或者一时兴起、大发慈悲举伞的人,而是这栋戒备森严的房宅内的人。

不知道过了多久，对方那点耐心消散，开口问："我有药，要吗？"
他只回了一个字，也是他们唯一有来有回的对话。
"滚。"
对方愣了几秒。
"哇。"
她以为自己声音够小，雨声又打了掩护他听不见，轻声感慨。
"原来真是活的人。"
最终，他还是在对方喋喋不休地自言自语下被烦得抬头看了一眼。在他抬眼的瞬间，画面忽然被淹没，人影就这样从他面前逐渐变淡，直至消失。
他仿佛被双无形大手紧紧扼住喉咙，膝下的水位也迅速升了起来，将他漫过、沉溺。

陈牧洲从躺椅上醒来。
十年里，他借梦境频频返回那一天。
整个房间充斥着黑暗，窗帘是厚重的丝绒布材质，能将所有光线屏蔽在外。
几乎是清醒的瞬间，他就察觉到对面坐着个人。
这个套间面积应该不小，音响里放着肖斯塔科维奇《第二号爵士组曲》中的第二圆舞曲，回荡在密闭空间内，营造着莫名的氛围。
陈牧洲站起来，顺脚踢开感应地灯。
朦胧泛黄的夜灯柔柔笼罩，映出波斯手工地毯花纹，也映出床边的女人无措的神态。
她被反绑着双手双脚，身上的衣服薄且透肉，短且放荡。
女人没有挣扎，只是乖乖等在那里，抬着一双水汪汪的眼，看向陈牧洲。
陈牧洲径直走到靠门处，拉开衣柜，拿了件酒店浴袍，扔到她身上盖着。他又拿了另一件，用来垫手，把她手脚上的绳结挑开。
"我叫陈珠。"
在男人解绳子时，陈珠嗫嚅地道："应总让我来的。您能不要赶我走吗？"
陈珠泫然若泣，配上娇憨精致的面容，是这间房里最大的杀器。
但男人目光都没抬一下。

解完了绳子,他就站在床边,居高临下地看着她。

陈珠习惯了下位,仰头顺从地望着他,但这次不用演,视线呆愣愣的,仿佛心与魂都丢了个净。

房内的灯光昏暗,可昏暗有昏暗的妙,灯色织下天罗地网。

陈牧洲没什么情绪,垂着眸,似乎也不是在看她。几秒后,他忽然抬手,虎口卡住陈珠的下颌,手腕微微使力,迫使她转过头去。

即使努力盖住,脖颈上的痕迹依然呼之欲出。

陈珠心头一跳,呼吸都急促了些。

"姓陈?"

陈牧洲问。

虽说是在发问,可明显不是在要一个回答,下一秒,陈牧洲松开她,转身走开。

他在房间几处地方略微停留,每停一次,陈珠的脸色一层层白下去。

陈牧洲返回,把拆掉的微型摄像头随手扔到床上:"回去你怎么跟应均交代,我就不管了。门在那边。"

陈珠刚想说什么,撞上男人的视线,顿时噤声,她系好浴袍,飞快地消失了。

陈牧洲站到窗边,打火机的蓝色火焰一闪一闪,最终还是留在了一支点燃的烟上。他摁下窗帘开关,缓缓拉开的厚帘,播到高点的乐曲。

他低头吸了口烟,在悠扬的韵律中,捞过一旁应氏准备的合同,火光从边角开始,将白纸一点点吞噬变焦。

陈牧洲二十七年的人生,到目前为止,还没做过会后悔的决定。

——前提是,抛开十年前那一晚。他以为那一天转瞬即逝,那个人影也会消失、模糊在时间长廊中。

但不知道为什么,那天像是被剪辑、处理、优化过,鲜明细节一点点浮现。醒来,睡去。春季暴雨循环往复。生命像是被切割成两个部分,会让人一度怀疑,那个停下的人只是一场幻觉。如果真有时光倒流,他要做的第一件事,就是在对方来时,立刻抬头。

他要看到她。

梦里的陈牧洲只有一条路,走到头破血流为止。

他收回投注窗外的视线,转身走向门口,一把拉开。

门外的人之前敲了几声后,便停下动作,安静地端着托盘等在门口。

"您的表落在会馆了。"

陈牧洲捞起手表戴上，将松开的袖口也一并收紧。对方紧接着递上黑色西装，布料柔顺挺括，带着刚熨过的余温。

他扫一眼都懒得，迈开步子，径直往前走。

陈牧洲的确不喜欢西装。

规整、束缚，看似文明的装束下，包裹着血腥味浓重的杀机。

虚伪。

后半夜，走廊深处的光源也暗了许多，照在男人修长的背影上。

现在的陈牧洲也只有一条路，走到峰顶，永不回头。

第一章
江翻海沸

二十三岁以前，江聿梁的人生重要大事有三件。

考学、联姻、继承家业。

据她观察，在这个圈子里，这是一个非常稳固、牢不可破的结构，就像亚里士多德提出的戏剧三幕式，偶然会有意外，但基本都在这个大框架下。

熟人圈子里，一个个的生活都像精致繁复的万花筒。

手指稍微拨动，就从纽约两千万美元的顶层夜景，转到了日光绚丽的不知名海岛，亮度极高的蓝与白，视频里的人还配句诚恳旁白——"今年新买的，欢迎朋友们来玩。"

哲人说，万事万物都有双面性。

获得体验的自由，相应地，自然会失去一部分。就算家中长辈控制欲不强，但道路的规划权，一定是掌握在他们手里的。

她本来在圈内，现在她出来了。

二十三岁以后，江聿梁的人生重要大事有三件：房租水电、消杀美洲大蠊、找人。跟家里决裂不是一件容易事，但也没有想象中的难。

毕竟，说是家，那地方也只剩他一个，那人是再找，还是再生，都与她无关了。

最难的部分，是刚搬到新城的前三个月。这里比榕城要大很多，繁华喧闹，纸醉金迷，夜景迷人。

处理好了住处和工作后，二十四岁生日那天，她坐地铁晃到市中心江滨，在便利店买了个芋泥面包，坐到长椅上。

不是节假日或周末，人也不多。江聿梁只想喘口气，江风卷过来的温度与气味都过于陌生。

她下意识地拿出手机，想给置顶的"江女士"发条信息。

指腹悬停在亮着的屏幕端，思绪仿佛被闪电劈中，动作戛然而止，失去的那条痛觉神经会延迟反应。

那天起，江聿梁对这一点有了切实体会，以及人生道路变轨这件事，并不会以本人的意志为中心。

芋泥面包味道不错，就是咸了点。

江聿梁回头看一看，觉得人生中间，仿佛隔了很长的海岸线，前一段序曲已经远到变成幻觉。她并不留恋。在前序人生中，唯一值得留存的部分，已经消失了，剩余所有光亮都是海市蜃楼，除了黯淡，再无其他。

一座已亡的孤岛，江聿梁不会再踏上。

五月过半，夜里的江风依然带着一丝凉意，深色轿车车窗透了缝，风溜进来，后视镜上悬了块手工平安符吊坠，被吹得微微摆动。

司机的眼神从后视镜上滑过，后排乘客是位年轻女性，正在打电话，但几乎是他瞥了一眼的同时，对方便似有所感地看了过来。

司机反应快，两人眼神没撞上。

但女人开了口："不好意思，能再快点吗？您别跟丢了。"

司机愣了一下："好的。"

江聿梁收回视线，把手机重新放回耳边，打断好友周宁的话。

"宁宁，我知道你的意思。但是我刚才看他出公司的时候，状态不太对，我还是想确定一下。我现在能找到的线索，也只有他了。你知道我等了多久。"

她的语气如常。

周宁知道江聿梁的性子，真下决心做的事不多，但只要决定，就没人能阻止。

周宁刚想再嘱咐两句，江聿梁已经挂断电话了。

她想喂两声，注意到有侧目的眼神，想起周父的威逼利诱，尽管这场宴会已经让她疲惫至极，她还是收起了手机。

江聿梁从家里出来后，圈子里知情的长辈谈论起来时，都是轻蔑微嘲的态度，觉得她经济上断粮了，撑不了多久。

她是家中独女，在家金山银山可潇洒，但出去之后就得一个人挣生活。

周宁也担心了好一阵。只是一个月、两个月、半年，江聿梁没有半点要回去的迹象。

她们有时间就会碰面，周宁眼看着她越发瘦削，但精神依然很好，甚至比以前更好。从那时起，周宁为她骄傲。

搁以前，周宁早跑去找江聿梁了，但现在她还在宴会上，她还有所顾忌。

她转身重回宴会中心，只是又听到一些闲言碎语。老调重弹，很是刺耳。

江聿梁听不见闲言碎语，就算听见了，也懒得理。

她现在唯一提心吊胆的事，是前面的灰色轿车。轿车后座的乘客，是她在做背调的一家公司二把手，黄友兴，四十六岁。

但这次跟以前不同。她不是因为工作跟来的。

江聿梁的直觉一向准，今天感觉不太妙。她眼一眨不眨地望着前方，直到车停在滨江大道尽头，这里也是观景大道的终点，从侧面阶梯，可以直接通往江边。

不过江边没什么路，都是些大小不一的石头，有些青少年调皮，偶尔会跳下去踩着玩，基本没有成年人下去。

江聿梁下车时，顺手抬腕看了眼表。

现在已经晚上九点四十分。

与此同时，黄友兴走了下去。

江聿梁心中一沉，没多想，迈开步子飞奔过去，眼看距离还有高度差不多了，她右手撑着中间的石质栏杆，飞身跃过。

她站到了黄友兴身侧。

今晚夜色极好，月朗星稀，站在这个位置，刚好能看到月光照在江面上，波光粼粼。可惜谁也无心欣赏。

江聿梁谨慎地开口："黄总。"

她本来今天想找他谈谈，早早等在达英公司门口，但等来的是失魂落魄的人，沉默不语地上了车。

江聿梁只能跟上，临时跟司机说改地址，跟着前面那辆车就行。

按理说黄友兴来这里排遣郁闷，也太奇怪。这个排遣法是十六岁少年人失恋用的,不是四十六岁人用的。

别的不说,江聿梁踩着不规则形状的石头,都得分出一分心来注意,脚下容易打滑,她可比黄友兴走得顺当。

黄友兴没说话,也没动静。

江聿梁不着痕迹地挪了一步,离得更近些:"有什么您可以随便说说。一个人只想一件事,就容易钻到死胡同里,您说是吧。"

走近一点后,江聿梁看清他脸色,心顿时沉底了,他的脸色灰败得像具行尸走肉。

"没用了。"黄友兴自嘲地笑了,比哭还难看,"他们要我死,我就活不了。"

他们?

江聿梁眉头轻皱,刚分神了一瞬,只听见一声"咚"!

水声清晰,没有任何犹豫。

江聿梁大脑一片空白。

这短短的两三秒,她从黄友兴的突然跳河回转到母亲江茗落入水中的场景,一帧帧的画面闪过。

接着,她倏然回神。

被耍了?这是江聿梁第一想法。

然后,她干脆地一跃而入,从黄友兴跳下去的地方。

费蒙酒店正对着市中心的江面,越高的位置,越能将夜景收进眼底。

赵理站在顶层套房的宽阔厅内,他鬓发微微染白,但人不太显老,架副银边眼镜,文人气质。

"小陈总,喜欢吗?喜欢就送你。"赵理注意到对方的视线落在对面墙上一幅画上。

年轻男人穿了一身黑,纯色的黑色衬衫几乎带出魔魅之意,他又是站在落地窗旁,无知无觉地被月色包裹。

画是赵理去年在春拍上拍下的,莱曼的作品。

陈牧洲望着画,似乎兴致盎然,但细究下去,只是在冷眼旁观,他一贯如此。

"心领了,我没有夺人所爱的嗜好。"

赵理笑眯眯道:"这是莱曼的《雨》,我也不懂这些,小陈总喜欢就拿去。"

陈牧洲没说话，神色难测，忽然，他也笑了笑："赵总今天挑这个位置，是在等什么？"

简单的一句话，赵理浮在表层的笑停滞了一瞬。

接着，房门被敲响，有下属不等赵理首肯，匆忙走进来，附身在赵理耳边说了句什么。

赵理脸色沉下去，没有再周旋的兴趣，甩下句"自便"，就直接离开了，门被摔得震天响。

陈牧洲抬眼，平静地望向对面遥遥江水。

夜幕之下，江面倒映着周围建筑的光，粲然一片，仿佛大梦开场。

风云际会，只在这一江水。

江聿梁的人生哲学，基本遵循四个字：来都来了。

她属于蹬一脚走两步的咸鱼。

说懒惰吧，截止日期前，全世界的老牛绑一起也没她努力；说努力吧，从幼儿园起，整个学生时代，她都致力于快速找到睡觉最舒服的角落。

等负责踹她往前走的人不在了，江聿梁的人生哲学2.0版刷新。

——死了就算，活着也行，来都来了。

平心而论，她算幸运的人。

出生那一年，父亲梁铭赶上了好时候，下海经商，找到市场缺口，申请了专利，从汽车配件开始，一步步拓宽事业。

母亲江茗原生家底更好一点，从小衣食无忧，性格也乐呵呵的，带江聿梁的方式就两个字：放羊。

物质方面，江聿梁没缺过。但要说特别想要什么，她还真没有。

江茗从不会给江聿梁甩大把零花钱，如果她想添置贵东西，是需要打报告的。只要原因写清楚，就批资金。

江聿梁长到十八岁，总共写了一次报告，为了养一只边牧。

本来依她的性格，想跟邻居家姐姐养一样的狗，但母亲江茗温和地引导，让她自己去发现自己喜欢的类型，她妈是对的。

多年后，邻居家姐姐在网上加入了比格犬受害者联盟。

当江聿梁二十五岁时，站在这个关口遥遥回望，她发觉曾经以为重要的东西，也变得不重要了，曾经习以为常的人，一转头已经阴阳相隔。

江茗的落水离世，让她从此学会了游泳。

黄友兴跳水时，虽然她反应迟钝了点儿，但利索跳下去的时候，她心里是有底的。

但这样的庆幸也只是一瞬,夜晚的江水让她发蒙,同样是水,游泳池跟真正的天然水域,差太多了。

幸好黄友兴跳的区域不算很深,她很快就找到了人。

江聿梁努力往岸上靠的时候,隐约听见了呼喊声,还没来得及反应,就被救援人员发现了。

直到变成落汤鸡坐在医院长椅上,头顶着白炽灯发呆,江聿梁才反应过来,她干了件很危险的事。

不过运气好,岸边的热心路人一看跳了两个,吓得赶紧报警,又叫了120,这才最大限度保证了生还的概率。

人来人往的走廊内,很快传来急促的脚步声。

江聿梁听见有人焦急地叫她名字,她直起身来,扭头看了一眼,有些讶异。

是周宁和邱叶汀。

她们三个是高中认识的,周宁跟她同班,邱叶汀是隔壁班的,后来高二结束前转了学。但几个人投缘,中间也没断联。大学毕业后,三个人陆陆续续来了新城,都在同一个地方,走得也就更近了。

"大姐,你怎么把自己搞成这样的?你跳江?疯了吧!"周宁揪着她湿透的衣服,目瞪口呆,说着几乎要跳起来了。

邱叶汀赶紧把周宁摁住。

邱叶汀性格比周宁稳很多,问的话也在点上:"你做全面体检了吗?有没有感觉哪儿不舒服?"

江聿梁摇头:"真没事。这里是医院,要不舒服我就找医生了。"

邱叶汀:"那你这衣服湿着,也不是个事,要不先回家一趟?"

江聿梁用目光示意:"人还在抢救,我等一下吧。"

"行。那周宁,你先陪着她,我去买点东西。"邱叶汀嘱咐道。

她要去一楼多买几条毛巾,再看看有没有临时能换的衣服。

"叶汀要去买什么啊?"周宁嘟囔,"你看走得急的。"

江聿梁抿了抿唇,邱叶汀的想法她大概能猜到。

事情说起来也巧。两年前,邱叶汀姑姑去世,留下一家小型资产评估公司,交到了邱叶汀手上。

一是因为邱叶汀的姑姑没有子女,二是这家公司效益很差,几乎到发不出工资的地步。

江聿梁想帮邱叶汀,就进了公司。整理背调、处理数据,活只要没人干,她就上,上不了,就硬着头皮上。

这次的背调对象是达英,一家做半导体、数媒处理器的公司。

在翻阅公司内部 PDF 资料时,江聿梁看到了一张老照片。看日期,是十五年前拍的,照片是黄友兴跟一个中年男人的合影。

中年男人那张脸十分眼熟。方下巴,吊梢眼,这是张就算化成灰,江聿梁也忘不掉的脸,和她妈妈离世的原因有重大关系的人。

黄友兴如果死了,她就彻底找不到对方了,所以她那么拼,有工作本分的原因,也有自己的理由。

而邱叶汀这边,她心思本来就重,江聿梁不想她因为这事有心结,本来也跟其他人无关。

等了几分钟,医生宣布黄友兴生命体征平稳后,江聿梁拍拍周宁的肩:"你休息会儿,我去看看老邱去哪儿了。"

不用想也知道,邱叶汀肯定在一楼北面的生活用品购置处,但江聿梁却找不到人。

正准备掏出手机打电话时,江聿梁忽然被一行人撞了个趔趄。

为首的是个鬓角微白的中年人,神色沉沉,看穿着非富即贵,加上表,一身行头大七位数。

跟她没什么关系,江聿梁收回视线,没打算多看,正要离开,擦身而过时,她敏锐地从对方的交谈中听到熟悉的字眼——黄友兴。

江聿梁脚步顿了顿。她没蠢到觉得这是巧合,这一行人气势汹汹,看起来不像探病的。

即使只是擦肩,对方气急败坏的情绪未免也太过明显,江聿梁正想转头再多看一眼,手机突然响了。

她接起来,是邱叶汀。

江聿梁:"喂,你去哪儿——"

话没问完,就被打断了。

邱叶汀:"在哪儿?赶紧离开病房附近。"

江聿梁愣了下,接着开口:"我现在在一楼,来找你,怎么了?"

邱叶汀:"你先走,我给周宁发信息了。你听着就行,我刚在马路这边买东西,有人好像不满意。这事有点麻烦。"

江聿梁穿过大厅,眉头微皱:"啊?"

邱叶汀声音低了些:"对黄友兴被救起来这事,有人很不满意。他们在打听是谁,感觉不是善茬。"

江聿梁反应快,听懂了。她脚步没停,边往外走边侧身避过人潮:"好,我知道了。你别太担心,给我发个定位吧,等阿宁下来,我们去找你。"

挂了电话,江聿梁走下阶梯,放慢了步子,深深呼吸,轻吐出一口气。

春夏交接的夜,风里都是植物疯长的气味,新鲜、明朗、清凉的。除此以外,因为是医院,也飘着丝丝缕缕消毒水的味道。

走到门口,江聿梁没再继续走,靠着外墙等周宁下来。

她心绪有些乱,从湿透的外套里,摸出了一颗大白兔,已经有点融化变形了。

她剥开扔到嘴里,熟悉的甜味很快弥漫开。她拉回思绪,盘算着什么时候溜回来,得看看黄友兴清醒了没。

还没想完,就被一道平扫过来的大灯晃了眼。

——会不会开车。

——真是够缺德。

一瞬间,这两种想法交替登场。

江聿梁对光很敏感,那车灯照过来后,她条件反射地闭眼侧头,等能适应后,又飞快睁开看了眼,一生要强罢了。

这车停在门诊部阶梯前,还未熄火。

江聿梁眉头微挑。

是辆哑光黑的库里南,还改装了一些细节,轮毂应该是改成24寸了,花色很特别,跟几乎要融进夜色的车身相比,算是唯一跳跃亮眼的存在。

她百无聊赖地嚼着大白兔。

这种车主,九成九没有自己开门的习惯,这车不熄火,司机不下来,后座怎么下来——

正想着这些无聊问题,后座车门和副驾驶车门同时开了。

其实换作平时,江聿梁也不会这样盯着看,但现在夜快深了,周围来往的人,投注目光的也不少,她靠在边上,渺小又安全。

而她发现,门很神奇。

当它闭合时,藏住了世界上所有神秘。

如果试图探究，就如同站在雪山下，却想看看雪脊背后有什么，都是徒劳。

后座人下来的瞬间，黑夜的一角仿佛被裁下，一并倾泻出来。

江聿梁嚼糖的动作停了半拍。她观察人，通常习惯从细节开始，今天却不是。

男人目不斜视，大步流星地往前走，脚步未停，在踏入门诊部前，视线朝旁边随意扫了一眼。

即使知道不是在看自己，但被那道眼神扫过时，江聿梁下意识地向后仰了仰脑袋。好像躲探照灯一样。

她被自己的反应逗笑了，直起身子，微微用力把嘴里的奶糖尽数抵开。

远远地，周宁看到江聿梁站在门口，她飞奔过去，准备扑到江聿梁背上。

"宁子，你跟邱邱先走，我有点事！"江聿梁跟阵风似的，与周宁光速擦身而过。

周宁扑了个空："哎，不是。"

邱叶汀不是说先撤吗！周宁一头雾水，难道江聿梁没收到信息？

江聿梁冲到电梯旁，目不转睛地盯着不断跳跃的数字。

刚刚那几个人是进了这部电梯，而且里面没有其他人，她应该没看错。

电梯只停单数层，数字一路往上，直到七楼才停。

黄友兴从急诊转出来，就被推到了七楼的病房，她心里的猜测落实了一半。

等右边的电梯一开，江聿梁直接摁到七楼。

电梯缓缓爬升。在短暂的十几秒里，江聿梁想了很多。

关于黄友兴的履历，三言两语说不完。

名校毕业，硕博连读，业界技术骨干，三十一岁离职，出来跟校友合作创业。达英这些年没少申请专利，可以说这其中一半都是黄友兴创下的。

这个年纪，能受到的最大打击，也就是来自事业了。但达英去年的发展势如破竹，黄友兴光分红就拿到了八位数。他年底还去了澳门出差，促成了一桩正走流程的合作。

怎么会突然想寻死呢？

二院七楼。

赵理站在休息区角落，面向窗外夜色，跟蓝牙耳机里的人低声汇报。

对方听赵理低声汇报完，没有发火，甚至诡异地笑出了声。

"我早猜到了。赵理，你知道你的问题在哪儿吗？"

赵理知道自己不用回答，恭敬地低头听着。

"你太低估他了。

"R.C这两年的成绩，你以为是撞大运撞出来的？应氏被他摆一道，现在还没缓过气来。他的人早就盯紧达英了，我去年就提醒过你。"

赵理低声道："我也不是低估，我……"

对面扔了三个字——

"小陈总。"

赵理噤声。他了解对面的信息网，但连这种细节都知道，让他有种被牢牢掌控的恐怖感。

的确，赵理是看不上陈牧洲。

虽然接触不多，陈牧洲也极少在公开商业场合出现，但想想都知道，R.C这种体量的庞然大物，谁也无法单独驾驭，这种二代上位，不过是仗着投了个好胎。

可只要对R.C稍微了解一点的人，谁不知道陈牧洲十几岁才被认回，还把自己的亲兄长斗了下去，是踩着别人头顶上来的。

"行了。你答应的事没成，我这边也不能给你想要的。对吗？"

赵理连连应下，上个月是他夸下海口的，现在出了岔子，这位不惩罚他都算好的了。

"您说什么就是……"

赵理换个姿势站，话也就卡到了一半。

刚说到的小陈总——陈牧洲早已站在他身后多时。

赵理心神猛然一震，他什么时候来的？来了多久？

赵理想从陈牧洲眼中看出些什么，但陈牧洲眉骨生得深，瞳仁像藏在其中般，羽睫微垂时，让人什么情绪也探不出来。

赵理也算在血雨腥风中走到了如今的位置，一时的骇然让他惊慌，但不至于乱了手脚。

赵理挺直腰背，冷笑一声："陈总大驾光临，来这儿有什么事？对达英就这么上心？"

陈牧洲欣赏着赵理发怒，姿态闲适，怒气仿佛能反哺滋养他，他看起来很是愉悦。

"我来看看，赵总能不能得偿所愿。"陈牧洲上前两步，距离骤然被拉近。他抬手，帮赵理正了下歪掉的领口，动作堪称轻柔，还慢悠悠地掸了掸。

"如果赵总能顺利办后事，我可以帮忙介绍最好的殡仪馆。"

陈牧洲就是有一点让人极其不爽。他在的地方，场域就是他的，彻底、完全压制。

赵理气得磨牙，太阳穴血管都凸起了。

"你！"

陈牧洲嘴角那点笑意消逝，往后退了两步，望着赵理。虽然他什么都没说，但意思明了。

赵理怎会不明白，败局已定，对方早知道他的意图，摆明了来看笑话的。

赵理冷哼一声，拂袖而去。

人总是这样，就算不占上风，气势上也不愿意输。

陈牧洲垂眸，慢悠悠解开黑金袖扣，松了袖口卷至小臂。他身材比例极好，又肩宽窄腰，加上后天长成，光是站在那儿就是极标准的人体素描教具。

从电梯出来后，江聿梁就绕到楼道的安全门后，透过一条缝隙无声地看。

上来还是有意义的。至少确定了，之前那个要找黄友兴的人，跟这个漂亮男人确实认识。

虽然听不清他们在说什么，但她对这个漂亮男人莫名眼熟。

就像在哪个梦里见过一样，似曾相识。可如果她真见过这个人，她绝对不会忘记，就算在梦里，也不会忘记的。

但话说回来，美女帅哥她都觉得眼熟。

江聿梁进行了几秒自我思想教育，正准备撤，就听见让她寒毛直立的声音，以及越来越近的脚步声。

"确定吗？要从安全通道走？电梯就在前面。"

他们的位置离安全通道不远，江聿梁根本来不及立刻消失。

除非——江津梁无言扭头,看了眼对面的小窗。

可这里是七楼,下去的话,五分钟直通太平间,中间环节都省了。

其实她没做什么亏心事,但她也不知道为什么,下意识地就屏住了呼吸。

随着脚步声越来越近,她的心跳声也鼓动如擂。

直到他们停下,一门之隔。

江津梁已经无声撤出了几步,免得开门时撞到她。

"算了,电梯。"

漂亮男人的声音跟他华美的外表呈现出截然相反的特质,像是流泻的水银。

总之,随着脚步声远离,江津梁无声地松了口气。

她走出门后又站在黄友兴的病房的斜对面等了十分钟,中间又确定了一遍,黄友兴目前状态稳定,紧急联系人也到病房了,她这才放心离开七楼。

出医院大门的时候,江津梁在微信群里给另外两人报了平安,让她们放心,她已经准备回去了。

周宁回得很快,顺道带来一个让人无语凝噎的消息。

高中同学要搞聚会,就在本市,发起人是副班长,让周宁一定把江津梁拉过去。

江津梁瞬间退出了页面。

没有到眼前的烦心事,就当它没发生。她顺手点开打车软件,接着就被狠狠震惊到了。

页面显示前面还有 867 名乘客在排队。这家是三甲医院,又处在黄金位置的中心,离江边也近,人多也是正常的。

江津梁四下环顾,干脆从医院大门口穿过辅道,走到偏窄的安全岛上,安全岛横隔开了马路与辅道,偶尔会有出租车经过。

她决定碰碰运气。

巧的是,她几乎刚站定,就有辆车牌号眼熟的轿车,在大路这侧缓缓停了下来。

这是刚才去江边时,她打的那辆车。中年司机摁下车窗,探头看向她,扯着嗓子问:"你不是刚才我载去江边那个?打不到车哈?"对方语气很热心。

江津梁勾唇笑道:"我很远,在晴东区,不麻烦了。"

中年司机摆摆手："没关系咯，我肯定比打表便宜，我也要回晴东的。"他说着，余光瞟向江聿梁，观察着江聿梁的反应。她似乎陷入了沉思，中年司机轻咳了两声，掩住不自在。

很快，江聿梁就做好了决定："谢谢了啊，不过不用了，我的车也快到了。"

她随即侧身，刚好有车行驶过来。

江聿梁像模像样地一拦，热情灿烂："你好，这里。"

当然不可能是她的车。作为第868名尊贵的乘客，她还在软件里排着队呢。但看错车的乘客多了去了，至少说明她此刻不需要多余的帮助。

那司机不太对，但江聿梁也说不清哪儿不对，只是觉得，必须要推托掉。至于被拦停的无辜车辆，辅道上基本都是医院出来的私家车，很少有网约车或者出租车打这儿过。

人家当然不会停——了？

江聿梁看着自己拦下的库里南，高举的手和热情的笑容一起僵在风中。

这也太巧了，连位置也正好停在她的面前。车窗和门都紧闭着，江聿梁也看不见里面，但是里面能看得见她啊。

思及此，江聿梁先把笑容弧度维持住，又扭头看了眼那司机。

他不仅没走，还把车窗完全降下了，从下往上打量她，那眼神让她心中一沉。

算了，不入狼群就进虎穴。

江聿梁心一横，拉开了库里南的后门。

车内很暗。刚落座，她的感官就微妙地察觉到变化。

整个空间被朦胧的木质焚香笼罩，还夹杂一股雪松冷冽的气息，两种味道交缠在一起，若有似无地缭绕。

本来就够安静，这样一来，江聿梁更不知道如何开口了。

"您是有什么事吗？"副驾驶座上的人转过头，声音温和地问她。

"对不起，我可能是看错了。我叫的车也是黑色，车牌是什么9开头的。"装傻充愣她还是擅长的。

说话间，江聿梁紧紧贴着门边坐，跟后座另一位硬生生隔出道楚河汉界。

但江聿梁还是厚脸皮地说出了下一句话——

"那个，您能不能捎我一小段路？前面路口停就行。"

她就算在车上待几分钟再下车，那司机也一定会在原地等她。反正换作是她的话，她肯定等。

脑子没长褶才会相信库里南出来接单。

有那么几秒，车上陷入短暂的沉默。

她的眼睛已经适应了光源，能清楚地看见司机的动作或者说是身体语言——身体微微地倾斜，眼神的视线落点，都在无声征询后座男人的意见。

江聿梁心轻微地吊起。但很快，车开始往前走了，缓慢地驶出辅道，汇入车流。

"当然。"

前座的男人冲江聿梁笑了笑："到哪儿下，说一声就行。对了，您真的很热心。"

江聿梁："啊？"

话题转得太快，她差点没反应过来。

"黄总。今天是偶然遇到他了吧？"

江聿梁身体条件反射地绷紧，唇也不自觉地紧抿。

对方似乎是感觉到她的紧张，随即展露了一个带有安抚性质的温和笑容。

"我姓林，您叫我小林就行。"说着，林柏把名片递过去。

她盯着那张名片，很快想通了，根本就没有询问的意思，不管是因为什么，对方都已经确定这件事了。

江聿梁心里叹气，大大方方地接过来，挑眉笑了下："我姓江。没有名片，就是一打工的，不好意思啊。"

林柏："江小姐，按这么说，我也是打工的了？"他同江聿梁开了个玩笑，很快，又敏感地察觉到一道视线，默默转了话题。

"江小姐，如果有需要，打第二个电话，说找林柏就行。"

江聿梁："好，谢谢。"

她手里把玩着名片，若有所思。黄友兴，你到底惹到谁了？

江聿梁想得入神，再抬头时，无意间往右边看了眼。事实上，到半路她就反应过来了，但已经来不及，而对方明显不需要反应时间。

她的视线跟人撞个正着。

江茗女士教过她一件事。

说是人这一生，大多数经历的事，都会化作过眼云烟。它不会记得你，你也会利索地把它抛到身后。就像你不会记得某次期中考试，不记得考试后去海边的路堵到你发疯，不记得海滩边的楼宇如何排布。

但你会记住感觉。如果考得非常成功或失败，会记住狂喜或沮丧的感觉。走过漫长的隧道，闪着光的海面闯入你的视线，你会因为震撼永远记住那片蓝，它就是独一无二的。

江茗说，你要去创造这样的瞬间。其中种种，有一类体验不必你主动，有关美的存在，你只需要静静等着。

等它降临，等它笼罩。

事实上，当她对视上那双眼时，她就在想，以后无论多久都会记起这一瞬间。

而对方看着江聿梁，说了句什么。

但人太入神干什么时，容易忽略掉许多。

出于基本社交礼仪，江聿梁如梦初醒般收起眼神，"嗯"了声，随意应下。是要她干吗来着？

直到看见地铁口，她快下车时，大脑才恢复转动，将刚才男人的话在脑海中卡带重播。

——"江小姐，希望你以后能克制热心，不该管的事，少管。"

车缓缓停在街道转角。江聿梁冲林柏道了谢，走出几步，忽然回了头，"哎"了一声，打手势示意后座落下车窗。

这人落窗她就说，不落就算了。

江聿梁抱着随便一试的心态，然后看到紧闭的车窗下落，大概四分之一的位置。

嚯！真牛！

江聿梁忍住翻白眼的冲动，走近两步，抱臂俯身："刚才我没听清。如果不该管的事，指今晚黄先生这种——"

"不好意思哈。"江聿梁扯出抹笑意，"我做不到。"

说完，她挑衅地抬起右手在空中随意一挥，非常潇洒快乐地展示——再见！

她跟一条鱼似的钻入了地铁站，身影很快消失不见。在江聿梁看不见的地方，那辆黑色库里南并没有立刻离开。

林柏回头，仔细地观察了下后座的人的脸色。其实这位江小姐比他们赶得快，对他们算是利好。

在考虑这句话要不要说的当口，陈牧洲突然开口："赵理最近在西江着手的那个项目，具体信息你查一下，跟之前的汇总。"

林柏知道他的意思，犹豫了下。

陈牧洲把车窗升起，合上眸，轻声道："当狗都当不利索，他不会留着赵理的。我顺手帮一把。"

"还有，今天这个人，"陈牧洲顿了顿，"资料给我。"

大难临头了不自知，陈牧洲这辈子不喜欢跟蠢人打交道。但似乎又是薛定谔式犯蠢。在箱子打开之前，不知道她是真的还是装的。

林柏这次很快应下。

陈牧洲这人缜密至极，心思深不可测，他习惯作壁上观，还要掌握所有细节，才能保证万无一失，哪怕只是突然蹦出来的路人甲。

路人甲一到家，就风风火火百米冲刺地冲进屋里。

"邱邱！邱邱！你没睡吧！"

看到邱叶汀，江聿梁松了口气："太好了，来帮我查个东西！"

江聿梁把名片递给邱叶汀，顺手打开了电脑："来看看，今天我遇到了个人，他跟黄友兴应该是有关系，我想找找。"

邱叶汀嘴里叼着鳕鱼片，伸手接过名片看了眼："林柏？R.C华际？"

她蹙眉沉思了会儿，在江聿梁还在百度的时候，突然从床上蹦起来。

"林柏！"

邱叶汀从来不会一惊一乍，这一下把江聿梁吓了一跳。

"你跟周宁今天不会遇到——"

与此同时，江聿梁搜的网页也跳了出来。不用邱叶汀多说，她也意识到今天那漂亮男人是谁了。

R.C华际现任一把手，三年内把R.C市值拉到新高的人——陈牧洲。

江聿梁望着屏幕，嘴角忽然一勾，是猜测成功的细微喜悦。跟她今天的感觉对上了，这人，完完全全的野心家。

凌晨三点半，邱叶汀从房间出来，看见对门房间的门缝里透出一丝光。

她俩从去年开始一起合租，远离市中心的七十平方米老居民楼，五楼。邱叶汀是为了节流，跟家里的关系正僵，得把能省的钱都省下来，以备不时之需，至于江聿梁，她是真没什么钱，跟家里的关系，不能说僵吧，只能说斩得过于干净。以至于周宁感慨，要是江聿梁有点前瞻性眼光，有零花钱的时候，买点保值的珠宝啊包啊，出来讨生活了反手一卖，两年生活费齐活。

江聿梁嬉皮笑脸地叹气，说真后悔。

但也就这么一说，她这人重来一万次，也只会做一样的选择。

邱叶汀象征性地敲了敲她的门，拉开门往里探头看了眼："你不是绝不熬夜吗？怎么还没睡？"

江聿梁整个人蹲在椅子上，正对着面前写了字的白板发呆。

听见动静，江聿梁回头，蒙蒙地"啊"了声。

意识到邱叶汀在问她，江聿梁取下眼镜，揉了揉眉心："我在想——邱邱，你知道R.C想收购达英吗？"

邱叶汀有点意外她忽然提到这个，视线转移到她面前的白板上。关系图的中央，就是黄友兴任职的达英。

邱叶汀想了想："达英技术很牛啊，而且他们研究的方向，对我们现在技术封锁的芯片有帮助，盯上他们也很正常。当然，R.C估计成功率比较高。"

邱叶汀："以前感立那次收购，我也以为R.C搞不定，但他们——"

江聿梁："太有钱了。"

邱叶汀认真地道："是啊。我现在拿五千万砸你，搁你不答应？"

江聿梁眉头笑弯："答应答应。所以话说回来，"江聿梁手里的笔在指间飞了一个来回，若有所思，"如果我是R.C老大，我要的不只是这个公司，还有创始人、技术核心人员。我就不可能希望黄友兴发生意外，对吧？"

邱叶汀比较谨慎，思考片刻："一般来说，肯定是吧。不过想这些干吗？盯住黄友兴就行了，你主要任务是要问他，合照上那个人是谁。其他都可以先放放。"

"也是。"江聿梁点头，笑了笑，"我就是今天遇到了，太好奇了。你早点睡吧邱邱，牛奶我之前帮你热好了，就在客厅茶几上。估计你也是这时候才有空喝。"

说着，人转了转方向又趴到了电脑前。

"谢了，梁仔你早点睡，过两天可能还要一起出差。"

邱叶汀像想起来啥，又说："上次我们去四季考察，不是遇到一个熟人吗，吴顷徐，他还带他弟去了，吊儿郎当的那个，老跟我要你联系方式。我都没给啊。"

江聿梁眼睛盯着屏幕："是叫吴顷明吧，很潮。"潮得她多看两眼对方动态都能得风湿。

邱叶汀："他还是加上你了？"

江聿梁耸耸肩道："吴顷徐是你的客户，不加能怎么办？"

江聿梁看向门边一脸愧疚的邱叶汀，无所谓地指了指客厅方向："快去喝奶！乖！"

等房间重新归于寂静，江聿梁把头埋进膝盖里，整个人都缩在一起。脑子里想着来找黄友兴的这两拨人，她当然要知道，至少，要能分得清敌我。谁想让他死，谁要让他活。以及，那个姓林的人是说正话还是反话。这些都需要知道。

偶尔，她会觉得，如果江茗在就好了。江茗在的话，她的未来只有平淡的快乐。

但命运的悬崖峭壁陡然而起，横亘在她和江茗面前。

江茗发生意外是在那年的夏天，自此江聿梁的轻盈快乐、无忧无虑，都被留在了山对面。

她的未来就剩一个目标，找到真相。这也是她每天睁开眼睛的动力，那样她才有脸去见江茗。而那次意外中关键的人物除了记忆里还有点印象，之后再也没有出现过。

直到这次整理达英的资料，她才发现了那人的身影。

江聿梁打住联想，觉得自己对黄友兴上心到魔怔了，扑到床上之前，她自嘲地笑笑，可能自己今晚梦里都会见到这位黄总。

但是没有。

她在梦里见到一位非常年轻的男人。在暴雨如注的夜，他举着伞，严严实实地遮住了大半张脸。

紧接着，一道闪电划亮天空，伞倾斜的角度也变了些。

江聿梁看清了这人的脸。撞上对方眼神的瞬间，她的呼吸都像被卡住，直到从梦里惊醒，猛地坐起。

江聿梁坐在床上发了会儿呆。

过了一会儿，她把薄被一掀，起身下床，推开了窗，微凉的风滑过她面上。

江聿梁心烦意乱，没忍住，取了支细长的薄荷烟咬住，拢住风点燃。

她原本没这爱好。这习惯还是给江茗守灵期间养成的，那时候太难挨了。她很少梦到不相关的陌生人。

但梦里那个让她心惊肉跳的人，明显就是最近碰到的新面孔。

叫陈什么来着——

江聿梁想了好一会儿,才准确地从记忆深处拽出他的大名:陈牧洲。

不管是本能也好,经验也好,江聿梁都有种隐隐的感觉,她最好离这种人远远的。

就算找黄友兴问事,也得避着走。

看来老天也同意她,借梦来帮个忙。

江聿梁仔细地想了一圈,发现除了黄友兴,他们完全不会有什么牵连。

去医院的时机选得好,这辈子应该也不用见第二面。

行,就这么办。

争取不要碰到陈牧洲。江聿梁上床入睡前很满意,现阶段生活里,又有小目标了。

整整半个月,生活都平静顺利得不可思议。中间,她去二院探病,结果得知黄友兴转院了。

江聿梁那天很慌张,差点以为要出差错。还好没什么意外,是达英的人帮黄友兴办的转院。

后来都挺顺畅的,只是黄友兴还在休养中,达英高管知道江聿梁是见义勇为的市民后,连连感谢,让江聿梁把礼品带回去,并答应她等黄友兴身体恢复,第一时间让她来探视。

确定这个意外插曲告一段落,江聿梁也松了口气。

连带着第二天接到吴顷明信息时,她都有耐心回复了。

对方说兄长去外地出差,有一份资料让他当面转交过来,因为非常重要。

江聿梁刚想拒绝,突然想起邱叶汀坐高铁回了趟家,这两天也不在。

这个合作能带来……许多收益。

她把手机摁在桌面,回想起来的第一秒,立刻把手机翻正,回了吴顷明消息。

江上江:好。我下午三点后有时间,看你在哪儿方便,我打车过去。

说得很清楚了,非饭点时间避免约饭,再加上她打车去,只要跟司机打个招呼,到时候等她几分钟,就可以最大限度减少不必要的沟通。

江聿梁也不傻,都长到这岁数了,当然知道这富二代什么意图。

对方也很快回复。

S.S:那就三点半,上江阁吧。

他还加了两个熊翻滚的表情包。

上江阁是预订制，一家本市数一数二的私房菜。

数一数二是指价格。

江聿梁年少时参加过很多类似饭局，一半以上都吃不饱。

用周宁的话讲，这些食材可以跟家里人打个招呼，晚上还回大海，记得留它们饭。那分量，连皮肉伤都算不上。思来想去，她还是决定去一趟。

跟吴家的合作，对邱叶汀来说很重要，决定着在新城能不能站稳脚跟，这单如果能顺利结束，今年下半年都不愁其他家的新合作了。

第二天，吴顷明早早就给她发了消息，说包厢在"漓月"，到了直接报他名字，服务员会带她去的。到了下午，他忽然又发了一个安慰摸头的表情，加了一句：不要紧张，就是个吃饭的地方。

江聿梁没品出这句话的深意，不然呢？

当她收到这信息的时候，都已经在车上了。

她不习惯迟到，三点十五分就到了。店面整体装修就是那样，古色古香的中式风，单间都用屏风隔开，刺绣看着名贵无比。

江聿梁在"漓月"等了十分钟，也不到三点半。她刚拿起手机，想着要不要发条信息，就听见服务员引路的脚步声。

她放下手机，推拉门很快有了动静。

"您好，这边请。"

服务员将推拉门拉到一半，外面的人随即踏进来。

"来了——"

江聿梁站起来，抬头迎了迎，话尾堪堪卡住。

不是吴顷明，倒也是她认识的人，但非常不熟，顺便中断了她的短期小目标。

江聿梁望着眼前长身玉立、面无表情的男人。如果是别人走错房就算了，怎么刚好是陈牧洲？

第一次在明亮的地方见他，江聿梁微眯了眯眼。

这人看起来好高贵，比这地方贵多了。

江聿梁今天反应还算快，面上很快撑起一个灿烂又虚假的笑容。

"陈总来这儿有何贵干？"

陈牧洲往前走了几步，坐上她对面的椅子，羽睫垂下，在眼下投下一小方阴影。

"不行吗？"

他抬眼，温声道："我订的包厢。"

午后的阳光刺眼，从包厢上方的窗棂洒进来，将桌面以光线切割开来，照得他人一半在阴影，一半在光中。江聿梁这才发现，这男人的瞳孔，是亚洲人里比较少见的浅棕色，被光照一照，像是琥珀。

她想，世界上应该不会只有她一个人，尴尬的时候喜欢观察无关紧要的细节吧。

要说无巧不成书，林柏今天刚好就晚到了一分钟，差了几步。等他到包厢门口，就看见一位本来不该在里面的人，跟陈牧洲正尴尬地四目相对。

准确来说，只有女方捏着手机，眉头紧锁。陈牧洲都没抬头，好像她不存在一样。

看清女人的脸后，林柏有点惊讶。

前段时间他才刚把江小姐的信息汇总报上，今天就遇到正主了。

林柏脑子再好用，但要记住所有数据信息，也是不可能的。

他又不是陈牧洲。

之所以会记住江小姐，是因为对她的印象实在太深刻了。

在搜集她公开在网络上的信息时，林柏发现，她为了赚钱，在网上扮演了不同的身份，有时是跟婆婆有矛盾的二孩母亲，有时是重入职场的丧偶单亲妈妈，有时是心怀梦想、志向远大的五年级天才少年，为了一包鸡精、一双丝袜、一份拼图，洋洋洒洒三百字好评。

完全是网评水军中的优质战斗机。

虽然林柏也没搞清楚，这些信息到底有什么用。交过去时，他本来有点惴惴不安。

陈牧洲当时正倚着书桌打电话，垂眸扫了一眼后，倒是都留下了。

三点三十五分，吴颀明才到，走进上江阁前，想想还是停下脚步，掏出手机，在群里发了条微信。

S.S：警告你们，等会儿给我收敛点，别让人家发现了！

圈子里一起玩的狐朋狗友，都知道吴家这公子哥最近在啃一块硬骨头，还是普通上班族，完全的圈外人，软硬不吃，据说还比他大一岁。这得漂亮成什么样？

听说他今天终于把人约出来了，这帮游手好闲的公子哥，闲着也是闲着，立马要赶来看热闹。有人认识上江阁的老板，打了个招呼，在大堂要了个位置。

吴顷明也懒得管他们，反正人他迟早会到手的。

追这种规矩又清高的女生，诚意加金钱攻势最有效。

只要有一个突破口就行，他必能拿下——

今天就是很好的机会。

进了包厢，吴顷明发现人还没到，刚想再发条微信，就发现自己之前犯了一个致命错误。

吴顷明赶忙连发了两条信息。

S.S：我这脑子！包厢名不是满月！

S.S：是漓境！

很快，对方回了他一条信息。

江上江：知道了。

"知道了"，是到还是没到啊？不会又不来了吧？吴顷明焦灼地端起茶杯，下意识一饮而尽，被烫得骂了句脏话，舌头都捋不直了。

江聿梁回了几个字，把手机往桌上一扣，再度望向对面，目光诚挚："陈总，我认真地再问一遍。关于黄总落水的事，您真的什么都不知道？也没什么想要跟我说的？"

除了进门时那一眼，陈牧洲基本视她为无物，就像房间里没她这个人一样。

刚开始她有点尴尬，本来准备拔腿走人的，很快又犹豫了。

R.C想收购达英，至少有一半是冲着黄友兴去的。她顺手见义勇为，对陈牧洲来说，只有好处没有坏处。可那天下车前，他讲她多管闲事，话里有话似的，又不说清楚，那只能她来问清楚了。

反正他的客人看上去还没来。江聿梁对环境的适应性很强，很快就把尴尬扔到了脑后。她手臂撑着桌子，上半身往前微倾，视线牢牢盯着他，执着又炙热。

说真的，她估计，不，她确定陈牧洲不会回复。

也许下一秒就会让林特助把她请出去，所以她才敢做得出格一点，横竖也没什么损失。

"林柏，出去。"

江聿梁愣了愣。

站在角落的林柏很快点头,无声地退出去,将推拉门拉到了底。

随着轻微的关门声落下,江聿梁看见他缓缓抬起眼皮。

那目光像薄而利的锋刃,贴着皮肉直入骨缝。

江聿梁没说话,缓缓退回原本的位置,识时务者为俊杰嘛。

陈牧洲从椅子里站起来,径直绕到她这边,掌心扣过她小臂,将人直接拉起来,迈开长腿朝窗边走去。

"哎哎哎,慢点!"

江聿梁像风筝似的被拖着走,离开桌子前,她还顺手抓了把桌上的小食——几颗话梅。她刚才就想尝一颗了,没好意思,趁着离开拿两颗,不过分吧。

本来以为他是要把她扔到门外,结果发现走到了相反方向。

靠西的窗边,窗格是木质的十字形。

陈牧洲把紧闭的窗推开,这里是一楼,又是偏郊外的位置,朝外望去没什么高楼大厦,除了停车场和附近零星的矮房,只有更远处的大片荒芜。

窗本来就很窄,江聿梁被他拉过来,然后男人又冷不丁松了手,因为惯性,江聿梁双手撑着窗沿边,身体贴得很紧,恨不能跟墙融为一体。

陈牧洲站在她身后——这个事实让江聿梁头皮发麻。

其实两个人完全没碰到,但他的存在感太强了。

每个人都有自己的安全范围。除了极亲近的人,超过那个范围就会让人不舒服。江聿梁的安全范围更小,所以她全身都僵住了。

也不知是有意无意,陈牧洲后退了一小步,跟她拉开距离来:"江小姐,在这些停车中,哪辆不是上江阁的客人?"

江聿梁苦笑:"哪辆?我又不在这儿上班,我怎么知道。"

江聿梁咽下牢骚话,仔细甄别起来。这周边也没有其他的商家、餐厅,在这个停车场的,除了客人,就是上江阁本身的工作人员。

来这儿的客人非富即贵,基本也不是奔着吃来的。

他们只是需要私密空间来谈事。当然,价格越贵越好,价格门槛挡住大部分人,这地方就清静。

江聿梁想了一会儿:"那个黑色帕萨特吧,西南角右数第三辆。"

陈牧洲倚到了墙边,垂眸望向她:"原因。"

江聿梁:"停车场最好的位置自然都是留给客人的,西南边也是。"她蹙眉,"但是我当时下车,应该是看到它了,当时它的位置还是偏中间的。"

现在往右边挪了四个位置。如果是工作人员还好说，要是客人，这么空的停车场，何必呢？

陈牧洲没说话，垂着眸，微弱的火光从他指间一闪，他点燃一支烟，没抽，先抬手把窗户给合上了。

烟雾腾起。

江聿梁第一时间注意到他的手，烟身细长，夹在男人修长的指间，显得手格外惹眼。接着，江聿梁听见他淡淡开口，夹着一丝轻然的凉意。

"恭喜江小姐，你背后开始长眼睛了。"

江聿梁花了十秒才消化完这句话，她猛地抬眼，惊诧道："我？"

有人跟踪她？为什么？

陈牧洲迈开长腿，走到桌边转身，语气平静地接下她的话："我说过，因为你太多事。有人想让黄友兴走那条路，被你拦下了。"

江聿梁沉默片刻："你是说，我得罪人了？那我在医院，看到的那个中年人……"

"赵理，易科的副董，他不是，他只是替人办事，确认黄友兴的情况。"

江聿梁："那是我遇到的打车司机？"

陈牧洲随意地道："他们安排在那附近巡逻的人，碰巧而已。"想到什么，他嘴角极轻地一扯，"可能没想到你还能爬上来。"

他说："况且，知道是你的话，也不会让你下车。"

江聿梁像泄了气的气球。她勉强压下郁闷："好事都不能做了？那我就看着黄总淹死？然后直接叫殡仪馆拉人？"

烟雾中，陈牧洲的神色看不清明，声音倒平静："好事可以做，但不是每一件都值得。"

江聿梁心神微动，望向陈牧洲。

看来人与人之间，还是有义气在的。

下一秒，江聿梁听到男人刻薄地吐出："按常理来说，殡仪馆能打捞到你们两个。"

江聿梁没好气地道："他跳的地方很浅好吧，深了我还下去，我没长脑子啊。"

陈牧洲没接腔。

但是江聿梁从他复杂的神色中，看出一丝微嘲来：不然呢？

再待下去她要内伤了，江聿梁边走边道："好吧，就算我误了人家的事,那不爽想找碴儿也是正常的,可这总有时效性,他能跟我跟到八十岁?总不能把我也扔江里吧?"

经过陈牧洲时,她听见他一声轻哂。

"难道江小姐觉得死很可怕吗?仇人落在你手里,你会怎么办?"

江聿梁脚步一顿,扭头看向陈牧洲。

他的声音陡然放轻,却清晰地落进她耳郭:"拦路断桥,生不如死。"

陈牧洲说完,顺手用指腹把烟灭掉,极随意的一个动作,他做起来却显得优雅懒散。

"如果是我的话,我会这么做——"他微微俯身,在她耳边道。

江聿梁脚步发飘地进了隔壁"漓境",魂都不知道飞哪儿去了,脑子里不断回旋着:比你得罪的人仁慈多了。

林柏收回好奇的目光,推门进来,看到男人坐在黄花梨圈椅里,正持杯喝茶。

林柏试探道:"我看江小姐像吓到了?"

也不知道两个人聊了什么,当然,林柏对这件事还是很乐见其成的。毕竟这次江聿梁将黄友兴救回来,对他们来说只有益处。

达英的B248计划还没收尾,黄友兴如果出什么意外,那这个核心项目也就宣告结束了。

而承受损失的,也只有江聿梁一人。

这么多年来,那人跟陈牧洲交手,极少讨到好,自然不会轻举妄动。但要对江聿梁这样的普通人实施点报复,比捏死只蚂蚁还简单。

林特助很感动,觉得他老板还是有人情的。林柏正准备努力工作,查看今天日程,看是哪位贵客会迟到,就见陈牧洲悠悠然喝完茶,起身朝门口走去。

他们出了"漓月"的门时,能清楚地听见隔壁门没关好透出的高调男声——

"江江,你有护照没?我跟你说那个地方潜水真绝了,等你放假,我可以带你去。"

陈牧洲瞥了眼"漓境"的门牌。

"还挺忙。"

林柏贴心地献上严密分析:"没有吧,江小姐应该本来就要赴这个约,估计是相亲吧,遇到您才是凑巧。"

林柏还想说什么,被陈牧洲看得脊背阵阵寒意,轻咳了声,转移了话题。

"我们走吧,大堂那边的客人也老往这边看。"

林柏说到一半,突然意识到什么——不对!那帮二代公子哥的视线方向,是落在"漓境"的。

"给郑与打电话。"陈牧洲松了松袖扣,大步流星地往前走,扔下很轻一句,"关店,清人。"上江阁老板是郑与,是跟陈牧洲认识超过七年的稀有物种。

第二天,郑与趴在异国海滩给林柏打了个电话:"林助,昨天你老板看上我这地盘儿了,听说钱投了人就走了,你说我上哪儿找这么豪气的冤大头去。"

林柏:"老板私事我们不好过问的,自然有老板的思量。"

郑与听到林柏说话头都大了,很快打断:"行了,你别打官腔了,让陈牧洲接个电话。我有事跟他说。"

过了一会儿,电话那边才传来陈牧洲的声音:"说。"

郑与声音带着笑:"陈牧洲,你有点人味儿行吗?我可是来给你报告好消息的,不是你昨天去上江阁,我差点忘了。"

陈牧洲没说话,直接要挂,郑与知道陈牧洲的德行,赶紧摘掉墨镜翻身起来:"哎哎,别。

"你那心心念念的大小姐有消息了。"

第二章
暴雨与齿轮

郑家发家很早,在新城已经扎根几十年了。到了郑与这儿,结实富到了第三代,但郑家老爷子传得有规矩:少搞投机取巧的事,专注实业。这些年郑家虽然错过一些风潮,但是走得很稳。郑与是郑家老三,从小吃喝玩乐样样精通,正事一概不通,看着也不着调,但皮囊生得不错,一双眼天生潋滟,顶着郑家幺子的名号,顺风顺水地晃荡了二十来年。

第一次吃亏,就是在陈牧洲这儿。

在这之前,他只是听长辈提起过陈家,虽然同样是实业起家,但旗下产业早就涉及并横跨到金融、通信和信息技术了,几年前新城出了榜单,陈家旗下的主体部分 R.C 华际市值惊人。

而那时 R.C 一把手正好易主,变成陈牧洲的生父。

陈牧洲也是那时闯入圈内人视线。郑与跟陈牧洲就差一岁,他妈还是因为陈牧洲,逼着他去读了个硕士。镀的那层金箔没用,但在异国那两年,郑与正好认识了罪魁祸首。

陈牧洲那时也才二十二岁,出国是为了解决一笔坏账。

郑与虽然懒,但不傻。偶然间见识了这人的手段,极少见的狠角色。

郑与的原则是,打不过就加入。当时陈家暗流涌动,有那么些人,希望陈牧洲永远待在那儿别回来了。

郑与那时帮了他。

在认识的第三年,郑小少爷才发现,陈牧洲虽然对美色没有任何兴趣,但是他心里好像有人。

陈牧洲自己越来越忙,却让郑与帮他收集一些艺术作品。

陈牧洲自己很少去拍卖会,而郑与的主业就是游手好闲,正好帮他做中间人，最后发现陈牧洲一年贡献上千万是有的。

而他挑中的作品，百分之九十是画。画风基本都是意识流，色彩缭乱，大量线条交错。

后来真熟起来，郑与才发现那代表什么——一场雨。

陈牧洲就像在拼图，用这些作品，一点一点拼出某一天的场景。

而记忆是会骗人的，尤其当人过于专注时，周边的场景就会变得模糊不清。时过境迁，想要回忆复刻出来，只会觉得，好像这样是真相，好像那样也是。

陈牧洲唯一能确定的，是那场暴雨，还有灰暗中，一抹颜色轻淡的粉。

郑与真正开始帮忙找人后，才头疼地发现，信息少得可怜。

他绝望到问过陈牧洲好几遍，真没有看到对方的脸吗？那头发呢？

按理说，以陈牧洲的身高，怎么都能看到对方的发型啊！

但是没有。

陈牧洲的回答很一致，就是沉默。

陈牧洲本来也没抱什么希望，只是偶尔会觉得，那像一场幻觉，也许是他想象出来的。他只是迫切地，想要佐证这一幕存在过，或者完全没有。

郑与这话一出，陈牧洲脚步都顿住了。

身边三位高管不知缘由，跟着急停，互相间交换了一个眼神。

郑与声音间带着点小得意："那时候那地方不是没装摄像头嘛，但那是南城的壹乔，壹乔那片你知道吧，现在是老牌豪宅区，当年算才开发的盘，住那儿的业主不多，家底都厚，但之前不是找不到吗，我发现漏了一种可能——可能是有业主办聚会，请了宾客，那就不一定是南城的人家了。"

"结论。"陈牧洲抬手摁了摁直跳的眼窝。

郑与："结论就是，她可能是外地的？哦，对了，而且你说那个裙子，我估计是V家的高定，他们家就喜欢用梦幻型的颜色，但是当年在国内店都不多，可能这女生挺受宠的，性格应该也是比较可爱那种？"

陈牧洲："谢谢，你的结论很华丽。"

郑与几乎能想象他的神情了，心虚地咳了声："客气了。"郑与干笑，"这样，你等我回国！我肯定能缩小范围，搞到名单！"

陈牧洲收了线，抬头看见三位高管还在，视线微垂，落在那份文件上。

"这是谁递的？"陈牧洲的目光逐一扫过面前的三人。

"陈总,我提的。谷新这块开发,很多人盯着呢,我想今年也该提上日程了。"

站在最右边的中年男人硬着头皮迎上他的目光,一般来说,批这种级别的资金,陈牧洲也没时间核对条款的所有细节啊。

"韩总,"陈牧洲从林柏手里抽出文件夹,扔还给他,"下次你还是交类似的东西,可以考虑另谋高就了。"

谷新形势复杂,从年初开始,R.C 就决定不蹚这片浑水,他是明确提过的。但这位高管硬着头皮也要上,只能说牟私利的油水诱惑太大。

上了电梯后,林柏对了下晚上的日程:"今天曲总那边又来问,下周在城东的私宴要考虑去吗?说想找您叙叙旧。"

这个问题很敏感吗?迟迟等不来回信,林柏余光观察了一秒,才发现陈牧洲甚至没在听。

好像在出神,这情况太罕见。林柏一时不知道该继续问,还是就这么放过去算了,反正他一向也不会去这种场合。

电梯快到车库层时,陈牧洲忽然开口:"去查查看,V.u 十年前的设计师,做过的款式汇总下给我。那年高定客户名单也试着找找。"

"叮!"

电梯门打开,陈牧洲径直离开。

高定?林柏从进 R.C 起就在陈牧洲身旁帮忙处理事务了,虽然说特助是万能的,但是他从来没从陈牧洲那里,听到过任何工作要求以外的命令。

这还是第一次。

当然,更不正常的是,陈牧洲竟然答应了曲家的邀请。

江聿梁活到二十五岁,第一次尝试到失眠的滋味。

她把整个出租屋的窗帘拉得严严实实,十二点准时上床,但是直到凌晨三点都睡不着。

即使是刚来新城那段时间,她兜比脸还干净,不管身处哪儿,晚上一过十一点,照睡不误。

一天的烦恼一天当,吃睡是维持健康秩序的基础。

但江聿梁没想到,那天陈牧洲的话,像在她脑袋里扎根一样。

她有太多疑惑了,整件事情就像一团迷雾,她无法分清,陈牧洲是那个故意放烟幕弹的人,还是真的良心发现提点她的人。

如果真有人记恨上她，就因为她救了黄友兴，那这个人是谁？对方能做到什么地步？跟黄友兴又有多大仇？

黄友兴还是两年前财经新闻的常客，因为算技术型人才里难得会做生意的，生活方式也很单调，家庭关系看着也很简单，不到三十结的婚，孩子都上初中了。

最让江聿梁翻来覆去的，是她现在正跟邱邱合租，目前的工作也是，在邱叶汀负责的这家资产评估公司里待着。

真有人盯上她的话，会不会连累到邱叶汀……

江聿梁连续三天在床上翻来覆去烙煎饼，戴着眼镜紧盯电脑屏幕，达英也好，黄友兴也好，相关资料就那么多，盯也盯不出花来。至于陈牧洲那人，公开的信息就更少了。

就知道他马上二十九，在R.C华际是板上钉钉的一把手。个人相关新闻更是半点都找不到。

江聿梁真觉得奇怪。

这男人正当年，连点花边新闻都没有？

江聿梁咬着腰果想。

要么就是狗仔不敢，要么就是真变态。

在床上窝到第四天下午，她被邱叶汀一脚蹬出了门——"你要发霉啊你！最近是闲，也不用挺尸三天吧！出去转转，不到九点不准回来。"

江聿梁站在街边发呆，望着车水马龙，灯带绵长，忽然灵光一闪，她掏出名片，给林柏拨了个电话。

"林先生吗？我是江聿梁。"

解开混乱线团的最好方式，就是先叼住一根，然后，死都不能松口。

一个小时后，江聿梁下了地铁，抬腕看了看手表上的指针，晚上七点四十分。

通勤高峰期，怪不得这么挤。她活动了下肩膀，感觉自己就像汉堡中间那块肉饼，唯一的好处就是包都不用自己拿了，松了手也能被人群紧紧夹住。

R.C总部在CBD西区中心，是前年搬的新址，钢筋铁骨直入云霄，夜晚灯色亮起时，玻璃幕墙的光像某种波纹。江聿梁站在大楼的C口入口，抬头望着这栋高楼。

真的，好高。林特助让她来这个口等，说这里一般只有他们和少数管理层进出。他跟门卫打了招呼，但江聿梁没进去，就站在对面等。

她本以为至少要等到九点以后，可陈牧洲出来的时间比她想象中要早很多。

陈牧洲今天难得穿了黑色西装，裁剪优秀的西装外套敞开，肩线腰线收得比例得当，衬得他尤为修长，利刃淬火般的气质。

江聿梁欣赏美色到一半，脸色忽然变了。

仿佛电影慢帧。

在这个温度适宜、天清气朗的夜晚，江聿梁想起了不该想起的一幕。

这第一幕是暴雨。

短短十几秒，江聿梁觉得自己脑袋轰的一声。在此之前，她偶尔确实会觉得这人看着有点眼熟。

但江聿梁都归咎到大概美的人总有相似之处。

所以江聿梁这几天搜了很多新闻，试图找到任何一张陈牧洲的照片，想仔细对比一下，看看他跟哪个当红明星的脸比较像。

可惜翻了无数网页，最多只有一道模糊的背影图，还是在机场抓拍的。

直到这一刻，记忆深处，断断续续的画面忽然间闪回。

她觉得脑袋像老旧的电视机，滋滋冒雪花，狂拍两下，稍作挣扎，画面就出来一下。

江聿梁愣在原地，有些发蒙，眼看着陈牧洲离得越来越近。

夜色中，这张脸也逐渐清晰，眉骨，鼻梁，下颌，垂下的眼，像齿轮转合，到了正确的位置。

江聿梁记起这场雨下在哪儿了。

南城的天比榕城好很多，晴天概率很高，但下起大雨来，也尤为凶猛。

她那天让司机刘叔绕着别墅区兜风，在雨天里兜了一圈又一圈，最后在瓢泼的大雨里看到了一个人。

车上当时只有一把伞，江聿梁闲着也是闲着，就下去了。

具体说了什么，发生了什么，她一点都想不起，就记得对方也不听劝，很犟，不理人。

江茗后来把她接走，她还扒着窗户看了半天，最后扭头，向她妈提了个要求。

提了什么，她又忘了。

在那个画面中，江聿梁记得最清的，是少年的侧脸。她那时才十来岁，又爱画画，第一次看现实的线条看到着迷。即使打了伞，大雨也疯狂扑进来。雨珠滚落，一路沿线滑下时，像在亲吻他。

陈牧洲站到她跟前，眼睫微垂，平静地看着她出神。直到江聿梁猛然反应过来，她抬头，猝不及防地望进对方眼里。

陈牧洲："有事？"

就这一刻，如果这是文艺作品，高低得给她整个震惊大特写。但又不是，江聿梁把情绪牢牢压住，唇边勾了个笑："陈总，我……"

看着他这张脸就会卡壳，江聿梁无声挪开眼神，轻咳了声："关于那天的事，我能不能跟您聊聊？"

说完，她立刻后悔了。

不合理吧？不答应也行。江聿梁内心在大声疾呼。

她当然了解自己，这戏撑不了很久，震惊就跟巨型泡沫一样，等会儿就要自己浮上水面了。

在江聿梁饱含"期盼"的眼神中，陈牧洲给了三个字回复："知道了。"撂下这几个字，陈牧洲从她身边经过，掀起一阵细微的风流。

江聿梁脸上的笑就僵了，小声道："那就以后再说吧，走好——"

陈牧洲走出几步，忽然回头看了她一眼，眉头微蹙："需要我请江小姐上车吗？"

深蓝的天，白白的云。

江聿梁的心受了些许打击。

但在对方的注视下，她只能硬着头皮道："这就来。"望着陈牧洲的背影，她的脚步异常沉重。

到了路边，江聿梁看到一辆深灰色的轿跑上，竟然下来个司机。对方朝陈牧洲微鞠了一躬，恭敬地喊了声"陈总"，很快离开了。

江聿梁心都碎了。连司机都不要，这么亲力亲为吗？那她不是必须得上副驾驶座？

就在她出神的当口，陈牧洲上车了，落下副驾驶座的车窗："不上车吗？"

江聿梁赶紧笑着问："林特助还没到，不用等他吗？"

空气出现了较为明显的停滞。

陈牧洲："我是付工资，不是买了他二十四小时。"

江聿梁拉开副驾门，飞速落座。

深灰色轿跑汇入车流，驶进夜色。陈牧洲的视线从后视镜上一扫而过，很快漠然收回。

茫茫车海中，离深灰色轿跑有点距离的黑色轿车差点跟丢，随后蛮横地变道，将距离重新拉短。

明安公馆年前迁了次址，搬到了长田路，闹中取静的地方，周边种着一小片幽静竹林。

这类私人会所通常有入会审核，明安本来没处在第一梯队，但去年因为一些新成员的加入，名单上多了几个如雷贯耳的名字。

他们到的时候已经八点半了。踏进去时，江聿梁回头朝夜色望了一眼。明安的外墙是暗色玻璃，错落有致，入口处装潢低调，里面别有洞天。

整个会客区和休息区都是无主灯设计，装潢是中式低奢的风格，这里的藏品便宜点的上百万，重要的是稀缺性，隔开区域之间的刺绣屏风都有来头。

江聿梁不动声色地打量了一圈。

她发现，连右手窄台上的一排装饰石头，都是麦基的陨石收藏，去年在佳士得春拍上拍出单颗天价。十二岁之前，这类场所的代名词，对她来说就是无聊。

没有可以打发时间的游戏，或者玩伴，她只能抱着画板待在角落，等着大人们把事儿谈完。再大一些，她也不愿意来了。偶尔几次不能拒绝，她从此学会了冷眼旁观。

有时候，她觉得自己也像某种可以赏玩的展品，人为地赋予某种物品天价，对有的父母来说，孩子也有这种价值。

十五岁时，江聿梁已经开始拔条，身高快一米七，身形修长，脸结合了她爸妈的优良基因。夸奖她的人由少增多，又由多变少。来来回回的变化，全看成人世界里，她父亲的生意是否顺利。

她清楚认识到一件事，这世界的本质就是斗兽场。

倾轧，好斗，攻击。无所谓用什么方式，只要能赢。

而陈牧洲，江聿梁抬眼，看向他的背影。

往里面走的每一步，几乎都有人在跟他打招呼。

"哎，陈总。"

"陈总！"

"哎，真是久仰大名，不知道您今天有没有时间？"

"陈总，上次我在临岸见到您了——"

声音从四面八方裹挟而来，将包围圈进一步收紧。陈牧洲不可能一一应下，但也没有一并无视，轻颔了颔首，态度偏温地带过。走到中间时，他又忽然停下，转头看了江聿梁一眼。

江聿梁走得慢慢吞吞，说不上有意无意，跟陈牧洲反正拉出点距离来了。

不要有人注意到她是最好的，等到门口再默默擦边蹭过去，结果人家直接停下了。

陈牧洲这次连话都没说，目光自然微沉地落在她身上。

江聿梁咬了咬后槽牙，快步跟上，直接走到并排的位置。

同一时间，明安公馆内的醉雨轩包厢。除了主座上的男人，桌上只坐了三个人，年轻的一男一女皆容貌出众，都是如今娱乐圈叫得上名字的二线明星。男星叫顾孟云，女星叫常曦，另一位是他们的经纪人。

主座的人是他们俩的老板，鲁益。

他喝了杯白酒，喜悦溢于言表。

"得，你们俩今天算是没白来。小李，你别分析剧本戏路了，我告诉你，今天明安来了个人。不管你们俩谁，只要抓住他——哎！人家看得上眼，投两个亿算什么啊，洒洒水啊，你知道那个，那个去年大爆的电影，喏，人家公司就是出品方之一！"

鲁益努努嘴，示意他们看向对面。

明安公馆的建筑是一个半包围结构，醉雨轩是东边最靠里的包厢，帘子拉开时，透过窗户，正好能看到西边开放区的走廊。虽然目之所及，只有一小段路，但也是去西区包厢的必经路线。

而鲁益提示的正是时候，几人望向对面，刚好看到有人经过。

即使隔了段距离，但幽然廊灯仿若一股轻雾，笼住了这人，仿佛一幅名画中最惊心动魄的部分。黑西装下包裹住的存在，几乎是不加修饰的华美，复杂，幽暗。

顾孟云和常曦都是靠脸吃饭的，对外表最是敏感。

尤其是顾孟云，明显怔住了。

在同性中，他这种外貌身高，已经可以碾压百分之九十八的人。对外貌的作用，分析得最是清楚，这个人可以轻松压过他。

常曦也愣了一下，眉心忽然轻轻一蹙。

很快，经纪人把她注意到的要点说了。

"哎，这位贵客身边，是不是还跟了个人？"

是的，很明显。

常曦不动声色地观察着。

那人在陈牧洲的左手边，身影大半被挡住了，隐隐约约间，只能看清是道修长偏瘦的身影，肯定没有穿裙子，发型像随手一扎的马尾。

鲁益也皱眉了，叹了口气："可能就是谈事吧，到时候再看，啊。"

鲁益算盘也打得响。虽然说陈牧洲本人成谜，以前有人想找旁门左道，可连他喜好都弄不清楚，不管是物品还是人，最后都没成。

很快，顾孟云已经借口找洗手间出了包厢。

常曦倒不动如山。

鲁益微微皱眉，他知道常曦家里条件不错，怎么说都有靠山。因此，她的那股傲气太明显了。

常曦喝了口茶，神色有些不易察觉的凝重。

太久不见了，人比她想象中变化大。可她记得，他明明对这些事不感兴趣的。

怎么会这样明着带人——

怎么能呢。

包厢名字是什么，江聿梁都没来得及看，就跟着进去了。

"砰！"

门彻底关上的声音，让江聿梁不自觉地脊背一僵。陈牧洲进门开始就没理她，走到沙发边背对着她站立，抬手解着手表。

敌不动我不动。江聿梁想了下，放弃了主动开口的想法。

她环视着这 VIP 间，心里的感叹不显山不露水，但却泄露在微抽的嘴角边。

这地方也太大了吧。除了主间就餐用茶的地方，侧边还有休息室，里面看起来面积更大，还放了个桌球台。

江聿梁兜里的手机突然振动，是信息声。

她刚想掏出来看一眼，就听见陈牧洲开了口——

"你想问的，不是黄友兴的事。"

陈牧洲转身望着她，语调没什么起伏，可隐隐有些低沉，好像一道不明显的漩涡，能将人神智都收进去。

"是你的生活会不会被影响，会被影响多少，而你能不能躲开。

"因为你现在，连对方是谁都不清楚。你也无法分辨，我是不是在骗你。"

陈牧洲往前走了两步，双手随意撑着桌子，衬衫袖子卷到小臂，露出修长有力的线条。

他直入主题。

江聿梁垂眸，神色有些严肃。

"你说得对。"她顿了顿，"但也不完全对。"

"黄友兴的事我也想问。当然，说不说是您的选择。但他是主体，我是客体。如果我因为救了他，被人记恨，说明还是跟他有关。我们绕不过他的。"

我们。

这个词下意识地出口，江聿梁很快意识到，眉心微皱。

好在，对方似乎没有注意到，只说了句："那先回答一个问题吧。"

"好。"

陈牧洲没再看她，抬腿朝休息间走去。

"你就说说，你跳下去捞黄友兴的时候，在想什么。具体点。"

他的确想知道。

或者说，想要拿来做参考。当初那个人，在想些什么。

他从不相信世上有无缘无故的爱恨，或善意。

陈牧洲顺手捞起一根球杆，就听见江聿梁说："我能打一局再回答你吗？"

她问得很诚恳。

陈牧洲无所谓，后撤一步让出位置。江聿梁必须要经过这儿，才能拿到杆子。

江聿梁用巧粉磨了磨杆，笑了下："好，谢谢。"

她先开的局，俯身，对准球，她狠力干净一击——

球高速飞了出去。

在空中画了一道抛物线。

江聿梁讶异地瞪圆眼睛："哎——"

根据她中学时物理38的高分，这球九成九要砸到对面人的，就看陈牧洲躲得快不快了！

但他没躲。

这人甚至连眼睛都没眨，抬手一捞，将球截停在掌心，看似轻松，动作却稳准狠，那球甚至没有立即旋停，转了两圈才作罢。

陈牧洲收拢这颗黑球，抬眼无声地看向她，连她是无意还是故意的都看不出来的话,他早尸骨无存了。

江聿梁神色莫测,迎上他的视线。

望着这双眼睛,她能确定,之前的想法是对的。

在这斗兽场上,陈牧洲已经赢到了现在。

在他身上,有静默长久的蛰伏,复杂精准的杀机,交错着出现,构成他这个人。

江聿梁耸耸肩:"抱歉。

"但这就是我的答案。"

她翘起嘴角笑了笑,懒散大方道。

是你会立刻躲避,或接住的——

本能。

江聿梁从小就是惹祸大王。

她妈抓人又厉害,经常在家里把人从东追到西,他们家大,一天运动量就有了。到后来,江聿梁学会了纵向逃跑:上房。为此,她还经常在后院偷藏梯子。

所以惹祸没事,跑得快就行,这条举世真理她牢刻心底。长大以后,这条真理暂时搁置了。

但偶尔还是有用的,比如现在。

江聿梁也不傻,对面的人把球随意抛在桌上,不作声地看她时,一切已经很清楚了。

她算心理素质相当强壮的类型了,同时嗅觉又非常灵敏。

——陈牧洲这类,少招为好,跑为上计。

虽然没等到他开口,但再继续共处一室下去,她能被这道漫不经心的视线灼穿。

江聿梁:"实在抱歉,我还有点事,您看现在都快九点了,我得撤了,不好意思啊——"

她神态十分诚恳,没等陈牧洲开口,人已经把杆撂下,迅速地溜至门口了。

要怎么落跑能快速又不失风度,她是修炼了十年的专业选手——从江茗眼皮子底下多次逃生的,开玩笑。

陈牧洲没兴趣拦她,懒散地走出休息室,落在她身后几步。

在江聿梁摸上外室门把手时,听到他说——

"江小姐,今天你出了这道门,以后自求多福。我不会再多管闲事。"

他的声音似乎有某种流动的特质,缓而低沉,明明是让人心里一沉的话,由他说出来,却莫名沾些蛊惑意味。

这种感觉,并不是源自音色。或者说,不全是,更像是洞见。在深渊面前,冷眼旁观的姿态。

他的语气轻柔,轻柔得像目睹活物落入深渊时扑面而来的微风。

江聿梁握住门把手的掌心紧了紧,而后唇边拉出一个淡笑。

"好的,谢谢陈总。您做得已经够多了。"

她视线微微下移,从他的双眸落到鼻梁,这是避免跟人对视,又不像在逃避的最好方式。

在陈牧洲身上,清晰地浮现出一些东西。

他跟世界交手时展现的姿态,观赏,把玩,或是作壁上观。

江聿梁对这种人有天生的防范心理。无心地往上爬,反而越爬越高,因为他们没有"软肋"——大部分人称为牵挂的存在。

陈牧洲应该是其中翘楚。如果帮人一分,必然想索要回十分。

江聿梁拉开门,刚要迈步走出,忽而想起什么似的,停住了脚步。

"陈总。"

她扭头看了眼陈牧洲:"你——"跟年轻时真是没差太多。

"没什么。"江聿梁笑了下,"保重。"

很常见的客套,但这两个字江聿梁是出自真心。有关那一天,她已经淡忘了那么多,却依然记得,那一幕给当时的她留下的印象。跪着的那个人,是跟命运的残酷无望抗争。

江聿梁走出房间,穿过走廊时,她没太抬头看路,快走到拐角时,差点撞上了人。

对面的女生跟江聿梁几乎同时开口。

"你走路能不能看下?"

对方有些心疼地抱怨道:"差点踩我鞋子上了。"

是个身材相当亮眼的漂亮妹妹,江聿梁的心情都回升了一点点,笑了笑:"实在不好意思,你看看鞋面有掉水钻吗?有损坏的话……"

"江聿梁?"

江聿梁转头看了一眼,是吴顷明。

那个很潮的年轻富二代,上次吃到一半被清场了,不过对江聿梁来说,倒是天赐良机,拎着给邱邱拿的文件袋赶紧跑了。他们没再联系,在这种场合下再见，让人意想不到。

"明仔，你送我这个太重了——不好用，下次能不能换个轻点的？我要更少见的。"吴顷明旁边的女人小声撒娇道。

她拎的名牌包是吴顷明托人订才订到的，最近刚拿上，没想到今天赶巧不赶早。

对方倒是坦坦荡荡的，人高条顺，长得好，但这种漂亮不是一眼能看到底的，气质独特。江聿梁确定是吴顷明喜欢的类型——看吴顷明那脸色，就能看出来一二。

吴顷明脸一沉，还没说话，江聿梁就接了话。

"你做男朋友的，要大方点啊。"她眉头皱起，语气带点微妙的诧异，"这款又不贵，又不是稀有皮，保值效果没那么好，你怎么会订这种？打发人吗？"

江聿梁人高，四肢修长，手臂轻轻一搭，就在美女肩上轻拍了拍，让人无处躲避。

江聿梁安慰道："你的诉求很合理，想换就早点换，别委屈着自己。"

吴顷明心如止水地看着江聿梁大步流星离开的背影。

他并没有注意到，一个年轻男人跟他们擦肩而过。那人头发留得有些长，快盖住了眉眼，但长得有点混血感，整个人吊儿郎当的。

等往前走了一百米，快到西区尽头时，那男人敲开了门，进了房间才开始发疯，扑在沙发上笑得前仰后合："我要笑死了，陈牧洲，你不知道刚刚这无聊地方突然变得好笑了，哈哈哈哈哈！"

郑与笑完，才发现陈牧洲站在门边，眉头微挑地看着他。

门甚至都没关，意思是随时送客。

郑与赶紧站直，咳了声："那个我刚回来就来找你了好吧！你什么表情啊！半死不活的，我都听小道消息说了，你突然变性，带女生来了？"

郑与的嘴忽然张大，声量骤然降低："不会在里面吧？"

"砰！"

陈牧洲失去耐心，反手把门重重合上。从他脸色上一向看不出喜怒，但郑与还是能感觉到气压变低了，无声地往后撤了几步。

郑与小心翼翼问道："人走了？这么快？"

陈牧洲没回答他，走到桌旁拿了只玻璃古典杯，倒了水，仰头喝完。

放下杯子，陈牧洲才看向郑与："有事吗？没事滚。"

郑与见他正常说话了,松了口气,立马笑嘻嘻地凑过去:"我跟你说,刚才有个女的穿个短袖牛仔裤站那儿,把吴家公子哥和他女朋友脸都搞绿了,而且吧,看着像故意的,又像无意的。啧,那段位——"

郑与说着说着,看到陈牧洲的神态,倒抽一口凉气,后知后觉:"你认识?还是说,从你这儿出去的?"

陈牧洲手上有一下没一下地转着玻璃杯。

"就来了几分钟,问点事。"

郑与看他神色晦暗不明,明显不想搭腔回答的样子,识趣地转了话题:"好!那我们还是来说说你最近花九百万买的那画吧。我给你弄回来了,你想挂哪儿?"

"都可以,你看着办,你想要你拿回去也行。"

陈牧洲说着,扔下杯子,去窗边拉开帘子,视线漫无目的地投向外面。

郑与看着他立在窗前的背影,想了想,低声问道:"陈哥,你还是在想那件事吗?跟他作对,会非常麻烦。"

"那可是宗家,我爸从小跟我说……"

"郑与,"陈牧洲忽然开口截断他,"你回来就好好休息,回你家帮点忙。之前帮我的那件事,先不用去管了。"

郑与有点吃惊:"为什么?你不想找人了吗?名单找到的话,范围会缩小很多的。"

陈牧洲沉默了很久,久到郑与以为他不会再开口,才听见他轻笑了声:"如果找到,然后呢。"

陈牧洲将视线转向窗外,望着黑夜中一道修长的影子,她走在小路上,一时兴起,甚至将路上的石子踢得好远。

到底有什么可高兴的?一个即将迎头撞上命运的刀锋,还无知无觉的人。

从江津梁身上,陈牧洲看到了自己的一部分倒影,等待命运的刀锋靠近的自己。

"如果她生活得很好,没必要再去添乱。"陈牧洲最后说,声音有些低,像是跟自己讲和。

这晚,他又是半夜四点后才入睡。陈牧洲睡眠质量一向差,这晚尤其差。

他陷入一个光怪陆离的梦境,那条淡粉的裙子化成了一条光带,将他紧紧缠绕,凉意沁骨,无法逃脱,又惊人地滚烫。接着,这光带逐渐变宽,仿佛覆盖了整个宇宙,自然也将他包裹。

陈牧洲猛然醒来。

这梦是够烫的。

江聿梁发现事情的确不太对劲,是在两周后。

她遇到了一些危机。准确地说,她跟邱叶汀一起,遇到了小型金融危机。

两人一筹莫展,走到死路。

江聿梁瘫在沙发上一下午,忽然一蹦三尺高,从房间里搬出来一幅画,是一幅抽象画,颜色大杂烩。

她把这堆毫无意义的线条立到邱叶汀跟前。

邱叶汀皱眉:"这不是你大二的作业吗?怎么了,能卖钱?"

邱叶汀从她脸上看出答案,无奈地苦笑:"撑死了算你卖一万,啊,几万,够干什么啊?"

江聿梁神情严肃。

"邱邱,我听说了一些小道八卦。

"R.C华际的陈总,很喜欢收集各种抽象画——据我观察,公开的那几幅,主题跟我这个很相似。

"来,想点办法。"

江聿梁展示着画,眼中迸发出光芒,说:"把这个卖给他!"

跟江聿梁和周宁比起来,邱叶汀算是标准的好学生成长路线,她的情况也比江聿梁、周宁这样的独生女更复杂。

邱家条件不差,但重心都放在邱叶汀的弟弟身上。前几年,因为邱父的失误,家里也一度负债累累。

同是榕城出来打拼的商人,江聿梁家里当时有余力,也暗中帮了邱父一把,把资金链先周转过来了。

江聿梁出来以后,周宁要给她偷偷塞生活费,邱叶汀第一时间帮她翻网站投简历,提出要搬来跟她一起住。

等邱叶汀把接手的资产评估公司盘活后,她很快就跟江聿梁说——来活了,兼职的时间留给我。

除此以外,邱叶汀自己也在创业,起步资金都是她自己的积蓄,涉及艺术方面。这是江聿梁的本行,倒能帮上点忙,还挂名了合伙人。

而跟邱叶汀比起来,江聿梁目前的人生目标显然单薄很多:攒钱。

当然，钱真的很难挣。人处于富足的状态时，会有一种错觉，觉得会永远轻松地拥有财富。但事实并非如此。

江聿梁从高中到大学，遇到过无数圈内二代男生侃侃而谈，自己的眼光、操作多超一流，赚个小目标就是分分钟的事。她那时候就是听听，左耳朵进右耳朵出。现在如果再听到，她会很欣慰。越是成年，生活里纯粹的乐子越少，听傻子吹牛就是其中一项。

要想赚到钱，光启动资金和试错成本，就堵住了大半的路。

幸运的是，邱叶汀的创业项目在路演时表现不错，马上就要拿到投资了。

不幸的是，对方在签署协议前反悔了。

资金缺口让邱叶汀寝食难安。主要里面除了她自己的钱，还有周宁和江聿梁投进来的。

尤其是江聿梁，邱叶汀是看着江聿梁如何挣钱攒钱的，这让她更焦虑了。江聿梁倒还好，搁沙发上瘫了会儿，还有心情拿着大学的作业来开玩笑。

邱叶汀叹了口气，撑着额头道："不好笑。"

江聿梁眉头一挑："真的？那我扔了吧，反正不能卖钱——"

江聿梁这人说一不二，她转身就朝门口走，邱叶汀赶紧拉住她："哎，你干吗！不能卖钱就没用啊？这得留着好吧！万一呢？"

话音刚落，邱叶汀一顿。

安静了片刻，江聿梁笑眯眯道："是啊，谁说不能换钱就没用？咱们有点耐心呗。"

她的笑意在邱叶汀离开后变淡，那个投资人江聿梁见过，对邱叶汀的项目是真感兴趣，对方也不是爱反悔的人。

江聿梁把画拖回房间，拉开床板，重新扔进去时，刚好接到了周宁的电话。

周宁的声音听起来很焦急，没空等江聿梁说话便道："江江，出问题了！不知道谁跟邱邱有仇啊，好多人一听是她的项目，连电话都不接了！"

好一会儿，江聿梁才说："我知道了。先别急，我们都再等等。"

她有预感，对方不是冲着邱叶汀来的。

陈牧洲的提醒，虽然语焉不详，但江聿梁现在能勉强理解了。

能摸到邱邱这边，这是明显的警告。

挂了电话，江聿梁对着床板下的画发呆。

忽然，她将手伸进去，从十来幅堆叠的画中，挑出了一幅压在最下面的。

这是什么时候画的来着？

高一？高二？

画技青涩，透视一塌糊涂，颜色也用得不好。

但这是当时她第一次画原创人体，还得到了老师表扬。几笔线条勾勒出了人的背面线条。

脊背，肩胛，修长流畅的手臂肌肉，雨点一路流淌至指尖。

江聿梁把背景涂得昏暗，画上大雨如注，现在再看，画面上跪着的人，跟她记忆里的陈牧洲倒差不多。

就是上衣被她手动去除了。

她当时还保留了一点少女的矜持，给他留了条裤子。

江聿梁撤远了两步，靠着窗台，若有所思地想。

要不烧了算了？

本来就得罪了一位不知名人士，现在还要再加个陈牧洲。

江茗女士教育过她，雪中送炭这种事，好是好，可以做，但如果对方真功成名就坐上高位了，不一定要去邀功请赏，因为你根本不知道这种狠人心里在想什么。可能是感谢，更可能是记恨。

思及此，江聿梁把画放回原位，从衣服兜里翻出林柏给的名片，直接团一团扔了。

扔完，江聿梁就开始在手机通讯录找人，八百年没拨的号码，还是拨了出去。

好在对方接了。

"喂，杨叔叔吗？好久不见啊，我是阿聿。"

邱叶汀晚上回来时，给江聿梁带了一份饭，但叫了两声人都没听见。

她放轻脚步，去江聿梁的房间悄悄看了眼。

江聿梁坐在书桌前，人蹲在椅子里。台式电脑跟笔记本电脑各开了不同的页面，左边是一张合影，右边是达英公司的资料。

她对照片上的黄友兴不感兴趣，但黄友兴身边还站了一个人。

一个戴眼镜的中年男人，脸型方正，大众脸，其貌不扬，带着成功人士惯会放在脸上的笑意。

这张脸她到死也不会忘记。

虽然她只见过两次。

江聿梁大学毕业时，毕业旅行提前约了她妈，两人旅行都计划好了，临行前，她爸却兴高采烈地说有时间，可以跟着一起，然后他们去了一座热门海岛。

江聿梁本来就对工作狂的话半信半疑。果不其然，她爸有考察任务，连带着母亲一起，也要帮忙参考，据说是很重要的客户。

只留她在原地晒太阳发呆。

那天，他们俩本来要一起乘坐小艇出海，但她爸临时有别的安排，并没有上船。

江聿梁站在不远处，看到小艇上有合作方、合作方的女助理，以及她母亲，加上开船的当地人，一共四个人，最后却只回来两个人——合作方和开船的人。但最后发现，那位女助理也被热心人捞了上来，紧急处理后便恢复了意识。

可当地警察封锁现场后，江聿梁再没有见过那位合作方。

事情处理了一年，最终以意外结案。

那个商人的脸，她记得很清楚，他们只剩两个人返回时，她站在二楼景观台上，也看到了他匆匆离开的背影。

江聿梁对签了字、认同妻子死亡的父亲失望至极。从那天起，她不想从嘴里再叫出那个称呼。

因为他不配。

他们冷战了半年，或者说，那个人以为这是冷战，毕竟这个家只剩他们俩了，她还能翻天不成。从小到大，这人对她的期望都很简单：做乖巧一点、淑女一些的千金。

尤其是在那些公开场合上。

其他地方他不管，但是在重要场合，她神经得绷紧了，不会说话不开口也行，微笑就行。

他很少着家，江聿梁难得的挚友、长辈、明灯、依靠，都只有她母亲一人。

江聿梁在拎着行李离开前的最后一件事就是把名字改了，随了母亲姓。

她原本叫梁聿，那人叫梁铭，人人都说他是给当地争光的儒商，脾气好、运气佳。

榕城梁家，风光一时。

走前，她新办了张储蓄卡，把自己赚过的积蓄挪到上面，剩下所有跟梁铭有关的东西，都留在了房间里。

这两年，她把每一分钱都用到极致，攒够了路费就飞一趟那个小岛，整理着所有类似事件的资料。如果梁铭为了守住自己的荣华富贵，不肯追查，那就由她来。

只是最核心的部分，找到那个跟母亲同游出海的合作方，这件事迟迟没有进展。

最开始她也不是没问过，梁铭那时却铁了心，回避她所有追问。对方姓甚名谁、什么公司、身份几何，全部都不知道。

这也是她彻底灰心离开的原因。江聿梁不怕麻烦，一年不够就五年，五年不够就十年。

除了时间和耐心，她什么都没有。但借着这浮木，她就能游到底。

真相通常不美，甚至面目狰狞，可真相就是真相。

江聿梁望向屏幕上的人，目光平静。

她迟早会等到这一天，等到这张蒙着她双目的幕布，被撕开口子的一天。

但前提是，她不能连累到任何一个身边人。

R.C总部顶楼办公室。

"江小姐可能会遇上点麻烦。"

林柏把西装递给陈牧洲时，无意般带过一句。

陈牧洲仿若未闻，低头扣好袖扣，才抬头瞥了他一眼。

"林柏，你对她很感兴趣？"

这普普通通一句话，压迫感却让人头皮发麻。

林柏很快意识到这是某种越界——陈牧洲最讨厌的。

"不是。"林柏迅速低声道，"抱歉。"

天地良心，他真没什么其他想法。只是陈牧洲当时让他调查江聿梁时，给老板整理出的资料包括但不限于，博客上摘录出来的几篇博文。因此，他知道了江聿梁心中的白月光叫林宇杰；知道她对本市几家餐厅的青睐程度，攒到一部分钱就会请朋友去吃；知道了江聿梁带美术课时被一个九岁混世魔王气到心梗，去游泳馆狂游六公里才缓和；知道她在动物园里给所有长颈鹿取名，其中偏爱一只叫陆花花的，每次去都会重点看陆花花。

在这个圈子里待久了,很少能遇到这么鲜活的人。如果她出点什么事,林柏觉得真有点可惜。

今晚陈牧洲要去赴曲家主办的一场商宴。

本来上次要去,但后来突然有事,他又让林柏帮忙取消了。

转身离开之际,陈牧洲忽然问道:"黄友兴那边最近怎么样?"

林柏:"您放心,派人在他休养的地方看着,不会出什么事。"

陈牧洲淡声道:"身体恢复了,瘾还没恢复。别让他急着回达英。"

黄友兴的技术和脑子都得,偏偏就败在新爱好上。

他好赌。如果不是在澳门玩疯了,也不会误闯了宗家的地盘,不知道目睹了什么秘密,宗家那边现在盯死了他。在澳门时,陈牧洲就捞过他一次,从宗家人手底下。

现在,他又替黄友兴换了条件更好的医院,几乎是等于明着作对。

曲家最近这么热切地邀请他,也是想看看陈牧洲现在的状态——到底怎么回事,胆子大成这样。

陈牧洲也不过刚刚坐稳了位置没两年。宗家这一代背后的宗奕,可不是好惹的主。

航线横跨太平洋的私人飞机内。

空姐退下后,有个文质彬彬的年轻人朝偏后的位置走去,恭恭敬敬地把平板电脑递上:"查到了,您过目一下。"

正在看报纸的中年人一直没接,直到属下手都举酸了,才和蔼地笑道:"具体我就不看了。你说,是不是我猜的那样。"

"是。梁聿,榕城梁家的独女。两年半前,她改了名字,随母姓。"

"真是她?"中年人哈哈笑起来,而后又感慨道,"江茗的女儿,热心也是正常的。这样,暂时别动她。"

"可是,"年轻人脸色有些迟疑,"现在这个时间,那些人可能都到了。"

中年人微微皱起眉头,有些可惜:"那没办法了。这两个小朋友——自求多福吧。"

那批打手前科累累,只要钱到位,什么都好说。

同一时间。

新城城东。

曲家办的盛大宴会上,林柏也就转个头的工夫,发现只露了个脸的老板又不见了。很好,今天又是即将充当无情道歉机器的一天。

第三章
暗流汹涌

混乱的城中区南林街对面，摇摇欲坠的广告牌下，路灯幽幽然笼罩着黑色轿车。

偶尔路过的人会回头看好几眼，这么名贵的车，在这片区可不多见。

车里的人抽了支烟，快燃尽时，开门下了车，他把烟蒂抖落，西装外套脱下扔到座位上，抬腿朝街对面走去。

月光很公平，光线浸透了城市每个角落，包括传出嘈杂吵闹声的巷子深处。路过的人都忙不迭往外跑，只有一个男人逆着人群，朝声源地走去。

快走到时，陈牧洲抬手把手表解了。此时月色倏然照入，面前的场景跟他想象的没什么差别。

非常原始的暴力与摩擦，但是主角得调换一下。

陈牧洲很微妙地想起林柏递过来的资料里，有一段内容是关于江聿梁高中的辉煌战绩。

受母亲家里三代开武馆的影响，江聿梁的身体素质非常……或者说极其优秀。

搏斗很奇妙，它是一件原始性质很重的事，可以说，偏向动物性更多。自然里时时刻刻都在发生，为了领地，为了食物，非常纯粹的较量。在这样的原始性中，却包含着天然的智慧。

力量以外，还有更多，比如技术、心态、反应。在一次次失败中将痛苦转化的经验，最终都会在实战中真实地反映出来。

——绝知此事要躬行。

它跟这七个字息息相关。陈牧洲是个中老手,打眼一扫,就看得出,江聿梁是挨过揍的人,并且挨过不少。

　　实战跟实战间也有许多差别。在文明的地方,有文明的规则。

　　可更多地方不讲规则。

　　比如说四对二,江聿梁那边的朋友完全插不上手,只能躲开,抽空去叫人,努力不添麻烦就不错了。

　　江聿梁两手空空,对方则是有备而来,虽然不是管制武器,但要是随便挨上一棍子,基本也就没还手之力了。而她们被堵的地方,是狭窄的巷内,并排只能同行两个半人的宽度。

　　但对江聿梁来说是优势——

　　这里墙体的砖块凹凸不平,她跳跃能力极佳,手臂扣在边缘,踩住一点借力,便能高高跃起。

　　她揍人的风格很赏心悦目。

　　轻盈有力,速战速决,她的动作看起来尤其快,发力链条也极漂亮,知道全身的力量如何往一处使,也知道要乘胜追击。她有记鞭腿踢在对方手腕,在那打手被骨头变形的剧痛袭击大脑之前,就被江聿梁反手肘击中太阳穴,晕倒提前下场了。

　　棍子还被江聿梁捡了。

　　四个人里有一个最难缠的,个高人壮,拳脚还不合常理的快。急风骤雨之下,江聿梁躲闪的速度依然没有变慢,她能提前一点点,预料出对方的攻击路线。

　　但转身间,她的眼神无意间掠过了什么,一怔,也就半秒的工夫,误了事,她结结实实挨了一拳。

　　她有些懊恼地蹙眉,眼神也沉了沉。

　　江聿梁能感觉到脑子嗡嗡的,这打手跟座山一样,肌肉真是没白长。

　　拳头擦着嘴角,击中她下颌。

　　口腔里很快弥散出一股极淡的铁锈味。江聿梁舌头抵了抵腮帮子,把那股血的味道压下去。

　　抬眸时,眼底有一簇燃烧的火苗。

　　江聿梁微微俯身,躲过带着风声的金属棍子,借着转方向,将身子压到了最低,直接抱住了对方的脚踝,把人拉到了地面。

　　她虽然重量不敌这打手,但是用全身的力气,破坏对方平衡还是没问题的。

这打手没反应过来,就被江聿梁抓住了手臂,等他脸色一变,想抽出时,已经晚了。

她非常娴熟地抓紧手臂扣在膝盖间,锁住对方颈部和胸口,稍微收了力气,往相反方向一拉。

柔术中的经典锁技,十字固。

"啊!"

一声惨叫划破小巷的天际。

江聿梁不耐烦地道:"叫什么叫啊!我又没掰断!这么会演啊你,闭嘴!"

想想,她还是手起掌落,控制着力度给了这人脖颈一下。对方晕了以后,她抽出了手脚,坐在地上甩了甩手腕。

"还有——"江聿梁忽然想到什么,抬头,微眯了眼,"陈总,戏好看吗?"

行走江湖,她习惯了冷眼旁观的人。

但陈牧洲这么标准的看戏姿态,她还真是没见识过。陈牧洲本来离得也不远,这时已经走到了距她两三步的位置,微微笑了笑:"还行。"

对江聿梁来说,他算不速之客。她抬头时,看见男人立在夜色中,明明垂眸看了过来,但像蒙了一层薄雾一样,什么都看不分明。

他本来就是冲击力够强的长相,眉眼浓墨重彩,这一幕被月色随意晕染后,像世界某处幻光耀眼一闪,只停留一刹那的幻觉。

但江聿梁注意的不是好不好看,她在辨别,辨别他是敌是友。

陈牧洲平静地站在这里,垂眸看向她时,让人有种错觉,是断崖上偶尔吹过的风。

深崖不见底,漆黑一片,能够吸收光和万物。

江聿梁没说话,她直直望进陈牧洲眼里,没再避开。如同激烈搏斗后受伤的兽,再遇危险时,瞬间弓起的背脊,紧盯不放的双眸,攻击性呼之欲出。

江聿梁本性其实就是如此,一个咬住就不愿松口的人,所有的浑不懔与嬉笑,都是浮在浅表的保护层。

她跟陈牧洲不熟。跟他之间,没有任何撕开保护层的必要。她也不喜欢,不喜欢被外人居高临下地围观这样狼狈的时刻。

突然,江聿梁双眸细微地收缩,瞳孔内倒映的人影渐近。

陈牧洲俯身。

缩近的距离让她警觉，江聿梁身子后倾，刚想撑一把地面站起来，却被陈牧洲的动作钉在了原地，动弹不得。

　　他抬了抬手臂，动作很轻，指腹从她嘴角血迹上拂过。

　　虽然很快就收了回去，指间的凉意只停留了短短一瞬，但就是这一瞬间，无数念头如同天上星点，坠重而后滑落，来不及细细抓住，就在脑内闪着白光进开。

　　其中处于中心加粗划线的念头是——

　　大哥，我们熟吗？

　　江聿梁人都傻了，这句话已经盘旋在嘴边，就差临门一脚，就要扔到陈牧洲头上。这时，他眉间微皱，似乎是真疑惑："牙掉了？"

　　江聿梁余光看见邱邱带着人快到了。

　　她用尽全身力气，才保持着修养，没把"你要不要试试"这句话甩他脸上。

　　最后，她选择让一切结束在敷衍的笑声中："哈哈。陈总，今天我应该没什么时间招待您了，您自便吧。"

　　江聿梁被邱叶汀扶起来后，脸色冷然，随意抬手指指街对面。她都看到一辆格格不入的黑色轿车停那儿了。说完，她也不再看陈牧洲，转身回答起民警的问题。

　　邱叶汀报警了，她们应该是要去做笔录的，江聿梁没空理他。

　　她以为，至少这晚不用再看到这张脸，没想到，笔录做了多久就看了多久。他是作为目击者来的。

　　江聿梁出来的时候，在邱叶汀的提醒下，不情愿地转到陈牧洲那边："谢谢，辛苦了。"

　　那里是监控盲区，周围看热闹的人都跑光了，就剩陈牧洲一个，他也没参与动手，就一起过来了。她话音刚落，邱叶汀看着不远处的门口，出声提醒道："陈总，接你的车好像来了。"

　　陈牧洲收回视线，看了眼街边："谢谢。"随即转身下了阶梯。

　　江聿梁小声嘟囔："有看热闹的工夫不搭把手。"

　　他身形一顿。

　　江聿梁吓了一跳，听力也太好了吧？

　　好在陈牧洲并未转身，径直离开了。

　　"好了，我们赶紧走吧，"邱叶汀拉着她急匆匆往前，"去医院看看，你这脸肿得也太可怕了，不是还准备去看黄总吗？"

江津梁半边脸都没什么知觉，但摸一摸，确实肿得老高，她自己摸着摸着都笑了："哎，那有什么。黄总一看，这么严重，说不定当场把床位借我了。"

邱叶汀眉头紧皱："你还有心情开玩笑？不让我告诉周宁，你不会不想去医院吧？"

江津梁笑眯眯道："也没有，但这就是很轻的外伤啊——"

她医保买了最低那档，摸着也就肿了点，回家涂点药两天就好了的事，要浪费钱有点可惜。

江津梁话音没落，手机就响了。

是陌生号码。

她跟邱叶汀示意了下，接起来："喂，你好？"

"江小姐吗？您好，我是林柏。您是在越昆路南边吗？"

江津梁迟疑了下："是，怎么了？"

林柏："好。您跟朋友稍微等我一下，谢谢。"

那头太有礼貌了，江津梁还没想好该怎么拒绝，对面就挂了。

一个小时后。

江津梁在医院诊出骨裂。

邱叶汀没想到这么严重，脸色一下就变了。

刚固定好伤处的江津梁赶紧安抚她，口齿不清道："没事，我以前辣（那）才叫严重嘞，半个月就好了——"

江津梁在烦恼的其实是另一个问题。

杨叔叔答应她五天后见个面。如果对方愿意注资，邱邱这边就能渡过危机。

现在这样怎么见啊？

"梁聿？她不是跟她爸在国外吗？怎么在国内啊？"

SF店内高定客人区，一声惊叫传出。

被围在中间的杨期然轻哼了声："早就传出来说她家不行了，估计让她先出来放风试水吧，到时候要点我爸的投资。乞讨能讨出东西就不错了。"

杨期然是杨国东的独女，偶然经过书房，听到了熟悉的名字：梁聿。

她们在同一所高中读过书，都是高中后出国读私立的人。那个圈子就那么大，中国人的圈子里，分成了三拨小团体，但梁聿不属于任何一边。

她似乎融不进任何群体，总是神色自若地来去，不知道高傲个什么劲。

现在不还是掉下来了。杨期然很久没见她了，但只要想起来，那张面孔就能清晰地浮现。

杨期然喜欢的少年当时感慨地说，梁聿是只要你看过就不会忘的，辨识度极高的人。她倒想看看，这么久了，跌落云端的人，还能有辨识度吗？

"本来今天要见的，不过我爸说改日期了，过两天见她，到时候你们想看看，一起去四季喝个下午茶就是了。"杨期然似无意般道。

在林柏的强烈建议下，江聿梁留在医院观察了几天。

期间，林特助几乎是每天来一次，而且不是蜻蜓点水，是认真地来二十分钟，如果不是江聿梁半年前做过惠民免费体检，她会以为自己快挂了。

"林特助，其实您不用那么客气的，忙自己的就好了，我真的没事。"

江聿梁好不容易把人劝走，门快关的时候，林柏又猝不及防地拉开："有需要打我电话！"

江聿梁：……现在顶尖人才都这么闲的吗？

林柏上了黑色轿车的副驾驶座后，如实汇报了情况。

话音刚落，他就听见陈牧洲忽然开口："林宇杰是谁？"

本家？

林柏第一想法是这个，但他扭头迅速观察了眼，发现陈牧洲垂眸，在翻什么熟悉的资料。

他灵光一闪，想到这名字是谁了。

这不是江聿梁在博客里，难得伤春悲秋时的主角吗？

大概率是，学生时期的白月光？

同一时间。

邱叶汀踏进了病房，一进去先递给了江聿梁相框。

"给，宇杰的照片给你带来了。"

江聿梁迫不及待地接过去，放在怀里眷恋地蹭了蹭。

"姐姐忘了带你来了，不好意思噢！"

这张相片拍得很高清，拍出了宇杰的风姿，是江聿梁最爱的一张。因为边牧在草地上奔向她时，亮亮的眼睛，永远留在了这张照片上。

见杨国东这天，邱叶汀跟周宁早早来给她送早饭和衣服。

周宁走进来第一秒就震惊了："你这黑眼圈……"

邱叶汀把粥推过去，看着也皱了皱眉："怎么回事？"

江聿梁双眼失焦。

十本言情小说里八本先婚后爱，两本强取豪夺。没有她可以借鉴揣摩的，这也就算了，因为太过精彩，她还满怀期待地找了会儿"拉灯情节"，结果什么也没有。

江聿梁被周宁挥手叫得回过神来："啊，谢谢。"

江聿梁闷头喝粥，啃油条的时候才完全清醒："哎，现在几点了？"

邱叶汀看了眼表："差十分钟十点。你今天要去干吗啊？这么紧张，还要去市中心的酒店？"

江聿梁嘴里塞得很满，打个哈哈就过了："唔，见个长辈。有些以前的事没处理好。"

周宁皱起眉心："要不要我陪你？我在那儿订了一年的房间，我们去房间里等，你好了给我们电话。"

江聿梁不肯细说，周宁和邱叶汀也不可能问得出来。但她们都能看出来，江聿梁的紧张。

这就很少见了。

江聿梁摆摆手："不用不用——你们忙你们的。"

她又喝了杯豆奶收尾，以最快的速度换好了衣服，把衬衣下摆塞了一部分到牛仔裤里，试图显得精神些。

她又把长发放下来，难得梳成了偏分。

下颌还有点微微肿起，但已经不太明显了，头发一遮，可以挡住大半。

好。江聿梁看着镜子里的人，缓缓吐出一口气。不用紧张，没什么好多想的。

如果对方看了项目书细节，也没有投资意向，她离开就行了。

一个小时后。

在进酒店旋转门时，望着大理石地板冷然的反光，江聿梁后知后觉地意识到一件事，她并不担心被拒绝。

真正不安的是，她重新踏了进来。

这个暗流涌动、汇聚着权势与金钱的圈子其实并不大，任何一点风吹草动，都能很快传遍。

当然，只要不遇到太多熟人就行。

"天，梁聿？真是好久不见啊！"

面前笑眯眯又看似惊讶的年轻女生，穿着当季新款的昂贵套装，从上精致到下，应该是哪家千金，看着似乎有点面熟。

江聿梁在快速思考的时候，已经伸出手去，下意识地要礼节性地握一握。

她的手在半空中待了几秒，对方没有要来握的意思，笑容倒是更灿烂了些："真的很不巧，我跟期然今天刚一起做了指甲，怕划到你，不好意思哦。"

江聿梁眉头微不可察地一挑，大大方方地收回手，笑了笑："行。我有事，先走了。"

期然……杨期然？杨国东的女儿。

看来这女生是杨期然的朋友。江聿梁完全能理解她小女生般的行为，也不在意周围偶尔投注的目光。杨国东很宠杨期然，可以说只要杨期然想，今天她跟杨国东在咖啡厅的会面，杨期然都能搬个椅子加入围观。

杨期然是什么类型的人，她都有点忘了，不过大小姐脾气应该比这人个好点。

江聿梁收回目光，绕过这位刚做完指甲的美女，径直走了。

美甲千金不敢置信地望着江聿梁的背影，她看上去都不记得自己是谁了，她们可是一个中学的！

美甲千金气冲冲地在小群里留言：见到了。姓梁的还是老样子，真的很可笑好吧，穿的不知道是哪里的破烂了，可能她爸就是破产了！

江聿梁觉得她预测能力简直不能更准了。

杨期然还真来了，坐在他们隔壁的隔壁，微微笑着，抬手跟他们优雅地打了个招呼。

"爸，好巧，我跟朋友也约在这儿的。"

杨期然跟其他三个人坐一起，有男有女，跟着杨期然一起，乖巧地跟杨国东打了招呼。

看着是真偶遇。如果不是其中有美甲千金的话，江聿梁大概也会这么以为。

· 060 ·

看热闹要带上朋友,从这点来说,杨期然还是挺讲义气的。

杨国东完全不介意,他平时工作太忙,跟杨期然见面的时间本来就不多,笑得慈祥开怀:"好,那今天你们就好好玩,叔叔买单啊!"

江聿梁对上杨期然的微笑,也勾了下嘴角,算是回应,她很快收回目光。

"杨叔叔好,好久不见。"

江聿梁诚恳道:"抱歉,今天要打扰您几分钟了。"

杨国东其实能猜到,老友的女儿忽然找自己,能是为了什么,还能是为了叙旧不成?

但他能做的,也只有叙旧了。

"小聿,这两年也没多联系你们,大家都太忙了,也不知道你父亲现在……"

"杨叔叔,您能看看这个吗?"江聿梁却直入主题,从桌面推过去一份东西。

她的目光直白而诚恳,没有半分退缩之意。

杨国东轻叹了口气:"我听说了,这个项目现在融不到资。你需要多少呢?"

江聿梁给了一个保守的数字,比之前低三分之一。

杨国东微微蹙眉:"这个数字对我来说确实不算什么。但是,我相信对你们家来说也不算事。当年你父亲帮邱家补上资金链,数目是这个的十几倍,我能知道,老梁为什么不帮你吗?"

江聿梁沉默了几秒,她当然能想到杨叔叔会问这个问题。

在他们的认知范围里,哪个小辈会跟自己的家里,完全断掉呢?谁敢呢,毕竟现实世界是这样的举步维艰。

"杨叔叔。"

江聿梁的右手无意识地捏着玻璃杯,轻声道:"我现在姓江。"

这个字仿佛给了她莫大的勇气。

江聿梁抬头,温和有力地道:"江聿梁。我的名字改了,我叫江聿梁。我不是需要您无条件地帮助。我想让您看看它,如果您觉得没有价值,我绝对不会……"

不会多纠缠。

这句话还没落下,她听见一声笑和窃窃私语飘来。

"天,真的是来要饭的。"

杨国东自然也注意到了，轻咳了一声，朝女儿的方向看了眼。杨期然收到讯号，满不在乎地拉了下说话的人："好了，打扰到我爸了。"

杨国东把项目书无奈地推回："小梁，不是我不想帮你，叔叔这次真的无能为力。"

这个称呼——

江聿梁有一瞬皱眉。

杨国东对她的称呼一直是"小聿"，他特意压了重音在"梁"上，这是第一次。

江聿梁很轻地笑了笑。

她自然知道这是什么意思，你是梁家人，这是不可能改变的。

江聿梁伸手，要把项目书收回，垂着眸道："叫我小江吧，杨总。"

项目书还没完全收回，就被人中途截走了。他们这边的光线被短暂地挡住。

陈牧洲站在桌旁，随意翻了翻项目书。他看得很快，但在重要信息上，都稍微停顿了一两秒，看到需要的数额那里，他停顿得最久。

两人回过神来后，杨国东率先站起来，甚至显得有些局促："陈总。"

陈牧洲这人，神龙见首不见尾。他不只是R.C的陈牧洲，也是陈家的人，没怎么在媒体曝光，想让属下调查陈牧洲的行程，都难如登天。

陈牧洲轻颔首，一种类似"知道了可以退下"的散漫敷衍。

从头到尾，他都只面朝着江聿梁这边，把项目书扔还给她："走吧，出去说。"

陈牧洲明显不是会放慢脚步等她的人，江聿梁只好赶紧把包拿上，跟杨国东打了个招呼匆匆跟上。

这次从咖啡厅到酒店一楼大厅的路，回头率比之前高得不是一星半点。江聿梁后知后觉，面前这道背影过于醒目。

"那个，陈总。"江聿梁硬着头皮，低头蹭到他身边，"能不能去车上谈？"

这里人真的太多了，周围视线真是灼热。

陈牧洲侧头看她一眼："好。"

说完，他把臂弯挂的外套随手扔给她。

"嫌丢人就把脸蒙上。"

坐在车里，冷气吹着，水喝着，江聿梁反复确定了三遍。

"你要投八百万?"

"你看了吗?"

她忐忑地把项目书掏出来,递上去,观察着陈牧洲的神色。

本着金主至上的原则,江聿梁还是在脑内认真检索了一番有什么称呼既尊敬,又体现不出年龄感。

"陈牧洲。"

他平静温和地提供了一个选项。他瞥了眼她,将她的错愕震惊尽收眼底,问她:"第一次听说?"

江聿梁迅速微笑道:"当然不是。陈总大名鼎鼎,早有耳闻。不过……"

江聿梁迟疑了下,还是问出了口。

"真的很巧。您怎么知道我在这儿?"

她其实是想问,怎么每次都这么巧。

陈牧洲总能精准地踩到点上,在一些微妙的当口。

比如挨揍那天,比如现在。她也没期待陈牧洲真会回答,刚问出口就反悔了。

"算了,没什么。"

"不巧。"陈牧洲说,"我是来找你的。"他说话时,语气如同轻然拂过的风,如果不及时抓住,一闪便逝。

江聿梁唰地转头看向他,没有掩饰惊讶。

"找我?"她不得不承认,那一瞬间自己的心跳差点漏拍,真是莫名其妙。

"黄友兴,"陈牧洲看向她,"你应该还记得?"

江聿梁:"当然。"

要不是中间出了意外,她早就重新约对方时间了。

江聿梁意识到什么:"黄总他还好吗?"

难道又出意外了?

陈牧洲没有马上回答什么,目光若有所思地停在她脸上。

江聿梁难得显出焦急,因为没得到回答,又问了一遍:"他身体怎么样啊?"

陈牧洲收回视线。

"清醒不少了。我听他属下说,你一直想约见他。"

江聿梁点点头,大方承认了:"是。我有些很重要的事要问黄总。"

陈牧洲饶有兴致地反问道:"有多重要?"

江聿梁卡壳。

陈牧洲看起来不像这么闲又没眼色的人啊,今天怎么突然空出来了这么多时间说废话。

她还没想好怎么回答,陈牧洲忽然丢了份资料出来,十来页,不算厚。

江聿梁有点奇怪,好奇地拿起来看了眼,在看到内容的第一秒立刻脸色骤变。

这是一份她的个人资料。

里面的内容详细到说事无巨细都轻了,常规如名字、年龄、学校、住址、喜好、擅长等等,细节如每日行踪,工作日偏好的便利店、等红灯的习惯等。

再深一点的,甚至有对她本人个性的分析,周边的人际关系网。

这些还只是前几页。虽然现在隐私泄露已经很常见,但这样汇总在明面上的感觉,是完全不同的。

就像被人扒干净扔在大街上。

陈牧洲视线落下,看见她用力到骤然发白的指尖。

江聿梁:"这是——"

陈牧洲:"做完笔录的第二天,邮箱收到的匿名文件。"

江聿梁沉默了会儿。她当然明白,这是警告抄送陈牧洲,别多管闲事的意思。

"发邮件的,跟想让黄总出意外的,应该是一个人吧。"她没有在问他,只是在轻声自言自语。

不对,有哪里不对。

她只是刚好救了黄友兴,即使再夸张,也不至于盯她盯到这个地步。要报复,一两次也够了,不至于这样。现在这是详细地摸查她的底子,就好像在确定她的身份一样。

江聿梁想到那张合影。

黄友兴早年合照上的中年商人,是跟江茗一起坐小艇出海的人,出了意外后,又消失得无影无踪。她是为了确认合影上这个人的身份,才要找黄友兴的。

江聿梁心里一直有个隐约的念头,这几年持续盘旋打转。

也许事情本身就不是意外。如果黄友兴现在得罪的人,跟合影上的商人,是一个阵营的,甚至是一个人——

所以记得江茗,记得她。

这样才说得通。

江聿梁把资料迅速卷起来，拉开车门后，又想起什么，难掩兴奋地回头。

"陈总，谢谢啊！我有点事先走了。对了，您投资的事……"她扒着车门笑得很热烈，"也谢谢了，到时候我让朋友联系您，这个是她的项目！"

"砰！"

说完，江聿梁也不等回复，甩门跑路了。

五秒过后，江聿梁又冲回来，一把拉开门，探头进来，眼睛很亮："不好意思，忘了问电话了，联系您哪个号码啊？"

陈牧洲定定地看了她几秒。虽然男人也没带什么情绪，江聿梁却被看得莫名后颈一阵凉，缩了缩脑袋。

"那，让林特助联系我也行……"

江聿梁身子缓缓地向后挪。还没等她关上车门，陈牧洲从另一边下了车。

他绕过来，在江聿梁面前站定。

"纸。"陈牧洲说。

江聿梁愣了一下，赶紧从包里翻了个便利贴出来。

幸好她有随身带便利贴的习惯。陈牧洲自己有钢笔，笔身只是普通的墨色，但笔尖的纹路很独特，江聿梁不由得多看了两眼。

他很快写完一串号码，递给了她。

"你如果不想跟黄友兴绑在一起送死，"陈牧洲垂眸，慢悠悠地拧上笔，"暂时别去找他了。"

江聿梁"啊"了一声。

她难掩失望，但没说什么，折起了便利贴。

"紧急的时候，打这个电话。"陈牧洲抬了抬下巴，示意她手上快揉散架的那张纸。

江聿梁看了眼，赶紧铺开展平，讨好地笑了下："好。哎，等等，那我朋友找您谈那个项目，也可以打这个电话吧？"

陈牧洲看了她几秒，温声问道："你觉得呢？"

江聿梁看懂了，严肃道："这算待办事件，不算紧急。"

陈牧洲扔下三个字："找林柏。"然后没再理会她，直接上了车。

江聿梁站在原地，看着黑车离去。

她握着手里的字条,面上闪过一丝迷茫,甚至细心地注意到陈牧洲上的是副驾驶座,而不是后座。

很快,她又轻扯了扯嘴角。

目前看来,他至少不是敌方阵营吧?算是好消息。

当然,还有更好的消息,要赶紧带回给邱邱。

一直到人影看不清,副驾驶座上的人才收回目光。陈牧洲开了点车窗,让风吹进来。

车驶入隧道的时候,手机响了。

他接起,是郑与,拖长的声音从听筒另一端传来。

"喂,陈总,听说您最近善心大发了?不是,我这边进度都更新了,过段时间可能就找到人了,到时候绝对是正主!你别告诉我,你现在随便抓个人当代餐,想传递爱心啊——"

陈牧洲没说话,郑与很快意识到什么,语气变得正经了不少。

"哥,你别给自己惹麻烦啊。你是不是在帮那个前段时间吴家那个少爷想追的人?我听林柏说了,人挺热心的,还救了黄总。但她这边不太对吧,好像得罪人了。"郑与提醒道。

郑与是知道的,知道陈牧洲是什么样的人。他洞察力太强了,陈牧洲不会不知道,宗家在其中的痕迹。

牵一发而动全身。

"所以呢?"陈牧洲语气极淡。他侧了侧身挡住风,火光在烟卷上燃亮了一瞬,深吸一口任烟过肺。

陈牧洲把车窗开到一半:"得罪就得罪了,也不是得罪不起。"

"多少?"

小小的出租屋里,周宁分贝高得能掀开屋顶。

江聿梁回来的时候,周宁正拉着邱叶汀,哭诉她这一周连环相亲的苦日子,相亲相到万念俱灰了。两人见江聿梁一脸平静地放下包,彼此对了个眼神,估计江聿梁今天出去碰了一鼻子灰。

两人还没来得及安慰,就见江聿梁站在茶几跟前,双手叉腰:"我宣布一件事。"

周宁和邱叶汀听得很认真,听完以后齐齐陷入沉默,邱叶汀的项目有钱了,八百万。

江聿梁看着她们俩的表情，没忍住笑了："怎么，不信啊？"

邱叶汀从地毯上爬起来，踮着脚，担忧地摸了摸江聿梁的额头。

江聿梁："嘁，我没发烧！跟你们说正经的呢。"

周宁的尖叫这才随后跟上，问了三遍，确定江聿梁不是做梦后，冲上来紧紧抱住两个人。

邱邱的项目是一个艺术类的App，前期下了多少功夫，她们也看在眼里，周宁把压箱底的钱拿了出来，江聿梁是出钱又出力，她也把喜悦牢牢压到这一刻才释放。

激动过后，邱叶汀才问："不过是谁投的啊？"

周宁也好奇："对对对，谁啊？这么有眼光的！"

江聿梁想了想："陈牧洲。听过吧，R.C那个。"

"江江，"周宁担忧地深蹙眉头，"我说真的，你不会被骗了吧？"

"你今天这么紧张，就是为了这个吗？"邱叶汀忽然问道。

邱叶汀看江聿梁脸上的伤都还肿胀着，脸上却挂着笑，有点滑稽，又让人心酸。

江聿梁作势要捶周宁的肩："一切顺利，放心。"

江聿梁知道邱叶汀会想什么，文静的人常常有一颗最敏感汹涌的心，

周宁去微波炉重新热炸鸡的时候，邱叶汀把江聿梁拉到角落："你说真的，他没为难你吧？"

江聿梁语重心长道："真的没有。对他们这种人来说，这就像从一缸水里，随便扔半杯出去，我把他助理电话给你，邱邱你到时候直接联系就行！"

炸鸡的香味跟周宁的声音一起飘过来。

"不过，他为什么会同意投资咱们？我听我爸说过，这两年形势严峻，新城这种金融城市很受影响的，但你说那个什么C，他们去年盈利很猛的。"

邱叶汀沉吟："R.C华际之前投过利腾，这方面眼光一直很准。但这五年好像慢慢转方向了，去年和前年，在能源这块啃下一块大蛋糕。"

周宁把鸡腿掰下来，分给她俩一人一个："江江，你什么时候认识他的？"

面对两个人的灼灼目光，江聿梁一时语塞。

斟酌了一下，她还是选择解释一小部分："没有，今天本来约的不是他，但陈总刚好路过，就聊了一下。"

"我带项目书了，给他看过。"

周宁恍然大悟："怪不得呢。我就说邱邱每一个环节都好好准备，肯定会有回报的。"

没等邱叶汀说什么，周宁忽然跳起来蹦到窗边："下雨了！"

雨天就应该坐在家里吃炸鸡，这是周宁信奉的人生信条之一。江聿梁认为这是对的。

她吃鸡翅的时候，也扭头看了眼窗上留下的雨丝痕迹。

在雨中变得模糊的，变幻的一切景象，都让江聿梁觉得熟悉。

江聿梁其实能记起来。

那一天，江茗也像以往的每一次一样，认真聆听，全力以赴。

车离开的时候，她扭头看着后车窗，那道身影即将被淹没在雨里。

——"妈，他一直在那儿待着，是不是想找谁啊？"

江聿梁不无担忧道。

后来车就掉了头，重新停在了离那别墅不远的地方。

——"小聿，你在车上等我一会儿。"

江茗下车，好像去旁边打了电话。江聿梁悄悄观察了会儿，也偷溜下了车。

这次她比二十分钟前多了点装备，多了把伞。

之前给少年留下的伞，他并没有用，人还是像一桩冰冷的雕像，在原地没动过。

——"怎么没用啊？"

江聿梁絮絮叨叨，俯身捡起伞，想递给他，但只有几秒，她就判断出来，对方是不可能有反应的。

行吧。江聿梁也没办法，干脆蹲了下来，左右手都没闲着，过了会儿还从裙子内兜里翻出来一块花生糖，碍于没手拆包装，只能用肩和耳朵夹住自己的伞，用牙和空出的手成功解锁。

在咬下那块花生糖之前，江聿梁想起江茗耳提面命过的，做人不能太自私，于是又小声问身边的人。

——"花生糖，吃吗？"

数了二十秒，对方没回答她。

江聿梁有点遗憾，又美滋滋地含住了那块糖。

后来那铁门开了，江茗就把她领走了。

江聿梁忙着低头看糖纸，跟江茗说这个糖好好吃，以后家里得多买点。

也没回头看看。

隔周周三晚上八点半。

宗奕坐在车上,透过车窗看着窗外一闪而逝的夜景,夏日的新城别有一番风情,是跟秋冬截然不同的气质。

副驾驶座上的随身助理转过身来,突然跟他报告了一件事。

"陈家的孩子?"宗奕开怀地笑起来,"来就来了,热闹点儿,不是挺好的吗?我也太久没有见这些老朋友了。老陈来了没?"

助理仔细察看了下屏幕:"没有,只有陈牧洲。"

"对了,还有一个人——"

助理把现场的画面放大,仔细辨认了一番,确定道:"之前我跟您说过的,梁家那个离家出走的女儿,她今天也在的。"

之前回国的飞机上,有属下已经跟宗奕报告过了。

这算不上什么大事,梁家在榕城那个规模的城市里,或许能数得上号,但放到新城来看,只是众多成功商人中的一个罢了。

但宗奕却没有马上答话。

助理无意间抬眸看了眼,心下一惊。

宗奕脸上的笑意无声地消失了,在黑夜中,他似乎在思考着什么。

是自己漏了什么细节吗……助理心惊肉跳地反复察看,最后小心翼翼道:"您觉得,有什么问题吗?"

"之前小左跟我说,"宗奕把膝上的文件合上,眼睛弯了弯,"他找人要去办这件事,我没来得及阻止,就让他那么干了。给年轻小孩一个教训,也未尝不可。但后来,结果是什么,怎么没人来通知我?"

助理想起来这件事了,忙道:"是这样的,小左他确实办了,事也成了一半。两边都进了趟警局,都受了点伤。"

宗奕问:"几个人去的?"

助理低头,冷汗直冒地翻着资料:"是四个人一起。"

宗奕:"梁聿那边呢?"

助理:"加她跟朋友一起,是两个人。"

宗奕笑了一声,听上去似乎是正常的笑意,但在狭小的车内一回荡,便有莫名阴凉诡异之感。

"四个,对两个。结果是什么?都受伤了?"

助理硬着头皮道:"其实只能算一个,但是梁聿的能力超过他们的准备范围,所以就出了点意外……"

宗奕笑意深了点:"你倒挺会说话的。把'无能'解释得这么轻描淡写。"

"宗董,是我无能,实在……"

宗奕挥了挥手,打断了他的话:"算了,就这样吧。你以后不要再漏掉任何事了,知道吗?"

宗奕低头翻了翻手机,随口说:"梁家有个让我印象深刻的人,所以她的女儿,我也格外挂心。"随即便开始回信息。

这一页应该就算揭过了吧。

幸好快到宴会地点了。

助理松了口气。

如果这时,他回头看一眼,会发现后座的车窗玻璃上,映出的手机屏幕倒影,并不是信息界面。

而是相册。

宗奕停在一张相片上,点开,放大。

这是一张很清晰的女人的图片。照片记录了她人生结束的那一刻,她紧闭着眼睛,平躺在海岛的地上,衣服早已浸透,姣好的面容上呈现出静谧的神色。

如果不是青白的脸色,看着就像还活着一样。

宗奕久久地盯着这张照片,半晌,嘴角勾出一个微笑。

果然,人还是这时候最好看。

下车的时候,宗奕让助理在车上等他。

走上台阶时,他发了条语音消息。

"你安排一下,现在这个助理,我不想在新城再看见他。"

江聿梁坐在会客室的单人沙发上,喝了口茶,顺便观察了下说要跟她叙旧的人。

对方一看就是个养尊处优的中年人,笑眯眯的,亲和力很强,鼻梁高挺,看得出来年轻时候长得应该不错。

"您认识我妈吗?"

江聿梁觉得对面这张脸,她肯定在新闻上看到过,但到底是谁……

她绞尽脑汁地回想着对面之人的名字。

宗奕感慨道："是啊，江茗是我以前关系很好的朋友，但后来，因为一些原因……"

"砰！"

厚重的木门被人从外面暴力地踹开了。

江聿梁也吓了一跳，回头看了眼。

在过亮的灯色之下，所有的本相避无可避。

男人仿若恶鬼，看得人心头一惊。

是陈牧洲。

在江茗离开后，江聿梁有时会觉得恍惚，像是灵魂被突然拽出身体，审视所拥有的一切。她以前就知道，生意会亏损，住址会变幻，钱财会减少，她生活中唯一坚实的存在，只有江茗。

她们一起待着的每分每秒，都让她有种错觉，这种时刻会永远存在的美好错觉。

意外和风险，就是一层灰。但当风将它吹起，扑在面上，一切都不同了。

人能感觉到它的存在。紧接着，它就变成一记重重的耳光。现在江聿梁对跟命运交手这件事，产生了信任危机。她的信心摇摇欲坠，岌岌可危，在麻木与波澜不惊中，随时等待着新一次下落。

江聿梁很多时候是靠一些瞬时的画面，来度过她的某段时间。比如看到黄友兴跳江那一秒、湿透了站在医院门口那一秒、知道能得到投资那一秒……只有那时，静如死水的情绪，才会出现一点波动。

本来江聿梁被人请进这房间的时候，心里还有点不舒服。

这个房间的灯，过亮了。她感到不安，但鉴于对方态度十分友好，她也不好表现出来。

现在，江聿梁发现这个灯，开得妙。

真衬人啊！陈牧洲闯进来时，光色从他面上掠过——简直是值得永久留存的一幕。

短暂的愣神过后，宗奕的神情从错愕迅速切换到惊喜："小陈啊，今天也来了？"说着，他也顺便抬手，无声挥了挥，示意安保都退下。

这三个人半包围着陈牧洲，但都不够给陈牧洲热个身的。

陈牧洲没理宗奕，他大步流星地踏进来，一把扣住了江聿梁的小臂，把人从座位上拽起来。

宗奕有些讶异，笑呵呵道："小陈，江小姐是我请来的客人，不用这样吧？我还没跟小江好好聊完。"

陈牧洲视线转移，望着宗奕，忽然笑了笑："宗董日理万机，我也有事想跟您好好聊聊。"

他松开江聿梁的手，朝宗奕的方向走了几步，无声地说了几个字。

宗奕面上的笑停滞了瞬间，眼神有极微妙的变化，但他泰然自若："陈总这是？"

陈牧洲姿态更松弛，音色甚至称得上柔和："提醒您一下，不用多想。看来宗董今天没心情，那就下次吧。"

江聿梁瞥到了陈牧洲的神情，她很少如此清楚地体会这几个字，彬彬有礼、暗藏杀机。

陈牧洲径直离开，他腿长人高，没两步就跟江聿梁再次擦肩而过。

没错，再次。

江聿梁想笑，又很快忍住了不合时宜的冲动，只是觉得很有意思，他们好像从第一次见面开始，就总是这样擦肩。

江聿梁甚至觉得，她会更熟悉他的侧脸，回去试试能不能画出来。

她还在想七想八，手腕就被温热的掌心扣住。江聿梁诧异地抬眼："哎？"

陈牧洲拉着她大步朝外走去。

"宗董，有机会再联系哈。"最后出门前，江聿梁还挣扎着回了个头，笑容满面地跟屋里的宗奕道别。

陈牧洲刚才进来的时候，中年人还没来得及自我介绍。

但陈牧洲一开口，宗这个姓摆在这里，江聿梁再不知道这人是谁就是真蠢货了。

"江聿梁。"

闻声，江聿梁回过神来，电梯门在眼前缓缓关上。

"我有点好奇。"陈牧洲突然道。

气压明显不太对，江聿梁往旁边无声地挪了挪。

"谁来找你都这样吗？"

第四章
没有爱的人生，她宁愿不过

江聿梁神色一凝："你什么意思？"

"也不看是谁，就往跟前凑，因为他是宗奕？还是因为他认识江茗？"

他神态自然，但这种恰好的平静，让江聿梁觉得自己好像个蠢货，别人一句话就能轻松骗走一样。而陈牧洲提到"江茗"这两个字时，她如坠冰窖。

你什么都不知道。

那道雨中的门，为何后来打开了。你一无所知。

在壹乔短暂地停留，江茗从中周旋后，没多久有人开了门，放少年进去，她才放下心来，把江聿梁带走的。

江聿梁不知道那天江茗在雨里给谁打了电话，都说了什么，但是之后的一年半，家里本来蒸蒸日上的事业，忽然间开始走下坡路，怎么做都不顺，做什么都不顺，家里变卖了很多资产填一个无底洞。有一段时间，江聿梁听到父母关在小屋里吵架。

"我说了只有可能是那个原因，我也不是怪什么，只是说一下嘛！"

"梁铭你再说一句？不是你坚持去壹乔参加的吗？不去不就完了，你是想怪小聿？"

江聿梁那时候听不懂，为什么会提到她。

那个家宴吗？她明明中途就跑出来了。

直到前段时间，她回想起这件事，才从凌乱的线头中，找到了一根确切的线头。

江茗随手帮忙，只是习惯性不想让江聿梁失望，可那次应该是得罪人了。

江聿梁看着此刻的陈牧洲，他身上具有一切上位者的特质，能完美地控制情绪，表层之下浮着一层冰，对什么都不太在意，因为不必放在眼里。

江聿梁觉得可惜，江茗能看到就好了，大概会觉得是件好事，她帮过的人不必在雨里恳求，一直努力地往上走。但永远不可能了。

他们是真正的擦身而过，陈牧洲，跟他口中无意中提到的名字，不会再有任何交集。而且就算知道了又如何？谁也不会在意。

江聿梁望着他的眼神霎时变得复杂无比，好像穿透他，在看一些更遥远的东西，又含着深重的悲哀。

陈牧洲也不知道为什么，下意识地想避开，率先转开了目光："想说什么就说。"

他们的电梯早就到了，开门后又关上了，没人主动再摁开。

"没有。"江聿梁扔下两个字，摁下按钮，踏出了电梯门，转向他，"忘了说，谢谢。如果可以的话，希望跟陈总不用再见了。"

江聿梁礼貌颔首，电梯门完全关上前，她转身就走，没有一丝拖泥带水。她冲出了酒店大门，在夜色中狂奔，等了很久才打上一辆车。

江聿梁在手机上胡乱翻找，找到一个酒吧的名字，报了地址。

出租车往市内开的这条路，非常顺畅通达，车流一点也不堵。

初夏的夜色很美，但她无心观赏。

江聿梁屈起膝，头轻埋进里面。

小时候怎么会盼着长大呢。

长大了变得越来越拮据。哭也奢侈，笑也奢侈。

万事万物都能贴上一张标签，标签像符号似的，人们就那样，在那张标签底下讨生活。她连跟陈牧洲甩一句"你没资格提她的名字"，都不敢说出口。

就算在想不顾一切暴走的边界上，也会记得，这是投资人。

投了八百万的投资人。

两个小时后。

震耳欲聋的酒吧，江聿梁一掌拍开一个凑上来的陌生人，跌跌撞撞地走到门口交界处。

她摸出手机，找通讯录上存的电话，最后给一个醒目的备注打了过去。

三声不到，对方就接了起来。

江聿梁没给他说话的机会，直接中气十足地开口："陈牧洲，我今天没来得及跟你说，你最好以后小心说话，我就是听到江茗的名字就走不动！你少管我！"

她话音刚落，腰忽然被人搂住，对方比她喝得还多，眯瞪道："姐姐走了，再喝点。"

江聿梁来不及反应，就被人带着往里走，忽然间，面上溅了几滴水。

身边的小年轻猛地撒手："谁啊！敢浇老子！"

来人没理他，把一瓶新开的酒在他头上尽数洒净，才随手扔在地上。

江聿梁眯着眼低头，仔细辨认，发现还是一瓶贵价酒。好浪费！

陈牧洲把西装外套脱下，盖在正忙着心疼钱的江聿梁身上。

江聿梁盯着地上的碎酒瓶，她憋屈，憋屈到满脑子都是陈牧洲——他在电梯里说话时那个样子，他看她时那个眼神，扎在她骨头里一样，越想越觉得难受。

是她发挥失常了，再怎么谨慎小心，只要涉及江茗的事她就是这么胆小。

"别动我！"江聿梁拍掉拉住她的手，"我现在要去揍人，别拦我。"

"我真的生气了我跟你说，这人什么都不知道，太过分了——我今天连牛排三明治都没吃到，我还要吃饭呢！"

她醉得比之前厉害，对所处的境地完全无知无觉。

江聿梁依着直觉从西大门出去，发现直接通向大路，这个时间段人已经很少了，偶尔会有几辆车经过。

她靠着路灯，目光一直盯着经过的车，嘴里轻数着数。

"数什么？"有人问她，又递过来一瓶水。

江聿梁没接。她很久没认真地看过一座城市的夜景了，因为，她太醉心地享受生活的亮面，对她爱的人来说，是一种背叛。对她在海岛那一天，看到江茗的那一刻，是一种背叛。

被痛苦泡着，就是她减轻痛苦的方法。

江聿梁数到第五十辆，突然说："我妈总说，让我待在原地，数到五十，她就回来。"

她迅速抬手，抹掉了眼睛里泛起的水光。

路灯的光是温暖的橙黄色，氤氲在地面，照在她的头顶。

江聿梁觉得累了，她就坐在路边，半盘着腿，顺手拉了拉身上的西装:"你有人生目标吗?"

她掰着指头数:"我有,有好多。排在第一位的,就是要办画展。不用多大的,就小型的,能卖出三幅。"

她唰地竖了一个三,扭头对上男人的眼睛,语气执拗地道:"三幅就够了。"

"你长得还挺好。"她猝不及防地伸手,在陈牧洲下巴上轻轻拂过,"这线条,画起来很方便。"

江聿梁叹口气:"不过,我们老师不会给这么简单的,我初中的时候,画了好多不锈钢套餐。

"后来目标就变了,变成——"

算了,江聿梁放弃。

江聿梁撑了把膝盖,站起来,一挥双臂,像个"中二"少女一样:"我,是个需要很多很多爱的人!没有爱了——没有意思!"

没有爱的人生,她宁愿不过。

"我!"江聿梁张开的掌心变成了拳头,在空中挥了挥,"好想哭啊,哈哈哈哈哈,但我是成年人了。"

她转过头,看着陈牧洲,憋出一个比哭还难看的笑,声音陡然带上了哭腔。

"我好像那个,上了发条的木偶,我走不动了。

"陈牧洲,冷血动物!

"但是邱邱又需要钱。"

江聿梁想了一秒那个画面,崩溃地坐在地上,抱着电线杆子悲伤抽泣:"没有钱也没有路,我为什么不是一只鸟,飞烦了我就一头撞晕。林宇杰!你要在我身边就好了,我好想你宇杰,宇杰——"

"那是谁?"有人低声问。

她想了想,就回答了:"我特别爱的。

"是我做得不好!

"再给我一次机会,我会好好对它的。"

江聿梁忽然想起什么,抬头边抽泣边问道:"你能不能再给我搞瓶酒来?"

"没有。"好心路人的声音似乎冷了很多。

江聿梁也不知道为什么,忧伤不已地抱着电线杆。

哭累了,就困了,这该死的困意来去如风,她被牢牢掌控。

"这么讨厌陈牧洲？"对方声音很轻。

听到人名后，江聿梁睁开眼睛，双眸都被怒火点亮了："陈牧洲！他知道个屁他——"说完，又迅速闭上眼睛难受地哼哼，"我手机呢，给我手机……"

路灯之下，陈牧洲单膝跪在地上，手臂垂在膝盖上，一个方便平视她的姿势。

他看了很久，把外套给她盖上，弯腰把人轻松抱在臂弯，沿着路边走了一段。路灯把两个人的剪影拉得很长，树叶在夏夜微风中轻轻摇摆，沙沙作响。

生活似乎是这样的。在极致的苦痛之中，偶尔展露慷慨，赐一方天地，任撑不住的人撒野过后，诱惑着他们，继续一步步走下去。陈牧洲不介意，偶尔做一回好事。

因为有人也曾拉过他一把。

郑与在礼湾一号门口等到凌晨，昏昏欲睡的时候，突然被车大灯照得一个激灵。

他刚想发火，定睛一看，来车是辆熟悉的深灰色轿跑，顿时松了口气。

没等陈牧洲停稳，郑与已经下了车，挥挥手示意自己在这儿。

深灰色轿跑收灯熄火，但车上的人迟迟没下来。

郑与走上前，好奇地往里看，又敲了敲车窗。

"怎么了？"他冲陈牧洲做了个口型，催促的意思也很明显，您老人家怎么还不挪窝？

过了会儿，人出来了，动作慢悠悠的，不太想见他的样子。

郑与认为，跟陈牧洲这种人能混到一起，最重要的品质就是脸皮厚，第二重要的品质是，脸皮要特别厚。郑家小少爷早修炼出来了，看到也当没看见，但他还是皱了皱眉。

扑面而来的一股酒精味，说重也不算重，但缭绕着不散，还挺明显。郑与目瞪口呆："大哥，你……你翘了那边，去喝酒了？"

陈牧洲不置可否。

"有事说事。"

礼湾是新城前年的新楼盘，位置顶尖的别墅区，离市区距离偏远，陈牧洲偶尔会来这边住。

郑与本来也想在这里买一套，可惜自己挣的只有八位数，还暂时没法全砸在不动产上。他也不想跟家里张口，就暂时搁置了。

就有事没事过来晃一圈,陈牧洲也无所谓。

陈牧洲刚要往里面走,就被郑与大惊失色地拦住:"哎,你当我闲的啊,为什么在喷泉这边堵你?"

郑与朝别墅的方向给他示意:"有人。"

敢随便进到陈牧洲地盘,招呼都不打的人,人选几乎不作他想。

郑与拍拍他的肩,放低声音:"陈叔在。你要不要考虑一下,今天换个地方住?"

即使有夜色做掩映,男人的神色也几乎是清晰可见地变冷。

陈家上一任董事,陈牧洲生父,陈礼。

陈牧洲回到陈家后这些年,经历的所有幽深复杂的重重险关,基本都要拜这个人所赐。

陈礼,他最大的爱好,就是在可控的范围里,隔空观虎斗,最好撕得两败俱伤,白骨森森。

既然喜欢,陈牧洲就送他也上场试一试。可惜没多久,陈礼就低了头,退居二线,不再插手集团事务。

郑与见他没说话,又小心地问了一遍。

这是他逆鳞,郑与也不敢随便碰。

陈牧洲:"不用。"

他走出两步,大概是忘了什么东西,忽然又折返,去副驾驶上把西装外套取出,随手挂在臂弯。

郑与拉了陈牧洲一把,低声问道:"我能问一下吗,你跟宗奕那边,怎么回事啊?到时候要真有我能帮忙的,我也得知道个大概啊。"

陈牧洲无声地看着他。

郑与干笑了一声:"不会真是我猜的那样吧,因为最近刚认识的那个女人?"

陈牧洲不像那样的人。别说这个女生不像什么千金了,就算是当年的千金真来了,郑与完全能想到陈牧洲会怎么答谢——投其所好,满足她的心愿。

陈牧洲轻哂:"宗家人什么德行,你应该清楚。我见过很多人,我也不算什么好货色,但……"

陈牧洲的视线越过郑与的肩,投向茫茫夜色,语气随意:"比他们更烂的,我没见过。我不是在帮她,只是不想让宗奕得手。"

郑与:"就这样?"

"嗯，"陈牧洲转身离开，扔下一句，"没事就滚吧。"

郑与笑嘻嘻："得嘞！你悠着点，别把叔叔气太过了。"

"还有个事，你在榕城待过？空了帮我查下。"陈牧洲走出几步，又停下对郑与道，"榕城三中和师附，往前几届查查有没有叫林宇杰的人。"

这个小事太简单了，郑与顺手就能办，看陈牧洲这么平静，应该也不是多大的事，也没细问："行，查到我告诉你。"

郑与开车离开时，冷不丁想到一件事。

陈牧洲不喜欢穿西装的，刚才竟然主动拿西装外套，真是稀奇。

与此同时，宗氏灯火通明的大楼内，四十七楼董事办公室。

宗奕没有留下任何人，自己坐在老板椅内，一遍遍地看着电脑里的视频。

这是左启然发来的。平时一些非公事类的杂事，相比起其他人，这个年轻人是他最放心的。上次回程的飞机上，他还跟自己说已经找了人，会给点适中的教训。

这个事太小了，小到宗奕懒得过问。但江聿梁那次，竟是左启然难得失手的意外。几个实力较弱的打手进了医院，但都是轻伤，其中实力较强的一个跟江聿梁缠斗相对久，被拘留半天就放了出来。

左启然前几天想找到这几人，探问江聿梁大概的水深，毕竟交过手。但缠斗到最后的那个高而壮的打手，却不见了。

他觉得奇怪，就花了点心思查，最后的发现，是一段打手在西岗一处空旷地界和人对话的视频。

晃动的镜头记录了一段简易的对话。

"你骗老子怎么办？"

"你先赢了再说。"

"那没什么要求？"

"签状就行。"

生死状，受了伤自己负责。打手都被逗笑了："你说的？跟你打？"

男人一身衬衫西裤，跟周围的萧条格格不入。听到打手笑，他也笑了，解开袖扣，将袖子挽到小臂，把手机扔到一旁，屏幕亮着光。

"对，跟我。"

"你受伤了我可不负责。"打手眼睛一亮，奖金可不是小数目。

视频结束。

也不用再多拍，宗奕能猜到结果。

宗奕处理完事务后，左启然已经在车里恭敬地候着了。

宗奕戴上眼镜，忽而笑了："我记得，陈总跟她，认识还不到两个月啊，怎么突然这么熟了？又是出头，又是跟着她满大街跑的。以前没看出来，小陈这么仁慈啊？"

"他们这么熟……"宗奕笑容加深，"我不喜欢。你懂吗？"

左启然颔首，机械音般冷淡："我知道。"

这次，不管左启然用什么方法，他都只要一个结果——这两个人，绝对不能碰到一起去。

左启然从小做事就容易走极端，宗奕就是看上他这点。他在混乱贫穷的地方长大，不极端也活不下去。

左启然听明白宗奕的意思了，是难得让他放手去做的意思。

江聿梁睡了一个舒适的长觉，醒来手脚都放松了。

在床边守候的周宁和邱叶汀凑上来："醒了？"

江聿梁撑着坐起来："我睡了很久吗？"

邱叶汀看了眼表，说："现在是下午四点半，你也就睡了二十多个小时吧。"

周宁拨开邱叶汀，占据了江聿梁的全部视野，诚恳道："你还记得昨天发生了什么吗？"

江聿梁艰难地回想："喝了点酒。"

江聿梁对上周宁怜悯的目光，心里升起了一丝不好的预感。

突然之间，一些碎片画面涌入脑海，江聿梁整个人都僵住了。她脑子里为什么会有跟陈牧洲在这个屋的画面？

江聿梁双目失焦："邱邱？陈牧洲进来了？"

邱叶汀纠正："准确地说，你让他进来的。"

说"让"都有点轻。江聿梁明显喝高了，一路拽着陈牧洲进了房间，走到床边拉着床沿的环，把床的一侧抬了起来，露出里面叠放着的旧画。

"你问他要不要买画，说便宜卖给他，十五万七一幅。"

江聿梁木然地应了一声，片刻后，绝望地道："我记得我没喝那么多啊。"

下午突然下起雨，一直下到了晚上，从淅淅沥沥到倾盆大雨。

吃饭的时候，邱叶汀去房间里看了趟江聿梁，她耳朵上别着一支笔，调色盘放在手边，正在心无旁骛地补救一幅老画。

"我打包了海南鸡饭，先吃一口？"

江聿梁摇头："不用。"

撤出去前，邱叶汀看到那幅画，突然笑了："江江，现在也没有那么封建保守吧？"

她在给画里的主角画衣服。

主角上半身赤裸，宽肩到窄腰的弧度，落笔得很微妙，皮肤的肌理上绘着流动的雨水。画很漂亮，人体线条也具有美感。

江聿梁回头，神色看起来相当沧桑："邱邱，昨天我没给他展示这幅画吧？"

邱叶汀回忆了下那混乱的场面："应该没有？"

江聿梁轻叹了口气，又转回去："不是保守，是防止我下次再发疯。"

邱叶汀淡定地"嗯"了一声，关上门才笑弯了腰。

惠风和畅的周末，榕城老城区的一家五金店，卷帘门被拉开。

老板暂时不在柜台，代管的宋子路缩在桌下，百无聊赖地打游戏，听到有人进来，他伸出手随意指着："自己挑，选完放这就行！"

来人屈指，在台面轻叩两下："宋子路，你想玩到什么时候。"

宋子路倒抽了一口冷气，慢慢抬头。

门帘外的日光反射进来，照得来人半边都像溶在光里。

"陈哥？"宋子路把手机扔到一边，踩过台子就想上去来一个热情拥抱。

可惜没成行。

陈牧洲顺手反剪过他小臂，把人压在台面上，抬眸扫视了一圈："宋爷爷不在，你就这样看店？"

他也没怎么用劲，宋子路本来就没个正形，"哎哟哎哟"乱喊了几声，就绷不住，笑得咧出八颗大牙。

"陈哥，前两天不是刚见过，你看你怎么这么客气，又想我们啦？"

的确，他们不久前才在新城见过。

本来宋子路几个人是想从榕城专门过去，给他一个意外之喜，虽然经常保持联系，可有段日子没见面了。

结果遇到点意外。他们没想到陈牧洲刚好出差，立马撤了，陈牧洲也很快给他们信息，让他们去一楼咖啡厅等他。

好在，那天还是见上面了。

陈牧洲忙，就安排他们在新城好好玩了几天。

宋子路、章恒、林顺安，他们几个从小一起在榕城长大，他们的父亲和陈牧洲的养父都是同事，皆在矿上工作。

十七岁后，陈牧洲离开了榕城。

用有些人的话说，陈牧洲是上辈子积了德，死了穷爹，来了富爹。

看不惯陈牧洲的人，趁着他要走了，放学后路过护城河边，对方在他跟前嬉皮笑脸地说："你爸死了，你刚好也能享福了，爽不爽啊？"

本来以为陈牧洲不敢像以前一样。那人得意扬扬地看着他，陈牧洲沉默地走到旁边把校服外套一脱，随手扔到街边栏杆上，而后转身，拽过那人的领子，一拳又狠又重地挥过去。

最后还是宋子路和章恒拉过陈牧洲，林顺安拖开嘴欠的人。

当时陈牧洲还没有被带回大城市。

那晚，宋子路、章恒、林顺安家的人也都没睡，互相通了个电话，担心陈牧洲亲生父母那边会介意，到时候孩子真没着没落怎么办？

他们甚至已经决定好了，如果亲生父母真能甩手不管，他们就各出一份钱，把陈牧洲大学费用包圆。

毕竟在那个烂学校，陈牧洲成绩好到一骑绝尘，校长都觉得自己祖坟冒了青烟，才能偶然间收到这种重点苗子。

知道陈牧洲要离开，校长还失眠过一周。即使已经离开多年，陈牧洲也没有忘过这里的一切，他没什么可以做的，只能给最朴素的东西。

宋家、章家、林家分别收到了榕城新开发的房产，房价在这两年翻了三番。三年前，陈牧洲帮着选了新区域，卖了上一套房子后，又添钱帮他们挪到了各自最心仪的区，软装也找人全权负责，从国外空运回来很多家具，忙了小半年。

宋子路的父亲，跟陈牧洲的养父一样，在当年的意外中去世，只剩宋子路跟爷爷，爷爷喜欢开个小店，陈牧洲就盘了几家，在离家几步路的这条街上。

他们俩平时待五金店待得多，这点陈牧洲知道。

朋友之间就是熟到一定程度，说话也不会太客气。陈牧洲松开他，低头在柜台上轻揩，指腹上立刻沾灰。

陈牧洲无言地扫他一眼："爷爷不在，你真是要翻天。"

宋子路一挥手："哎，没有的事，前段时间工作给我累的，既然来了，晚上我们去老章家吃饭吧？他们知道你回来，肯定开心！我现在就给小安子和狗章说！"

他手机还没掏出来，就被陈牧洲摁住。

"不用。"陈牧洲抬眼，"我来提醒个事，你先知道最好。"

宋子路小心道："你、你说吧。这么严重吗？"

陈牧洲抬起右手，指尖在桌面轻敲了敲。

"这一片快拆了。"他轻声道，"你爷爷习惯这里，也喜欢这里，你到时候多劝，也要看好他。"

宋子路怔住。

陈牧洲："不管他们补多少钱，我都会再加一倍。"

宋子路皱了皱眉："也不是说不行，但怎么这么突然？"

陈牧洲没说话。

开发商是"老熟人"，以宗奕的信息网，当然能知道他在榕城的经历。到时候如果趁机做点手脚或文章，再防备也晚了。

宋子路立刻了然，知道他可能不方便。

"行，你放心。我跟章恒回头也说声，这个可以吧？他们家应该问题不大，到时候可以帮着我一起劝劝老爷子。"

宋子路："对了，我上次没来得及问，我前段时间路过三中，看到你那个助理，好像来了一趟。"

陈牧洲："他过来查点事。"

宋子路："三中的事？"

没等陈牧洲回答，宋子路一拍大腿："那你不来找我？我当时留级了以后，转到三中了啊！"

陈牧洲："不是我们那几届。"

宋子路喷了声，大包大揽："你说，哪一届，宋爷的人脉广着呢！"

陈牧洲轻笑："梁聿。"

"梁聿？"

宋子路复述了一遍，有些好奇。

陈牧洲朝门口走了两步，没有回头："跟梁聿有关的所有人他都要知道。"男人站在卷帘门下，仰头看着鼎盛日光，眯了眯眼。

"不会是我知道的那个梁聿吧？"宋子路忽然瞪圆眼睛。

榕城有名的商人里，姓梁的就那么一个。他太太去世的新闻，在榕城还传过一段时间,各种各样的流言满天飞。

"你知道?"

陈牧洲轻声笑了笑,抽出一支细长的烟咬着,没有点燃。

他穿了件质地柔软的白色衬衫,勾勒出男人宽阔的肩线,挺拔的身姿,此刻却微弯了一点弧度,显得整个人懒洋洋的。

"你知道的是哪个梁聿?"

陈牧洲慢悠悠地,对着面前的好天气说。

江聿梁最近实在是忙到头打脚后跟。

一是打算搬家,二是打算回一趟榕城看看,三是兼职之余,要帮表哥江腾布置一个展台。没办法,对方说会按小时支付费用,诚心请她帮忙。

江聿梁是个处世灵活的人,换句话说,给钱就行,多了更好。

江聿梁坐在电脑前,觉得腰都圆了一圈。

她干脆跨过打包了一半的行李,去客厅把东西挪开,调出一个健身视频,开始卖力跳操。

跳了十分钟,江聿梁惊讶于自己手脚之协调,迅速录了视频。

欣赏后,沉默了很久,她抱起手机给邱叶汀发消息:好想哭。

没想到邱邱在外工作,还能秒回:怎么了?

江聿梁接着发了一连串过去:

△我跳你推荐的那个健身操了!

△像猩猩打狗。

△有空回我!训练秘诀是什么!

△如果你给我的跟别人一样,我宁愿不要![我活的好悲伤在雨中拉肖邦 jpg.]

发完了,江聿梁也没管,扔到了一边,过了会儿接到邱邱电话,她语气急促地让江聿梁帮忙找一份资料拍过去。

江聿梁赶紧照办,挂了电话后又觉得有点奇怪。邱叶汀一向是泰山崩于前而不乱的,听语气忙成这样,怎么会有时间回她?

江聿梁又捞过手机看了一眼。

江聿梁没发给邱邱,发到了另一个相似的纯深色头像里。

她没有给人备注的习惯,发错了倒不是什么事。

但她有种不好的预感。

最近加的人里——

江聿梁颤抖着手指点开头像个人资料页。

对方微信号：cmzcmz07。

江聿梁霎时万念俱灰，刚想自闭一小时，消息就来了。

她捧着手机的手都一抖。

陈牧洲：来一趟机场。

这次轮到江聿梁回了一个问号，没想到对面直接打过来电话。

江聿梁视死如归地接起，清了清嗓子，试图挽回一丝并不存在的形象。

陈牧洲声音倒是如常，音色微沉。

"林柏有事，你过来接我，顺便帮忙拿个东西过来。"

这个要求……

江聿梁脑子还在，当然要提出一点异议："那个，您是不是打错了……"

R.C难道要倒闭没人了吗，用得着她？

陈牧洲："抵一年酒钱。"

江聿梁飞速接话："几点的航班您发给我，准时到。"

陈牧洲似乎轻笑了笑。

发觉自己答应太快，江聿梁轻咳一声："但我也不一定现在有空……"

陈牧洲温声道："先忙，我还没起飞。忙完……"他刻意停顿两秒，"再出发，不急。"

江聿梁听见他笑了！她听见了！那几个消失的字肯定是猩猩打狗！

啊！

江聿梁挂了电话，欲哭无泪，还没冷静下来，就看见屏幕又亮了亮。

又是陈牧洲，他今天怎么闲成这样，跟她杠上了是吧。

陈牧洲：给你的跟别人一样。

陈牧洲：毕竟人民币第六套还没发。

他居然在回应她之前误发的消息。

江聿梁把手机直接扔了出去，抱头倒在瑜伽垫上，无声尖叫。

梁聿中学时挺有名。

一拜梁铭所赐，二是长得好看。

那时候她学习中不溜，背个画板神出鬼没，人缘却奇妙地还不错。

在去国外之前，有不少校外的人会从校门口晃过，想看看传说中男女通杀的梁聿长什么样。

她骨相漂亮英气,下颌有一处亮眼又收敛的转折。眉骨鼻梁都偏高,眼尾微翘,唇形却显露出花瓣形状,娇憨被她固有的气质冲散,但又搭出奇异的和谐。

梁聿的眼睛令人印象深刻。至淡至浓,如江潮初涨,初看不以为意,待在其中停留片刻,已经被覆盖淹没。

一种难以驯服的美。

她人长得高,头发一直留得半长不短,戴只万年不变的纯黑电子表,穿衣习惯也偏中性,宽松舒适为主,同款不同色的工装裤十五条,同色不同款的马丁靴八双。梁聿的爱好也奇怪,凝望落日,记录颜色,把五十张落日铺满房间的地板,挑其中最喜欢的层次,混到一起。

收集石头,分门别类,将在海滩上捡到的,和树林里捡到的都要分开,放到两个房间里。

她喜欢种植,尤其是水培植物,它们的根茎大多细而长,有时她会为了其中某一株担心得睡不着。

好在江茗对她要求不高,看着她七十分的试卷,都能喜出望外:"竟然及格了。"

现在想起来,十八岁前的梁聿,像活在阳光房里饱满又轻盈的种子,随时准备着被风带走,等待着世界在面前徐徐展开。

如果她想,甚至可以遨游进地幔。她似乎也真的做到了,飞啊飞,飞到了地心深处。

奇怪的是,在内部,在似乎永久燃烧的深渊之中,她看到了另一道熟悉的背影。

恍惚间,好像已见过他上万次。她正想试着张口叫他,突然间,她这颗小种子就被一股强风带走。

江聿梁额头一痛,猛然惊醒。

她睁眼,有些迷蒙地望向窗外,不断变化的海景从眼前一闪而过。

"不好意思啊姑娘,我这突然让人加塞了!"

司机大叔从后视镜上看了眼,抱歉道:"没事吧?"

刹车刹得急了,她被惯性甩在玻璃上。

江聿梁摇摇头:"没事,您慢慢开吧。"

反正已经堵了那么久了,不差这一会儿。

她默默摸了摸额头,一个肿包悄然鼓起。

江聿梁:"对了师傅,大概还有多久到机场?"

司机看了眼导航:"一刻钟,很快了!"说完,他疑惑的目光从后视镜上再次划过。他心中疑惑,这么巧?怎么几次抬头,都看见了同一辆商务车。

江聿梁一低头,看见膝上摊开的本子,被风吹开了两页。

是个已经很旧的日记本,封皮有一条蓝鲸,正从海里跃出。里面写得满满当当,厚度都发生了些微变化。这是江茗留下的本子。

今天邱邱先搬家,下午工人会到,人员多又杂,她干脆把重要的东西带在身边。

不小心睡着之前,她刚好在翻。

江聿梁看到这一页的某段,无声勾唇。

2009年7月7日
今天小聿又晚回来了。自己打架就算了,还帮人打架。
都中学生了,竟然没打赢。问她帮了谁,也不记得。
记录下,小朋友难得输一次。

指腹从纸面轻拂而过。

她很久没有去各大寺庙拜一拜了,干脆拿这个本子当幸运物。江聿梁是相信这些的,从前每年年初、年尾,都要去给新的一年祈福,再为上一年还愿。

那就保佑她今天心愿达成吧。

江聿梁本来时刻盯着手机软件,注意着航班动向。看见陈牧洲航班延误时,她刚好堵在路上,还松了口气。

结果因为太久没去机场,跑错了航站楼,等绕一圈赶到时,已经晚了。

直到落入一双眼,浅棕的瞳孔,在太阳下折射像琥珀。

"不好意思,我路上有点堵,晚了点。"江聿梁说完张望了下,"你没有带行李吗?"

她本来还想主动点,将功补过呢。

陈牧洲"嗯"了声,嗓音淡淡:"没有。"

江聿梁现在进步了,看他神色也能看出点端倪,心情兴致如何。

今天,明显不太行,而且,她还闻到了一点若有似无的酒味。

江聿梁没说什么,扬眉笑了笑:"那走吧。林助跟我交代过,车停哪儿了。上车我再把文件给你，你慢慢看。"

陈牧洲点头，算是应下，迈开长腿先行离开。

上车前，江聿梁跑到他前面，帮他把后座车门拉开，很是殷勤。

陈牧洲却径直从副驾驶座上了车。

怎么回事？江聿梁一头雾水，但还是把门关上，绕到了主驾那边。

陈牧洲仰头靠在椅背上，合着双目，眉心微皱。她系好安全带，抬眼看到的就是这幅景象。

喝醉了吗？看着有点不舒服。

陈牧洲很少这样失态，肆无忌惮地流露一些不该属于他的情绪。

犹豫两秒，江聿梁还是解开自己的安全带，探身过去，帮他取过安全带。

她十分小心谨慎，手尽量不碰到他，心里默念"我只是顺手帮忙而已"，但安全带扣上的瞬间，轻微的咔嗒声还是让他睁了眼。

她本想说些什么，张了张口，第一个字差点没发出音节来。

"你是不是醉了？"江聿梁一边说着，正打算无声拉开一段距离。陈牧洲忽然抬了抬手，在她耳边极轻地触了一触。

她浑身一僵。他的指尖带点薄茧，凉意明显。

明明是夏天，却像剪了一片冬天的雪，轻然飘过——但只是将她散下的一缕发丝，柔和地拢到耳后。

可很快，他便收回了手。

江聿梁清晰地听见心脏跳动的声音。她想退回驾驶座，身体却不由自主地不受控制，动弹不得。

陈牧洲忽然又开了口，声音很低。

"江聿梁，我很好奇。你改名是因为什么？"

江聿梁瞳孔圆睁，刚要惊讶，又想起来，他应当是知道的。

——那一天，他说过，警局帮忙后第二天，收到了一份匿名邮件，是关于自己的详细资料。

资料第一项，就有她的曾用名——梁聿。

但陈牧洲没有叫过她原名，一次都没有。

她犹疑了几秒，还是诚实地扔出了答案："因为我妈。我想记住她，想成为她的一部分。"

"是吗？"

江聿梁不敢再看，她已经后悔，正要神色如常地回到原位，后脑勺突然被一双大掌轻扣住。

他用额头轻碰了碰她的,触感如蜻蜓点水,也没有马上离开。

陈牧洲双目涌动着许多情绪,她看不懂,但她听到了。

"你很勇敢。"

他用只有两个人能听见的声音说。在这样近的距离中,气息流动,她仿佛被新世界包裹。

像冬日的第一场新雪,汹涌无尽。

好在,陈牧洲的理智回笼很快,掌心倏然离开。江津梁也反弹回座位,紧紧贴着主驾驶的椅背。

沉默在他们中无限蔓延。

"抱歉。"

他低声道,恢复了平日的样子。

"我想起一个人。"

真是直接啊,因为想起别人才这样失态?

江津梁手都没地方摆,赶紧把安全带系上,用干笑掩饰住尴尬:"没事,可以理解,可以理解。"

江津梁:"喝酒了?多喝点水吧?"

发动车之前,江津梁看到扶手箱里放了一瓶矿泉水,顺手拿给他。

陈牧洲接过了,但也没喝,只是闭着眼睛假寐,眼下有很淡的青色。

江津梁瞥到,一路也没再多说话,连音响都没开,只是注意到空调温度偏低,顺手调高了两度。

快上城际高速后,她看了眼手机导航,地址是公司,林柏跟她说直接去公司就行的。

但想了想,江津梁还是多问了句:"是要回 R.C 吗?"

"不回。"陈牧洲睁开眼,眉头轻皱,"去逸和。"

江津梁:"逸和山庄?"

开进辽阔安静的区域时,江津梁松了口气,有些心不在焉,他住得可真够远啊。

这儿离金融 CBD 那块更远,在公司附近搞一套房子,或者干脆包一间江边酒店套房,对他来说,不是更方便吗?

不过陈牧洲的心思,谁知道呢。

江津梁对琢磨人心思这事本来就不感兴趣。

在 77 号门口停稳,江津梁刚下车,打算绕过去帮他去开门,却发现

· 089 ·

人已经下来了。

江聿梁把车钥匙还他,示意了下:"你好好休息,那我就先走了?"

陈牧洲:"嗯。"

这么冷淡,她还没给谁当过司机呢。

本来想着看在这个分上,让他帮自己跟黄友兴联系,问点她想问的问题。

现在看情况,肯定没法开口了。

江聿梁心里热闹,嘴上也只蹦出一个字:"好。"

刚走出几步,她又轻叹一声,折返回来叫住陈牧洲。

"那个,你这边走出大门以后没有公共交通对吧?"

从这儿到逸和山庄门口,快的话,也要走二十分钟。

她还是抱着一丝期待的。

能把她送到门口就好了!

陈牧洲已经握着门把手,推开了三分之二的门,听见她问话,回头道:"没有。打车吧。"

意料中的答案。

但江聿梁浅算了下打车费,贵到心在滴血——贵死了。

她小声嘟囔,面上还是维持着官方笑容,目送着陈牧洲没有一丝留恋地转身进了房间。

他马上就能回到房间,舒舒服服地睡觉了。

江聿梁转身,略带忧伤地叹了口气,真羡慕。

她刚走出两步,手机上收到一条新信息,来自江腾。

江腾:小聿,周三来看下展馆位置?对一下细节。

江聿梁算了算日子,那看房子要避开那一天了。

算好了,她回了一条过去:好的。

这个差事其实还不错,至少比现在这个好,有钱赚。

思及此,江聿梁一个猛龙回头,冲着已经变小的别墅气哼哼挥了一拳。

谁让她喝了人家的好酒!

江聿梁,再喝你就是狗!

她劝了自己一路,快到家的时候,江聿梁却冷不丁想起一句话。

——"抱歉。"

——"我想起一个人。"

她心里涌起一股奇怪复杂的感觉,心里抓痒似的好奇,是谁?那个会被陈牧洲惦记的人。

与此同时,跟江聿梁想象的完全相反。

进了别墅的人,并没去休息。

陈牧洲进屋子后,直接上了三楼,从楼梯上下来的阿姨有些惊讶,能在这个时间点看到他。

"您回来了。"阿姨躬身打了个招呼。

陈牧洲颔首,身影很快消失在楼梯转角。

阿姨在逸和77号待了一年,自然知道陈牧洲要去哪儿。只可能是三楼最末、最大的房间,主卧不在那里。除了他自己,没有任何人进去过那个房间。

那里是个不必言说的禁区。

他只要回逸和休息,一半的时间都会把自己关在里面,今天也是一样。

陈牧洲拎了瓶矿泉水,慢腾腾地晃了进去。

他这次回榕城,顺便去了趟墓园。在墓园里,他想明白一件事。

就算是危险,搁到眼皮子底下,也是唯一稳妥的选择。

在黑暗的矿洞中摸索的人,有光就能看得见路,那不代表百分百的安全,只代表至少要看得见。

第五章
危机四伏

周三,离珠宝展开幕还有一周,展厅里人来人往。

D39号展台,布置已经完成了一大半,屏风暂时挡住里面。

有两道声音窃窃私语。

"你不是说会有至少五百万?"

"能不能别说了,我也没想到,她也真好意思空着手来。那以前姨父就是会给啊,谁知道她是不是自己拿了?"

"你不能自己去问你姨父啊?人在外国,就没手机了?"

"我怎么问?要是提前跟他说了,他答应给我钱还好,都没联系上人。"

"江腾你这榆木脑袋,真是自作聪明,你没听说吗?梁家女儿跟家里闹翻了,跑出来说不定是个幌子,可能她爸事业也不行了,让她出来曲线救国一下。自己都开始扒男人了,人家什么级别?理都懒得理她,快成笑话了,也就你傻傻地相信,你现在还得给她倒贴小一万。什么艺术修养,搞笑呢。"

突然,江腾用力拉了把女朋友的袖口,用眼神示意她歇一歇。

本来应该在洗手间的人,竟然在两步开外,人半蹲在地上,从柜子底下抽了份资料出来看。

江津梁不笑也不说话时,显得有点生人勿近。

她今天穿了件样式简洁的海魂衫,黑色牛仔裤,显得人瘦长挺拔,垂眸翻东西时,也是全神贯注。

好像完全没注意到任何外界动静。

江腾有些尴尬,他女友家在新城,家里做生意做出点眉目了,最近这小公主陪着他创业，他自然不能得罪。但江聿梁，又是他能跟姨父搭上的唯一线路了，要是得罪了更麻烦。

江聿梁跟姨父关系不缓和还好，要是缓和，他不得亏大了。

"小聿。"江腾刚想试着叫一句，江聿梁就起身走人了，背影干脆利落，只当他是空气似的。

"你干吗？"他女友不满地沉着脸，打了他肩膀一下，"觉得讨好她有用是吧？不如去求我爸，让他借你五十万。"

"那能不能让叔叔直接给你，你再给我？"江腾小心问道。

他女友好奇道："为什么多此一举？"

江腾："这样就不算借的啊，我也不用打借条了——也会少一点利息嘛。"

一道隔断，压根儿隔不住正常音量的对话。江聿梁听不下去，抬腿离开了。

她去洗手间洗了把脸，双手撑着台子，低着头发呆。

外面吵吵嚷嚷的，她有些羡慕。

大都是一起合作的人，为了搏一个可能在努力。有人抱怨着自己熬了几个大夜，搞定了一个东南亚的客户，或者是哪里找到了新货源。

她本来也想好好帮江腾，熬了两天细化展台方案。

江聿梁忽然轻笑，是她的问题。

知道流言蜚语的厉害，但不知道会这么厉害。

"人家这个级别"——她自己都好奇，她到底想扒谁，"人家"又是什么级别？

江聿梁甩了甩手上的水，望向镜中冷下来的脸。

有疑问还是尽早解开为好。她转身大步流星向D39走去，气势汹汹。

她刚踏进去，就看到那两个人的头凑在一起，不知道在看什么东西。

"小聿来了？你的快递。"江腾感觉到一股杀气，赶紧抬头，殷勤地把刚到的快递拿给她，"才送到，两分钟。"

江腾女友若无其事地走开。

江聿梁看到寄件人地址，逸和。

她抓着泡沫袋，往两边一扯，里面的东西滚落到地上。

是一个黑色的小丝绒盒，江聿梁俯身捡起，打开，一颗瑰丽透亮的蓝钻裸石。

江聿梁皱了皱眉，把盒子随手放到旁边玻璃台上，从快递袋里摸出一张便笺纸。

她掏出来看了眼，上面只有笔力遒劲的两个字：车费。

"我的天。"江腾凑过来看，本来只想瞟一眼，只看了一眼就把盒子抓过去，仔细看完后，手抖了一抖，嗓音也跟着抖，"这怎么在这儿？"

日前在瑞士刚成交的 Fancy Vivid Blue（蓝色宝石）8.91ct 蓝钻。

"假的吧。"

江聿梁随意地扫了眼，收回目光，视线垂落在字条上。陈牧洲真好笑，送这么贵的钻石，把她当什么了？

为什么不能折现？

城东公馆，一场私宴。

宗奕刚一进来，就引来不少注目礼，他一路微笑，跟大家打了招呼，进了更隐蔽奢华的内厅。衣香鬓影中，有一道身影极瞩目。

宗奕从侍应那儿随手拿了一杯香槟，朝那儿走过去。

"陈总，这么巧？"宗奕笑眯眯地，要跟陈牧洲碰杯。

陈牧洲也笑了笑，香槟杯撞出清脆的音。

周围投向他们关切而灼热的目光相当明显。毕竟看热闹这种事，写进了人类基因。

宗奕抿了口酒，突然想起什么，挑了挑眉："对了，听说陈总好福气，前几天拿下了一颗品相极好的裸钻？改天也让我开开眼，我太太就喜欢蓝钻。"

陈牧洲碰完杯，没急着喝，晃了晃杯中淡金酒液。头顶的吊灯灯光沿着他五官轮廓流泻，微微晃动，本就是容易令人失神的一张面孔，笑意与话都慢条斯理，很是吸睛。

"不巧，最近送人了。"陈牧洲说。

在那慢条斯理下，懒散无声的凝视里，藏着些烈度极强的东西。

一触封喉。

"两斤半，十七块五。"

江聿梁回过神来，她正在市场鱼摊前，挑好的鱼刚过完秤。

江聿梁赶紧扫了付款码，视线又落到旁边："麻烦您再帮我称斤虾吧。"

三天前，在展厅帮完忙后，江聿梁决定离开。反正她该做的分内事，本来就已经做完了。

邱邱要搬走，她们三个晚上要好好聚一聚。

江聿梁下厨，周宁带酒，邱邱买了个蛋糕。她接过虾，手里拎得满满当当。

江聿梁掂量哪边更重，把左手东西换到右手上，手肘不小心碰到薄外套口袋，里面装了一个小盒子。

江聿梁动作微顿。

盒子装在兜里，会突出点形状来。仿佛装了一小丛焰火，灼人、烫手。

江聿梁是见过世面的，自然知道这颗钻石的价值。她给林柏打了电话，要归还回去，对方很礼貌地回复说不清楚细节，还给他也不敢收。

她给陈牧洲打电话，对方不接。

她不敢把这玩意儿放家里，基本都随身携带。

为此，她出门也会精心挑选着装，看着越随意越朴素最好，尽量不让贼惦记。

更可悲的是，根本不用精心挑，从衣柜里随便拿两件，看着都很朴素。

江聿梁下午四点多到家，周宁和邱邱正坐在打包好的箱子上聊天。

她们很闲，也想进厨房帮忙，江聿梁把推拉门一关，谢绝参观。

她做饭很快，一个小时就做好四菜一汤。

邱邱晚上就要搬走，饭不能吃得太晚了，不安全。

"来！"

周宁开了瓶红酒，杏眼里都是兴奋，她跟邱邱已经喝过一轮："庆祝我两个宝的新生活！我们迟早要一起在市中心买大房子！"

她们在温暖昏黄的灯下碰杯，周宁跟邱邱喝得微醺，然后抱在一起痛哭。

江聿梁负责给她们默默递纸。

总不能三个人一起喝醉。

但她其实也没忍住，不作声地估着酒量喝了些。

人只有在小时候才会憧憬着冒险，风越大越好，浪滔天也行。

长大后发现，安全很重要。每一次迁徙、变动，都会引发情绪波动。

可能是，人类对陆地有着天然的需求。

宁愿在此匍匐前行，也不愿漂泊在海中。趋利避害，躲着风雨，这是天性。够年轻的时候，也不会太害怕。

但现在已经不是了。

周宁被花式催婚，逼到耳朵起茧不得不去，邱邱急需做成一些事，她要沿着自己选定的路走下去。

而她好像在背道而驰。

江聿梁喝着酒，直到把两个朋友分别送走。目送周宁司机开着跑车，跟在搬家货车后面离开，她才缓缓吐出口气。

她把所有灯关了，躺在空荡荡的出租屋地板上，发起呆来。

江聿梁从兜里摸出那个小盒子，她用大拇指摩挲了下绒面。

蓝钻。

江聿梁思绪万千，她的确喜欢蓝色。但这是因为，她在这个世界上最喜欢的动物，是蓝鲸。

从五岁开始，第一次知道这种动物，她便为此着迷。

它是如此庞大、神秘、幽深，它是她梦里总会出现的符号。

所以江茗日记本的封面也印着蓝鲸。

在那个本子里，日记的主人记录生活、记录她，也记录事业、烦恼以及秘密。

江聿梁发现了许多东西。

比如江茗频繁地，甚至可以说是忧心忡忡地提起"628"这个数字，她好像有些迫切地希望"628"消失。

似乎是某种指代，但江聿梁毫无头绪。

日记本上还有一串更奇怪的数字和字母，写在某一页的角落，"e1162358920n3869"，这串乱码她试着用各种方式解码，但从没有成功过。

关于"6"，她只记得某一年的六月，江茗带回来一个记者姐姐，让对方在家中住了三个月。现在凭着记忆回去翻，那个记者写了一篇关于矿难的新闻，引起了舆论哗然，后续对当地的追责极为严厉。

其中是否有关系，江聿梁毫无头绪。

如果说这串数字字母有具体的意义，江聿梁相信自己总能找到的，也许是指某个人、某个公司的代号。

但她一无所获。

江聿梁无意识地开关着盒子，它在这样浓的黑暗里，发出很淡的光来。

她不由得想，人们到底为什么喜欢钻石呢？会带来好运吗？

这个思绪一划而过时,江聿梁手机响起,她看了眼,是房东。

房东连求带哄,让她连夜搬走。

真正的房主明天就要回来了,为此,一向毫厘必争的二房东,甚至愿意立刻退回所有押金,一分不扣。

晚上十一点半,江聿梁拖着一个行李箱、抱着一个纸箱,走到小区门口想打个车。

想到余额账户,她纠结了一会儿,还是决定走几百米,去附近的地铁站。

今晚天气还不错,没那么闷热,星点也清晰,头顶的轻轨隆隆而过。

几步外就有个长椅,江聿梁正想去坐会儿,有个路人一直看手机,没看路,给她撞得一个趔趄。

手上的纸箱掉了,她专门做的箱盖也掉了,东西散落了一地。

好在大部分是成堆资料,方便捡。

对方是个看着有些木讷的年轻人,长得还挺清秀,就是反应慢一点,但看她蹲下,也立马蹲下来帮忙。

"不好意思。"

江聿梁忙着捡一地的资料,随意摇了摇头:"没事。"她动作很快,边捡边辨认着,神情严肃。

其中有份蛮重要的,还没看到。

江聿梁搜寻了一圈,很快找到了目标,资料半摊开在地上,被其他几份压着。

下一秒,对方捡到,递还给她,这年轻人指腹压到的地方,刚好是这一页的标题——宗氏六月期出过的新闻汇总。

他的眼神似不经意般地从这份资料上滑过。

江聿梁瞥了他一眼,接过资料扔进了箱子,东西很快捡完了。

"没磕着碰着吧?"

江聿梁起来时,被对方关切地扶了一把。对方眼神垂下,再度盯了几秒她怀抱的东西。

江聿梁注意到了,但装作无事似的笑了笑,不着痕迹地退后一步:"没事。"

"这么晚了,一个人在这里等车有点危险吧,需要帮忙吗?"

江聿梁轻抽出手臂,抱歉道:"不用,谢谢。我得给朋友打个电话,他应该快到了。"

她摸出手机，拨了个电话出去。

江聿梁神色如常，对方也没走，狭长的眼睛若有所思地看着她。

两人对上视线，江聿梁附送了一个微笑，顺便把纸箱往后踢了踢，不动声色地站远了些。

可惜这个点周围都太安静，她甚至觉得通话声都会被对方清楚听到。

"嘟——"

到第三声时，对面接起了。

江聿梁无声松了口气，音色很亮，半抱怨半拖长音："陈哥，我在南兴路底下这儿，你是不是走错了，什么时候到啊？

"啊？十五分钟？快点吧，帮我带份餐过来，我快饿死了。"

江聿梁拖着行李箱，坐到了长椅上，余光中，她感觉到对方转身走开了。

江聿梁抬眸，目光沉沉地望着对方的背影。等回过神时，电话那头已经挂了。

她看了眼49秒的通话记录，做了一个鬼脸，"嘁"了声。

陈牧洲，从接电话那秒开始，从头到尾什么话都没说，真是半点好奇心都没有。

江聿梁把胶带找出来，将箱子绑得极紧，因为没有剪刀，只能用牙咬断胶带。

家当总共也没多少，全丢了都行，但这个箱子可不能丢。所有江茗的相关资料都在里面。

她又在原地坐了会儿，确定那人已经离开，正准备起身时，忽然感觉背后有一股细微的风流，来人将她手臂箍紧，从长椅上一把给她拎了起来。

她回头，是陈牧洲。

他不发一言，但脸色很少沉得这样明显，透着股森然的冷意。

陈牧洲的视线从她身边的行李扫过："怎么回事？"

江聿梁一语带过："搬家，遇到点小麻烦。"

她不知道怎么开口解释。

江聿梁本来就在查宗奕，宗家进入她视线后，她就开始明面上搜集能搜到的所有资料，以及跟江茗有过的所有交集。

该说是太敏感吗，她从路人身上闻到了熟悉的味道——是宴会时被宗奕请到房间时，她闻到过的浓重男士香味。

对方很可能是宗家的人。

这附近人烟稀少,时间又晚了,江聿梁打出那个电话,并不是因为陈牧洲最靠谱,而是因为他威慑力最强。如果她的猜测没错,对方要真是宗奕派来的,肯定会知道姓陈的人是谁。

事实证明,她猜对了,因为对方在听到陈牧洲的声音后立刻离开了,没做任何纠缠。

"你大晚上发什么疯。"陈牧洲脸色寒意极重。

江聿梁没说话,陈牧洲生气了,长着眼睛都能看出来。他这个人情绪不太外显,一旦有明显的起伏就说明很难用几句话压下去。

江聿梁也不知道能说什么,但想起了一件事。

江聿梁低头,从兜里掏出了盒子,嗓音微哑,透着一点疲惫:"给,还你。"

看他不接,江聿梁又收回手看了看:"你是送错人了吗?"

极盛的月色下,陈牧洲站在原地。他沉默着,让江聿梁觉得这一刻真像梦境。

"我给出去的东西,没有收回来过。怎么处置,随你便。"

江聿梁突然笑出声。

"这样吧,我有别的需要。"江聿梁耸耸肩,"无功不受禄,这个还你,你帮我个别的小忙。"

她没有等陈牧洲回答,往前迈了两步,忽然伸手环住他的腰际,头埋进了他的胸膛。

跟她想象的不太一样,人的体温果然还是偏暖的。

这个拥抱没有任何多余的意味。在心愿达成的那一刹那,她只是深深地轻叹了口气。

好累。

如果真相跟黄友兴认识的某位商人有关,也许她还能努努力,为江茗讨一个公道。可如果跟宗家扯上什么关系,她只会觉得灰心。

陈牧洲忽然动了一下,仿佛要挣脱。江聿梁干脆抱得更紧一点,要赖一样。

她低声道:"对不起,我只需要一分钟。"

忽然,她的发顶,被人很轻地抚了一下。掌心传递而来的温度,温柔得像一个叹息的句号。

理智回笼,江聿梁僵了一瞬,迅速松开手,又重复一遍:"这个礼物太贵重了,我真的不能收。"没等他说什么,她飞快地把盒子装进他西装裤兜。

果不其然,刚探进去,她的手腕便被一把扣住。陈牧洲后撤了一步,音色有些低:"什么意思?"

心知肚明的事,他问得这么清楚,江聿梁只好给他一个更清楚的答案。

"陈先生放心,我对您绝对没有,以后也不会有任何非分之想。我只是想还您东西,怕您拒绝,行为过激了一点,我会检讨的。"

江聿梁话音落下后,将近半分钟,陈牧洲都只是安静看着她。半响,他才轻笑了笑,眉头微挑。

"那江小姐今晚,打算在哪里检讨呢?"

一句话把她拉回了现实,她扭头看了眼,行李还放在长椅边。

"我找好地方了。"

她打算先在快捷酒店住两天,尽快选好区,把房子找到再搬家。

陈牧洲视线微垂,落在她不停摩挲指关节的右手上。江聿梁敏锐地注意到他视线落点,手上不安的动作很快停下。

陈牧洲收回视线:"临安区,住得了吗?"

临安离金融CBD已经很近了,那附近稍像样点的酒店都比其他地方贵,江聿梁不太舍得。

"你要有什么不测,警方第一个找的就是我。"

陈牧洲目光掠过上方的摄像头:"我没那么多时间处理闲事。"撂下这一句,他迈开腿,转身就走。

咒谁呢?江聿梁磨了磨牙,迅速拎上行李,跟在他身后上了车。

临安有个去年刚开的新楼盘——金庭新府,据说只卖三百五十平方米以上的大平层。

陈牧洲在地库停稳,下车走了段距离,回头发现身后是空的,某人还没下车。

陈牧洲折返,屈指敲了敲窗。

江聿梁落下车窗:"我还是在附近找个酒店吧,挺方便的,就不打扰了。"语毕,她还弯起眼睛讨好地笑了笑,虽然有点勉强的意味。

陈牧洲当然看出来了,他语气很淡:"这里是我名下的房产,但我不在这里住。平时没人,每天都有人来打扫,如果实在勉强,你可以按酒店的价格付给我。"

最后一句话让江聿梁眼前一亮。

她飞速把车窗落上，拎着行李下车，跟在陈牧洲身后微笑道："好的，谢谢陈总，给您添麻烦了。"

陈牧洲这样说清楚，她瞬间就放心了。他不常来住的地方，还要收钱——性质一下就变得非常纯洁。

江聿梁了解这个圈子大部分的人，身居高位，表面温和，实则利刃藏心，陈牧洲又明显是其中翘楚。

他们之间，还是维持一些单纯的债务关系比较好。

江聿梁边腹诽，边抱着纸箱闷头走。她没顾得上看路，在电梯前"咚"地撞到了男人的背。

她还没来得及说对不起，手里的重量骤然一轻。

陈牧洲接过纸箱，率先走进电梯。见江聿梁愣在原地，他歪了歪头，眉眼从纸箱后露出来，皱眉："打算走楼梯？三十七楼，慢慢来。"

他伸手要按关门键，江聿梁迅速溜进来："不是，不打算！"

陈牧洲倒是没说错，房子很新，新而精致。

江聿梁环视一圈，保守估计四百平方米。装修布局也很有品位，落地窗占了一整面墙，可以俯瞰夜色中的车水马龙与钢筋铁骨。

陈牧洲："房间自己看，房门密码是007。"

"咕——"

江聿梁默默地捂了下肚子。今天晚饭好像是做得多，吃得少来着。

江聿梁镇定道："我等会儿点外卖。"

陈牧洲沉默了会儿，不发一言地转身开了冰箱。江聿梁期待的眼神瞟了过来，只要有任何一点能吃的，她都能随便做点。

关上冰箱门时，江聿梁注意到他手上拿了个番茄，还有鸡蛋。她乐得喜上眉梢，正要跑过去拿，却见陈牧洲朝开放式厨房走去。

"西红柿鸡蛋面，能吃吗？没忌口？"

他翻出来一包挂面，剪开的时候顺口问道，音色低沉有磁性，跟整个场景怎么看都不太搭。

江聿梁答得有点磕绊："啊，我可以，没忌口。要不还是我来吧。"她挽起袖子上前，要从陈牧洲手里接过挂面。

陈牧洲躲开了："你没有忌口，我有。"

江聿梁嘴角微笑的弧度微微僵住，那跟她有什么关系呢？

她干笑了两声:"行,那辛苦了,我帮你系围裙?"

问出口的刹那,江聿梁就想火速收回了,没想到陈牧洲接了话。

"好。"

该死,为什么围裙是系在腰上的。

江聿梁小心从他腰处环过,为了不碰到他,指尖用力到泛白。

"江聿梁,你会不会系?"

陈牧洲淡声问。

他一垂眸就能看见她费劲的样子。

江聿梁不小心弄成死结了,额上一层薄汗:"正在努力。"

陈牧洲皱眉:"你躲什么?"

指尖都要翻出花了,好像他身上有毒一样。江聿梁眉心也皱得死紧:"总不能一天占你两次便宜——"

不打自招。

江聿梁的视线瞟到大理石地面,要是有缝隙就好了,她立马钻进去安眠。

好在陈牧洲看上去没太在意,这个插曲很快就过去了。江聿梁帮好忙,即刻退到了三米之外,乖巧地坐在餐桌上敲碗等饭。没什么事干,她也不好意思看手机,干脆撑着下巴看做饭的人。

厨房的灯源是圆形小吊灯,温暖的光辉一层层晕开来。空气好像变成了水面,轻易地投射一切。

江聿梁望着他的背影,确定了一件事,这是个会做饭的人。

陈牧洲的速度很快,有条不紊,案板几乎可以同步收拾干净。

看他这样的人干活,真是赏心悦目的一件事,要能天天看多好。

这个念头冒出来的一瞬,江聿梁被自己呛了个半死。

她忙捞过桌上的玻璃杯,给自己倒了一杯水。

陈牧洲听到动静,回头看了她一眼。江聿梁把一整杯水咕嘟完,对上他无声询问的眼神,挥了挥手:"没事,不好意思。"

陈牧洲没说什么,转回去收了火。江聿梁这才注意到,面的香味也出来了,人家做了饭,她总不能真什么都不干,光等着吃。

江聿梁走进厨房:"筷子和碗在哪儿?我来盛吧。"

陈牧洲抬手,把头顶的柜门打开,拿了两个碗递给她:"筷子那边。"

江聿梁应了声,眼神往柜子那儿好奇地瞟了两眼。

啧,这高度,只有陈牧洲自己能轻松拿到。

"香菜葱花？"陈牧洲问。

江聿梁回过神来："啊，都要！我不忌口。"

她话音一落，看着热气腾腾的面条，笑得见牙不见眼。

她实在饿得不行了，自告奋勇："我来端吧！"

她积极地接过两碗面，很烫手，但是也来不及放下了。江聿梁赶紧溜到餐桌旁，放下后连忙摸着耳垂："嘶——"

缓和一点后，江聿梁把筷子放好，正准备开动，发现人没过来。

她抬头，才发现陈牧洲还倚在料理台边，有些轻微地出神，也不知道在想什么。

这是他的劳动成果，人不来，江聿梁也不好意思动筷子，就叫了他一声："陈牧洲？"

江聿梁眼里闪过一丝期冀，食指指了指桌上："快吃吧，等会儿凉了就容易坨。"

等他走过来落了座，她才拿起筷子。

江聿梁喜欢吃面条。她可以连着一周吃面，也不会厌烦。热气腾腾的番茄鸡蛋面，在深夜最饿的时候，是最容易抚慰胃和心的存在。她埋头吃了一会儿，先把胃安抚住，才舒服地长出了口气。

江聿梁这才发现，餐桌上非常安静。

陈牧洲吃相太优雅了，几乎都没什么声响，跟她形成了略鲜明的对比。

江聿梁："对了，你知道吗，我小时候学的第一道菜，就是番茄炒蛋。我那时候糖当盐放，差点没把我妈甜齁过去。"

为了打破寂静，她随手扯了个话题，本来以为他没兴趣搭腔，正准备自己给自己捧个哏，就听见陈牧洲问："自己做？"

江聿梁有些意外，很快挑了挑眉，笑得酒窝若隐若现："是，其实我妈教了，但她就几秒没看住，我就放错了。"

她记得很清楚，第一次做番茄炒蛋是八岁。

家里虽然有阿姨做饭，但江茗喜欢下厨，也就带着她一起。

陈牧洲抬眸看了她一眼："后来一直犯错？"

江聿梁"嘁"了声，骄傲地昂起下巴："怎么可能，我那么聪明，犯过一次的错就不会再犯了好吧。"

陈牧洲轻笑了声，没说什么。

江聿梁拿筷子敲敲碗沿："喷，怎么呢？不信啊？"

陈牧洲不置可否，往椅背上一靠，耸了耸肩。

"我不了解，没有发言权。听起来，你的学生时代压力很小，家里人还会教你下厨。"

餐桌的灯源是暖光，温馨又清晰。江聿梁看得清晰，他懒洋洋又饶有兴致的神色。在察觉人心这点上，她自认还是有点天赋的。陈牧洲好像不是在敷衍应付，他是在认真问她。

江聿梁放下筷子，想了会儿。

"是，我的学生时代——"

非常快乐。

这几个字就在嘴边了，她却发现这么难说出口，甚至，这个形容词陌生到让她茫然。

也许是曾经以为，那样的快乐会一直持续。她突然意识到，在江聿梁的人生里，不管她还要活多久，未来都只会是过去的一汪倒影。她会不停地俯身打捞，捞起过去的碎片，将它们重新拼凑。

江聿梁笑容很轻。

"挺自由的。"

"我那时候可皮了，"江聿梁垂下眼，笑得深了些，"老是闯祸，学了点拳脚功夫就总想和人切磋。"

陈牧洲："赢的多还是输的多？"

江聿梁认真思索片刻："都有，七三开吧。我都会评估一下，不行我就跑了。"

她接了两杯水，推给陈牧洲一杯，她自己一杯。

江聿梁眯了眯眼，轻叹了口气："有回自己还骨裂了。"

陈牧洲没说话。江聿梁抬眸看了他一眼，有点自嘲地笑笑："挺无聊的吧。"

可真想回去啊。江聿梁笑意淡了些。

不提还好，提起来，她才意识到，如果能让她再过一次那样的日子，哪怕只能活三年也可以。

意识到这点，江聿梁突然觉得，她就像一片濒死的森林，隐藏在其中的，全是病死的、砍掉的树木。

"有酒吗？"江聿梁不好意思地挠挠头，"想喝点。"

陈牧洲眉头微蹙。

江聿梁飞快地举起三根手指并拢："我不会像之前喝那么多，就一点点。"

他不发一言地起身,去酒柜区给她取了一瓶红酒。

陈牧洲放下杯子时说:"一杯。"

江聿梁秒抬头。

一杯!还没喝都结束了!开玩笑,她的酒量可是小一斤白酒!

等视线下行,看到那瓶酒——

"谢谢,一杯就够了。"江聿梁诚挚道。

为什么随便拿一瓶都是七位数的酒。他要是突然反悔或者突发奇想,让她付个酒钱,加上之前没还的,她就得交待在这儿了。

陈牧洲倒酒时,江聿梁下意识地盯着他骨节分明的手看,心想,这双手要是画画或者弹琴会更赏心悦目吧。

"叮——"

冰凉的酒杯在她额上轻碰了碰。

陈牧洲:"发什么呆?接着。"

江聿梁赶紧接过:"谢谢。"

陈牧洲突然问道:"我看到你在搜集宗氏的资料,对他们感兴趣?"

没想到他话题转那么快,江聿梁愣了愣,嘴角才勉强一弯,含糊其词:"我找好几家。他们只是其中一家。"

"我有点好奇。"陈牧洲歪了歪头,双眸微垂,有些懒倦似的,"你知道自己在干什么吧。"

宗家的信息网非常厉害。可以说,在江聿梁查询他们的即刻,不管为什么而查,对方都会立刻知晓。宗家跟陈家类似,他们更像两棵盘根错节、根脉极深的大树,本身就不是纯靠生意和运气发家的,商界只是他们试水玩两局的地方。

对宗氏来说,即使十个梁家拿出来也不够看的,何况一个微不足道的江聿梁。

陈牧洲算是问得很清楚了,江聿梁也听得明白。

她沉默片刻,忽然起身捞过酒瓶,倒满了整个红酒杯,一饮而尽。

江聿梁眼角微红,对上陈牧洲的眼睛,轻声问道:"你知道我在查什么吧。"

陈牧洲答得很平静:"你母亲的意外。"

江聿梁失笑:"对。"

顿了顿,她道:"连你都能猜到的事,我又能瞒得过谁?如果查出来真的跟宗家有关……"她停了好一会儿,"那也得继续。我想让她安息,都走到这里了。"

陈牧洲神色微动,江聿梁分辨不出来,那是淡嘲,还是其他什么,但她都能理解。

"我挺可笑的吧?"

江聿梁真笑了,又倒了一杯,喝净了,起身走到了沙发旁边,坐在沙发扶手上。

她扭头,看向落地窗外的夜景,淡声开口。

"陈牧洲,我不知道你有没有这样的时候。

"举步维艰,怎么走都是错,可不走也不行,除非死了。可现在死又不甘心,因为事没办完,于是就变成了一只在玻璃罐头里打转的苍蝇。

"只要没人把罐子打开,你就要一直飞,一直撞,撞到犯晕为止。

"这样的日子,我都快过习惯了。"

她忽然笑起来,食指指了指落地窗。

"你这个是真不错。真漂亮。

"这样看着,好像真的可以变成世界之王。"

江聿梁扣着沙发扶手,干脆利落地把自己翻进去。

她本意是想把自己翻进沙发里,结果因为酒精作祟,重心失控,一整个翻歪了。

陈牧洲眼看着她把自己狠砸到地板上,腿也磕在玻璃茶几上,发出的闷响让他眉头一皱。

他走过去的时候,看到江聿梁跟卡帧了似的,维持着那个动作,一点角度也没挪。

这个时候是不该笑的,但陈牧洲没忍住,还是弯起一个微小的弧度。

江聿梁注意到了,眉头动了动,眼圈一下红了。

但陈牧洲什么也没有说,他只是俯身,把江聿梁轻松地捞在臂弯里,一把抱了起来。

江聿梁猛地抬头:"你!"

她刚想挣扎,陈牧洲就淡声开口:"如果骨裂了,用错力会加重。"

他们很快到了主卧,陈牧洲迅速把她放了下来,转身去找药箱。

江聿梁先看了两眼红肿的脚踝,用手指摁压了两下,判断出来骨头没事。

江聿梁:"那个,你给我吧,我自己来。"她有些小别扭。

陈牧洲沉默了两秒，递给她药箱，温声说道："你想让我来我也来不了。"

江聿梁没再说什么，取出红花油，在脚踝和小腿处轻轻转圈涂抹。

陈牧洲站在靠门处看了会儿，难得成为打破寂静的人。

"如果你发现，宗家真的跟你母亲出事有关系，你想怎么做？"

江聿梁没抬头："有意的还是无意的？"

陈牧洲："如果是有意。"

江聿梁平淡地道："认错道歉吧，至少给她一个交代。"

陈牧洲："如果他们不这么做，你能怎么样呢？"

江聿梁把红花油扔进药箱，抬眼，望进陈牧洲的眸中。

"做错事，总要有个交代。"

她满不在乎地微微一笑，轻声道："反正我一无所有，这就是我的优势。"

不管她怎么做，都不会亏。

陈牧洲是聪明人，她知道他听得懂，没再多说，扔下一句"我面没吃完"就要走。

他却开了口，将她钉在原地。

"我可以试试，打开罐子。"

陈牧洲凝视着她的眼睛，这样说道。

宗家在西里有一处老宅，常作宴厅使用。今日宗奕夫人操办了家宴，请了城中一些有名望的人。宗奕只需要出来露一会儿面，就算完成任务。

原本他觉得这种宴会无聊至极，直到厅门被推开，来了一位不速之客。

跟在他身后的安保左右为难，他们认识他，新城金字塔尖的男人，所以不确定是不是邀请函出错了。

宗奕一挥手，示意他们离开。

陈牧洲今天没穿正装，一身深色便服，冲宗奕笑了笑："宗董，别担心，我是来问您，左先生在吗？"

宗奕乐呵呵地笑了笑，满脸疑问："你说的是？"

二楼，有道身影无声闪进了门后。

陈牧洲扫了一眼，冲宗奕微颔首："您继续，我只找他。"

他的态度彬彬有礼，宾客们也不紧张，只是好奇，无数目光在他身上划过，陈牧洲视若无物。

他从一楼的环形楼梯往上走，背影和步伐都慢悠悠的，像是去找人叙旧。

事实上，也确实是的。陈牧洲在十几间房间中，选中了某一间，抬手叩了叩。

"给你十秒，如果你不开门，今天会弄得很难看。"陈牧洲温声道，抬手将腕表解下。

几乎是话音落下的当口，对方把门锁拧开。

陈牧洲推门进去。在门合上的瞬间，他横肘给了左启然一记重击，下一秒扣住对方的衣领，一拳砸进对方小腹。几乎没有任何缓冲，陈牧洲拎左启然跟拎发软的烂泥一样，把人的双臂反剪，"砰"的一声将左启然脑袋摁在墙上，发出清脆的响声。

陈牧洲柔声道："又见面了，对吧？"

左启然曾经受托于人，去海外解决陈牧洲。当然，意料之中的失败了。

那时的陈牧洲比现在戾气更重，他从东倒西歪的打手身上跨过，袖口沾着点深红的血渍，走到巷口外，抬眼看见了左启然。

月色浸透了他整个人，流泻而下时，是刀剑上的锋芒。

时隔多年，陈牧洲压根儿没变多少。

"你应该知道我为什么来。"

陈牧洲声音温和，动作却相反，将左启然摁得很死："你找她有什么事？以后有事直接找我。如果再招惹她一次，你大可以试试。"

江聿梁是被门铃声吵醒的。

整栋公寓被阳光照亮，她跌跌撞撞地跑到门口，拉开门的时候——咦，出租屋什么时候变这么大了？

想到这一点的时候，江聿梁迷蒙的双眼对上门外四双呆滞的眼睛和一堆采访设备。

队伍为首的人先开了口，谨慎小心地问道："那个，请问陈总……"

一句话让江聿梁回魂，她飞速扔了两个字，顺便把门关上："抱歉！"

两分钟不到，门再度打开。

江聿梁走出来后，将门顺手带上。她背着个黑色登山包，笑眯眯地解释道："不好意思，来客户家打工，不小心在保姆间休息了下。户主现在不在家，你们可以再联系他，我就先告辞了。"

直到她的背影消失在走廊尽头,四个人还没回过神来。

"这是谁啊?"

"不知道,真漂亮。"

"啧,奇子你能争点气吗?"

只有为首的女记者皱了眉。

"伍奇,你确定对接没出问题?是林助理说的,让我们来这边的住所找人吗?"

眼看着伍奇答不上来,记者直接掏出电话,给林柏拨了过去。那边很快接起,她没沟通多久,就放了电话,头疼地叹了口气。

"什么啊,人家说陈总可能会在这儿休息,没让我们直接来找,要去公司预约的!"

她虽然干了四年财经的活,但是刚毕业工作的时候,进的是娱乐板块。

像陈牧洲这种人,为人谨慎且心思缜密。如果他跟佳人有约,怎么会让他们上门做准备工作?

回想起刚才那张漂亮的面孔,她总感觉有些熟悉。

金融区内的咖啡厅。

周宁瘫在沙发里,吃完第三个蛋糕后,满意地拍拍肚子,抬头看向对面。

江聿梁还发着呆。

"江江,你人出来了,行李忘拿了,是吧?那有什么,下午我陪你再回去拿一趟就是了。

"对了,你也别去找酒店了,就搬过来跟我一起住呗。"

江聿梁回过神,仰头看着天花板,像条快要溺死的鱼:"不是这个问题。"

周宁凑过来:"宝,到底怎么了,跟我说说,要不我们晚上去吃我哥的餐厅?最近上了很好的鳗鱼,超好吃!"她绕到江聿梁这边,撒娇似的贴着江聿梁蹭来蹭去。

江聿梁本来就敏感怕痒,很快就投降了:"行行行,去,晚上,行吧?"

周宁满意点头:"好,我让我哥给我们留个位置。"

手机铃声响起。

江聿梁看了眼,是个陌生号码,但还是接了起来。

"您好。"

那边没有回答,江聿梁感觉有点奇怪,又看了眼屏幕,号码是本地的。

"是江小姐吗?"那边终于传来声音。

"……黄总。"

她从来都不是擅长等待的人。

就算暂时见不成,江聿梁每周也会固定给他发邮件。大部分内容都是问候健康,只有少数几次,她附上了图片附件,黄友兴跟那位商人的合照,想问问他,是否记得对方是谁,记得的话,对方是什么公司的人。

她好不容易等来黄友兴的回电,但下一秒,黄友兴的一句话,让她的心沉到谷底。

第六章
纠缠的相交线

"宁宁,我有点事先走一趟,"挂了电话,江聿梁迅速道,"晚上餐厅见。"

她紧锁着眉头,匆匆起身走了,没听到身后周宁大声说:"那你喝的还要不要啦?"

她看了眼江聿梁点的第三杯拿铁,还没动呢,浪费多不好。

周宁抱着手机放松下来,突然一条消息进来,让她瞬间坐直了。

有人给她转了篇帖子,标题是随处可见的烂大街风格——

高中白富美女神的现状绝了!

全文基本都是用的代称,大意就是高中时期条件顶级的白富美,现在与家里断绝了关系,为了维持原来的生活品质,要攀附圈内大佬,还屡败屡战。

虽然没指名道姓,却附了两张照片。

一张是酒店咖啡厅门口,身材高挑的女人正要俯身上车,照相的人在对面,刚好照到她被车门挡住的眉眼,留言里虽然不齿这种风气,但也不得不承认,光看身段就是个美人。

另一张延续了这个场景,黑色轿车扬长而去,女人目送其远去的背影。

看完内容,周宁气得脸色都变了。

周宁哥哥开的餐厅特色是半透明的厨房,整体装修倒跟其他高级西餐厅没什么不同,以雅致幽静的环境为主。

听说妹妹带着朋友来,他放下手头的事去门口接她们。

周宁到的时候已经是傍晚了,天空开始下雨,淅淅沥沥的。

"来了?"

周宁闻声抬头,挥了挥手:"哥!这是我朋友,江聿梁。江江,这是我哥,周迎夏。他一直在欧洲那边,去年底才回来的。"

江聿梁本来有些出神,被周宁喊回神,这才抬眸,撞进一双温和带笑的眼。

周宁来的路上就说,她堂哥比她大了七岁,从小就唠叨得像爹一样。

就是江聿梁觉得在哪里听过这个名字。

她不敢确定,只微笑着伸出手:"你好,江聿梁。"

周迎夏嘴角微翘,回握住她,轻摇了摇头:"下次我来,这种事不好女士优先的。"

他们往里走时,江聿梁落后了两步,周迎夏也不急,停下脚步等她,眉眼微弯:"小江,你真的一点印象都没了吗?"

等到落座时,江聿梁才恍然大悟:"我大一的时候,你们是不是过来交换?"

周迎夏点头,有些调皮地扬了扬眉:"答对了,今天这顿我请。当时你们有一门课,好像教授帮你们办了作业展,你的作品我印象很深刻。"

江聿梁有些吃惊,随即不好意思地笑笑:"那时候大一嘛,做什么都肯努力。"

周迎夏想了几秒,看着她的眼睛,认真地道:"艺术确实需要一点天赋,你的风格那时候就很明显了。"

"好啦,你们等会儿再叙旧。哥,让我们先照个合照?我爸又问我在哪儿鬼混呢。"周宁调皮道。

她们两个靠在一起,周迎夏站在后面举起手机,微笑着留下了这一刻的定格。

周宁美滋滋地发了朋友圈,瞥到江聿梁的状态松弛了一些,不像一开始的拘谨,于是她也松了口气。

吃到中场休息的时候,周宁借着去洗手间,拉住周迎夏:"哥,你可以啊,我就让你调节下气氛,没想到你还真的认识我们江江!你安慰人也太厉害了吧!"

周迎夏:"我不是安慰她。"

他笑着轻抚了下周宁的头："倒是你,想想回家怎么安慰叔叔吧。听说你把所有相亲都搅黄了？"

一听到相亲,周宁立即脸色一变,拍开他的手回到座位上,发现江聿梁正往餐厅门口方向走,步伐还有些急促。

"怎么了？"周宁不明所以,赶紧追上去问。

江聿梁："没事,你先回去,我有个东西可能落了,我去门口那边找找。"

她身份证不知道掉哪儿了,明明来的路上都还在。

已经快到门口了,江聿梁快步走下台阶,台阶上的积水却差点让她绊了一跤。

周迎夏跟得紧,赶紧拽住她的手臂："小心！"

另一边,也有只大手扶了她一把,掌心温热有力,力道也更重些。

江聿梁抬起头看了一眼,是陈牧洲。

但陈牧洲并没有看她,眼神无声地落在周迎夏身上。

"还不放手吗？"

这种事发生在她身上的第一秒,江聿梁只觉得莫名其妙。

周迎夏是好心出手,不想让她栽太惨,这完全能理解。

至于陈牧洲,大概也差不多吧？

雄性间总有些奇怪的竞争时刻,哪怕现在是只落难的狗,都要争相看谁救得更快,江聿梁试图不着痕迹地抽回手。

周迎夏短暂的错愕过后,先放开了手。

"没摔着就好。"

周迎夏对她点了点头,旋即礼貌地问陈牧洲："陈总今天在这儿有约？"

"没有。我来找她。"

江聿梁眉头一抬,看向他,随即点头："对,那您现在有时间,我们找个地方。"

"那就在餐厅里吧？"

"先出去再说。"

周迎夏跟陈牧洲几乎是同时开口。

她冲周迎夏道："那就不麻烦了,你跟宁宁先聚,我过会儿就来。对了,帮我和宁宁说声,帮我找下身份证,谢啦。"

周宁从周迎夏背后探出头："知道啦！"

周迎夏挥挥手:"放心,我也会帮忙的。"

等他俩的身影消失在门帘后,周宁才长出了口气,抚了抚胸口,心有余悸:"哥,陈总脸色好吓人啊,我之前还想过呢,怎么会有长成这样的男人啊,老天也太不公平了,现在看来还行,还算公平的!"

周迎夏笑容淡了些许。

"是吗?你们都喜欢这种类型?"

周宁转身摇头晃脑地往里走:"江江好像不喜欢。她应该喜欢肌肉男吧,壮一点的?"

周迎夏失笑。

陈牧洲拉着江聿梁往外走。

现在时间不晚,迎面不断有新客人进来,都是西装革履的中年人,过来谈生意。

那些人就着昏暗的灯辨认出陈牧洲,惊愕道:"陈总?!"

陈牧洲没理会。江聿梁看了眼,觉得他可能真没听到。

她悄悄拉了拉他的袖口,陈牧洲回头看她一眼,她用眼神向他示意有人叫他。然而,陈牧洲却仿佛会错了意,握她手腕的力道更重了。

于是,对面的目光都好奇地移到她身上,江聿梁只能回以一个不失礼貌的微笑。

一路上如芒刺背,等上了车才有所缓和,还好今天陈牧洲没带司机。

江聿梁看他不发一言地发动车,深吸了一口气:"我今天找你,是为了黄总的事……他跟我说了一件事。"

车汇入了夜色,陈牧洲才道:"你是说,他跟那张照片上的人?"

江聿梁分辨不出,他的语气是知道还是不知道。这毕竟是她的事,她并不想浪费陈牧洲的时间,便用最快的方式解释道。

"那张照片是黄总创业初期,跟一个合作对象的合影。照片上的人,黄友兴说,是他的合作对象,骗了他们,说要投资和有门路,但都没有做到。而且拿到他们的细节企划书后,就消失了。"

陈牧洲的目光扫了眼后视镜:"所以呢,你的结论是什么。"

江聿梁沉默了很久,有些艰涩地开了口。

"如果那人是个骗子,那他跟我爸妈去海岛那次可能也抱着类似的目的。

"可能,真的只是一个意外。"

江聿梁说出口，才发现没有想象中难。

意识到可能是意外的时候，江聿梁说不清自己的心情。

她要找的只是真相而已。无论怎样，只要找到了，她就不算全盘皆输。失望吗？她不知道。

"不过，我们要去哪里？"

江聿梁这才想起来，看了眼车窗外变幻的夜景，车还走在大道上，两侧的建筑物快速闪过。

"你的行李在哪里，就去哪里。"陈牧洲瞥了她一眼，轻声道。

江聿梁恍然大悟，不好意思地挠挠头："我早上走得太急了，忘了把行李带走，真不好意思。"

两人回到陈牧洲的住处。进门后，智能灯控很快亮起，不远处的落地窗上，雨一遍遍地冲刷，模糊中的光点连成一片。外头的冷色调，跟屋里的暖意融融形成鲜明对比。

江聿梁站在玄关处，出神地看了会儿。

眼前的一切都像在晃动，比如雨里矗立的建筑、霓虹灯、笔直的道路。又比如屋内的落地灯、装饰品、绿植、造型奇特的单人沙发。在晃动和对比中，人好像总希冀着某种永恒。

她家曾有个阳光房，那时候躺在沙发上，听着雨的声音，也觉得能这样度过永远。

江聿梁不免陷入了回忆，突然眼前一黑，她一把拽下刚粗暴盖到她头上的毛巾，不客气地瞪向始作俑者。

陈牧洲走到吧台高脚椅边，也在擦着湿漉漉的头发。

江聿梁拎着毛巾走过去，边走边道："陈牧洲，我有个事需要提醒你一下。你拉着我，咱俩太亲密的话，影响不太好，知道吧？"

八卦风暴中心是她，这些无聊的传闻很快会更新换代，甚至都要不了两周。

但如果一方也做出了反应，这则桃色绯闻就会变成一出连续剧。真正受到牵连的，只有他们俩和陈牧洲公司的股价。

陈牧洲把毛巾甩到了旁边的椅背上，取了个古典杯，倒了一杯威士忌，淡金色的酒液在杯中微晃了晃，被他一饮而尽。

他起身，朝江聿梁的方向走了几步，神色平静，语调也平淡地开口道："两件事。

"第一、黄友兴说的那个人,是宗奕以前的手下,他最近死了。"

江津梁瞳孔微微睁圆。

没等她反应过来,陈牧洲已经逐步逼近,她下意识地往后退,退到冰凉的玻璃窗边。

他把她逼到了退无可退,她难得慌忙,伸手抵住他,笑容有些勉强:"陈牧洲,你没喝醉吧。"

她微凉的脸颊忽然一温。

陈牧洲抬手,掌心完完全全地贴合,温度传导的瞬间,江津梁背脊一麻,倒抽了口凉气。

"第二——这样算亲密吗?"他俯身,睫羽几乎要靠近她的面颊。

"那你喝醉了为什么要这样做?"陈牧洲面无表情地问。

江津梁被迫望进他眼里,他靠得这样近,却没什么情欲意味。

陈牧洲很快松开手,朝吧台走去。

她站在他身后,踌躇几秒,开口:"你能确定吗?"

作为骗子消失在人海,和作为宗奕手下消失,代表的是两条截然不同的路。

陈牧洲回头看了江津梁一眼,江津梁问得平静而认真,拳头却不安地捏紧。

"我确定。"陈牧洲淡声道。

他转过身,捞起她的手腕,在她掌心写下两个字:石陇。

江津梁心里一凛,表情变得严肃了起来。

下一秒,陈牧洲退后两步,拉开点距离。

"石陇。"他又轻声复述了一遍。

江津梁默默攥紧手心:"你能直接说,干吗还要写我手里?"

陈牧洲说得也很坦然:"怕你不认识,说话解释太麻烦。"

江津梁干笑一声:"好吧。"

陈牧洲"嗯"了一声,转身懒洋洋地往吧台走。

在吧台微暗的灯下,他的棱角与锋刃被隐藏,只剩下他那对眉目,远山一般黝黑朦胧。

他额前的发丝微湿,袖口也沾了点湿意,目光像是在她身上,却更像是透过她在看些更遥远的东西。

"为什么?"

江津梁眉头皱了皱:"什么?"

"为什么相信我？"

"不知道。"她耸耸肩,"我说实话你不会介意吧?毕竟我也没有别的人可以相信了。"

江聿梁沉默了会儿:"还有……直觉告诉我,我可以这样做。"

她迈开步子,绕过他坐在吧台上,又自顾自地拿了两只杯子,在酒架上挑了瓶伏特加,给陈牧洲倒了半杯,给自己倒了半杯。

她把酒杯递给陈牧洲,陈牧洲没接,她也没在意,自顾自地拿着两只杯子碰了碰,发出一声清脆的响声。

江聿梁眉目有些愉悦,盯着杯子里的酒液,轻声道:"告诉我,可以相信你。"

陈牧洲伸手,捞过酒杯,没有看她,轻轻碰了碰她的酒杯。

他说:"可以。"

江聿梁无声地翘了一瞬嘴角,仰头一口气把酒喝完,把泪意也一并压了回去。

"谢谢。"她冲陈牧洲笑了笑。

陈牧洲安静地看了她几秒,收回目光,喝了口酒:"但是,没人能保证结果。"

他知道,不用说江聿梁也清楚,钱权之下,越往上越难爬,威压之下,就是让你翻不得身。

而宗氏,又岂能是她个人撼动的存在,这也许是条很漫长的路。

就算加上他,也只是增加一些胜算而已。

生活不是电视剧,善良正义的一边一定会赢。现实生活中,恶是不受控的,天然就具有更摧枯拉朽的力量。

"我知道。"

她也晃了晃杯子,在空中虚画着圈,头跟着轻晃了晃,自言自语似的:"厌红尘万丈混龙蛇。

"老先生——去也。"

随着话音落下,江聿梁笑意极深地在唇边绽开。

憎苍蝇竞血,恶黑蚁争穴。

叹乌衣一旦非王谢,怕青山两岸分吴越。

憎也好,怕也罢。

急流勇退,别过脸去不看,或许是最方便的一条路,但绝不是最好的路,至少对她来说不是。

"对了,你看看这个。"

江津梁想了想,找出便笺和笔,不假思索地写下一串数字和字母——她在母亲日记本上发现,却全无头绪的那串符号。

她从没告诉过任何人,但现在想想,不知道为什么,觉得可以信任面前的人。两个人的脑子,应该会比一个人更好用。

陈牧洲接过:"这是什么?"

"不知道。代号,或是密码?我没头绪,是我妈留下的。"

陈牧洲抬眸,深深看了她一眼。

他知道这句轻描淡写的话中,所含的分量。

关于母亲的一切,她都像放在秘密宝盒里般,从不轻易与人分享。

江津梁耸耸肩:"也许跟他们有关系,也许没有。先记着吧,或许哪天能用得上呢。"

因为种种原因,江津梁暂时没有搬到别的地方去,邱叶汀和周宁很快得知,拷问她无果,只在确定她安全后稍稍放下了心。

过了几天,邱叶汀把她们俩约在一个画廊,说有个好消息要宣布。

快中午十一点时,画廊二楼往外望去,可以看见一重夏日绿意。

她们俩都到了,只有江津梁还没到。

"江江可能又堵路上了,到底什么好事,你把我们叫过来?"周宁百无聊赖地吸溜着美式。

邱叶汀不时看表,轻叹道:"关于她的事啊,她不来怎么行。"

事实上,江津梁今天没有堵车,她其实到了。

但她在画廊对面的街上被人拦下了去路,准确地说,是三个人。

来者气势汹汹,说他们老板请她去一趟。

三个魁梧的壮汉不容分说地拦在面前,江津梁知道躲不过,干脆地上了车,一路上眼睛都被布条蒙着。

她到了一间尽头的房间,进去后才被重新抽掉了布条。

江津梁看着坐在里面的人,失笑:"宗董,您不用这么夸张吧?"

她问:"这算是绑架吗?"

宗奕和蔼地笑了:"江小姐,我只是让他们把你请过来,没让他们这么粗鲁,实在抱歉,我今天只是想请你看个东西。"

他朝江津梁招了招手,鹰隼似的目光上下睃着,不放过她面上任何细节。

"好。"

林柏很少收到短信形式的信息,他打开看了眼。

"您认识周宁吗?"林柏顺口问了一句。

陈牧洲并没回头,走了两步,快走到自动门前时,才突然停住了脚步。

"是这样,她给我发了条信息,是个很短的视频。"林柏察觉到不太对,赶紧把手机横着递给他,"您看看。"

陈牧洲接过,视频的角度应该是来自监控。

静谧的夏日午后街道,树叶在风中轻轻摆动,无论是大道,还是小路都显得很空旷。

街道另一边,一辆出租车停下,女生下了车,先是左顾右盼了会儿,而后百无聊赖地等待着红灯转绿。

她正准备过马路的时候,被三个壮汉拦了下来。

视角所限,她又背对着监控,看不清她的反应。可结果也不出所料,没一会儿,她便上了一辆街边的轿车。

这个视频很短,前后不过四十秒。

陈牧洲看了三遍,在屏幕中心轻点了一下,退出。

一条信息映入眼帘:林助你好,我叫周宁,是江聿梁的朋友。因为只找到了你的名片,只能麻烦你,请问能联系一下你老板吗?也许陈总知道她去哪儿了吗?

如果说之前只是猜测,现在林柏已经十二万分确定,是出了什么事。

没敢细看陈牧洲的脸色,林柏小心翼翼地道:"那游艇这边……"

陈牧洲:"订最早的票,回新城。"

陈牧洲听过一种说法。

在人的一生中,真正具有变革性意义的瞬间,只有那么几个。少,且无声无息。

回头看一看,有的瞬间就这样划过生命。

那天,父亲如往常般下矿,他在家正吃着早餐,还看了眼父亲的背影。

而自那以后,这些转折点倒渐渐清晰起来。

被陈家接走时,跟生物学上的父亲第一次谈话时……

陈牧洲不止一次地厌烦命运的戏弄。

在费蒙酒店的顶层套房,跟赵理会面时。

陈牧洲那天安排好了人,黄友兴就算被设计了,也能被救回来。却收到了一通电话,说黄友兴确实出事跳江了,可没等水警赶过去,就被同行人拖上去了。

陈牧洲漫不经心地"嗯"了一声。

——"谁?"

——"您稍等。我看看。江聿梁?"

——"你再说一遍,叫什么?"

从无声无息,到轰然降临,并不需要太久。

在这一天来临之前,大概五个月以前,陈牧洲决定认真去查。

于是查到一件事,曾经那个雨天中,在壹乔富人区参加家宴的名单中,唯一符合条件的人。

榕城梁铭一家。

梁铭的女儿梁聿,现在法律上改的新名字,叫江聿梁。

陈牧洲惯于蛰伏,他一直没有在她跟前出现。她却石破天惊般,以一种他没料到的方式现身,跳到江里,救一个中年人,还是跟她没什么关系的中年人。

那晚他没必要去医院看黄友兴,但他还是去了。

命运的真意究竟是如何,从那一刻起,陈牧洲也分辨不清了。或许,他们的命运如同纠缠的伏线,注定如此相交。

从进房间的第一秒,江聿梁就注意到了宗奕的目光。在表面那层和蔼下,藏的尽是不露声色的审视,这让江聿梁瘆得慌。

她走过去,宗奕很快从单人沙发椅中站起来,笑呵呵地朝她招手,示意她再走近些。

"来,坐。"

江聿梁垂眸看了一眼,挑眉笑了笑:"多谢您的好意。但我妈教过我,不能跟长辈抢位子,您坐吧。"

宗奕哈哈一笑,抬手朝对面的墙上指了指,很快,投影打在了上面。

"别担心,就是看个视频。"

江聿梁无声地看了宗奕几秒,也笑了:"行。"

江聿梁坐下的刹那,房间内的灯便暗了下来。

画面开始播放后,半分钟内,江聿梁都摸不着头脑。那画面像是纪录片,或者混乱电影的开场。

看上去像是在异国他乡的某处地下赌场,摄像头一直在平移,穿过混乱的人群，一张又一张赌桌。

直到摄像头从一张面孔上一掠而过。

江聿梁下意识地屏住了呼吸。在一堆高鼻深目棕发的外国人中，突然出现了东方面孔，就算不认识，她也会第一时间注意到，更何况她认识。

画面刚转开，又像是突然意识到什么，重新转了回来，回到了那张长桌，缓缓拉近。

江聿梁注意到，陈牧洲赌桌上的筹码高得不太正常。过高的筹码直接导致围观的人越来越多，随着局势每变化一点，周遭吵嚷怪叫的声音，也一浪高过一浪。

画面中，陈牧洲恍若未闻，仿佛跟其他人并非身处同一空间。

即使视频中记录的一切，早已过去了，就像电影一般。江聿梁还是紧张，她不知道这无法控制的紧张从何而来。

陈牧洲对面坐的人，很明显是场地的老油条，看着比陈牧洲大上十来岁的样子，轻蔑和调笑都一览无余。

牌局游戏持续三局，陈牧洲赢了三次。对方却一点也不慌，把牌扔出去，点了支劣质雪茄，跟身边站着的看客闲聊两句，聊着聊着哈哈大笑起来，起身给别人让了位。

陈牧洲也站了起来，穿过人群，挡住对方的去路。

他说："你输了。"

对方咧开嘴笑了笑，一摊手，用口音很重的英语道："是，我没钱。我知道你来干什么的，你杀了我也没钱给你。"

看到这儿，江聿梁已经可以证实心中两条猜测。

一、这个人虽然像混混，但她能看出来，这人地位在当地并不算低。

二、她确定了，宗奕想让她看的是什么。陈牧洲早年干的事，她早就有所耳闻，这视频估计是相关记录。

江聿梁继续盯着屏幕。

在这个人说完没钱后，陈牧洲笑了笑，手上不知道什么时候多了一张牌，黑桃5。他抬手，在对方眼前轻晃了晃。

"这是你之前掉的，收好。"

对方脸上出现了迟疑的神色，猜不透陈牧洲到底什么意思。

很快，局面猝不及防地变了。

没人看得清，他是怎么被这个年轻的东方人摁在桌面上的。这画面之后的每一秒，都令人惊心动魄。

视频播放完，江聿梁即使只用余光也能感觉到，宗奕并没有看视频，而是在看着她。

她不说话，宗奕也不率先开口，点燃了一支烟，饶有兴趣地等待着她的反应。

沉默了很久，江聿梁才轻笑了笑："宗董，您想说明什么？"

"江小姐，你觉得你熟悉小陈总吗？"

宗奕眼睛微眯着笑起来："我不否认，他是个很优秀的年轻人，但是我好几年前开始跟他打交道，应该比你了解一些。"

"是吗？你了解他什么？"江聿梁问。

就像真的好奇一样，但面上的疲倦感，她压根儿懒得掩饰。

宗奕脸上的笑意渐淡，随意踱步到一边，俯身，从玻璃桌上取了枚国际象棋。

"任何人，任何事，于他而言，都可以是这个。"宗奕轻晃了晃手中的兵卒棋。

宗奕见她沉默不语，语气温和地开口："你愿意相信这样危险的人，帮你去查那些对你来说最重要的事？你有问过你妈妈的意思吗？"

江聿梁倏然抬眸，目光锐利。

宗奕毫不在意。

"你看看这个。"他把手机递给江聿梁。

江聿梁本来不想接，但手机上那张照片，让她像一块被施了定身术的石头。

是江茗。

她从来没见过江茗照片。

照片上的母亲，处在更年轻飞扬的时间段，明眸皓齿，穿着背带牛仔裤，对着镜头笑得见牙不见眼。

这是一张合影，江茗的身边，站着一位气宇轩昂的中年人。

江聿梁看得出来，这是年轻时的宗奕。接完手机，她就后悔了，她不该接的，这么明显的诱惑，说不定还是合成照片。

但她完全不能控制自己，哪怕照片是假的。

几乎就在她接过的一瞬，一声隐隐约约的巨响，不知从什么方位传来。宗奕皱了皱眉，看了她几眼，面色有些阴沉。

江聿梁没什么反应，她专注地看着那张照片，放大，缩小。

宗奕朝门口走去，本想示意他们再加强安保防护。但他刚拉开厚重的木门,话都还在嘴里时,就见到了他此时此刻最不想见的人。

陈牧洲。

陈牧洲面无表情,目光第一时间越过宗奕,看向了屋里的人。

江聿梁站在原地,指尖在屏幕上轻抚,沉浸在自己的世界里,听到声音也没回头。

陈牧洲叫她的名字——

"江聿梁,出来。"

也是这时候,眼看安保没有赶来,宗奕当然明白局势对自己不算有利,准备靠边悄然离开。

然而,陈牧洲看也没看,手一把抵在他肩头,轻声道:"你得等等。"

陈牧洲又叫了她一遍:"江聿梁。"

她这才有了反应,怔怔地望过来,看到是他,才迈开脚步。没走两步,她又折返回去,把手机息屏,放到了茶几上。

江聿梁刚走到靠近门口的位置,就被陈牧洲一把拉住手臂,拽到了屋外。

"去屋外等我。"

陈牧洲低声道,没多看她,反手把门关上,落锁。

江聿梁转身,看了眼地上晕得七荤八素的安保人员,这些人身上,基本没有半点多余的伤痕,被干净利落地弄晕了。

她沉默地转向房门,想说些什么,但最后还是没说。陈牧洲是成年人了,应该不需要她的提醒。

江聿梁注意脚下,尽量不踩到人,沿着长廊没走多远,就见到一个熟悉的人影,在转角处等她。

"江小姐。"

林柏见她走近,冲她笑了笑,安抚性质很浓:"您还好吧?"

江聿梁:"嗯。"

她答的语气,还有神色,明显都跟平时不太一样,这让林柏心中有些不安。

"跟我走吧,先去车上休息一下,陈总应该很快会出来。"

林柏往走廊那边的房间望了眼,房门紧闭,但是里面东西碎裂的声响已经很清晰了。

往外走的时候,林柏一直轻声给她解释,这个三层小公馆在什么位置,多久前被宗奕买下做私人住宅,因为平时闲置,加上周边也是宗奕名下的房产，所以他们来得稍微晚了点。

总结就是，要在这一块静谧隐蔽的黄金地段中，确定她的具体位置，他们费了点心思。

沿着楼梯走下去时，江聿梁突然道："我知道了。我没事的，可以让我安静一会儿吗？"

林柏看着她略显苍白的脸色，点了点头。

等上了车，江聿梁头靠在窗户上，闭上眼睛。

窗外的烈阳直射进车窗，绿意与滚烫同时落在她的眼皮上。时间的刻度在夏日容易造成一种假象，叫人无法区分漫长与短暂。

直到车门被人从外面突然拉开。

江聿梁靠得很实，车门被拉开，她一时没反应过来，身子一歪差点摔下去，下一秒就落入了一个有些熟悉的怀抱。

逆光之中，她眯着眼，努力看清眼前的人。陈牧洲抬手撑住了她，扶稳。见来人是他，她很快往里坐了坐，重新靠到了椅背上。

陈牧洲把门关上，她挪到右边，落下车窗，问陈牧洲："不上车吗？"

陈牧洲只是站在原地，垂眸，眼神无声地落在她身上。

江聿梁很少逃避什么，从几年前开始，她就决定拿出她所剩不多的勇气，来面对这没什么意义的人生荒野。

她难得想要从一个人的眼睛中逃离。

太阳已经够刺目了，可有什么比那更汹涌。她在实施逃避之前，忽然被冰冷的掌心扣住后脑勺，牢牢固定住，动弹不得。

江聿梁望着愈近的眼与气息，不知该如何反应，沉默地看着他靠近。

——跟她想象中的关系并不一样。

他只是俯下身来，以额头碰额头。实实在在的触碰，却又轻之又轻。

一种确认，又似是，一种无声认命。

总而言之，在盛夏的这一秒，空气被烈日浇铸到凝固，她却像目睹一片海浪重新汇入海洋。

即使过了这么久，江聿梁也无法忘记那天。

一时冲动、插手打架还输得很惨，惨到被江茗记进了日记那一天。

她那时没忍住好奇，问江茗，你真的不生气吗？

江茗帮她上药，笑得很得意——

我跟你说过吧，人生最重要的是经历。

这两个字，不是上下嘴皮一碰，你觉得在书本和电影里看过，你就懂了。只有真的试一遍，才知道什么叫经历。

在多年后的这一天，成千上万个普通午后中的一个，江聿梁经历了很特别的恍惚。

生平第一次，她像是被抛进了一整片彩色光线织成的网，光线的温度她摸得着，形状她也看得见。扣在她后脑勺的有力掌心，是一股不可忽视的力量，紧紧地锢住她。

在这不可忽视的力量中，夏天仿佛也跟着变形。小成一片不轻不重的灵魂，轻然地降落在她身上，燃烧成凉意十足的火焰，在骨缝里一点点跳跃。

"咚！"

"咚咚！"

江聿梁脑子转得不大灵活，成了有点生锈、油没上够的机器。

这是谁的心跳？

倏然间，他松了手，拉开了距离。

车门被拉开，江聿梁不自觉地抬眸，还没从蒙圈的状态里走出来，有些发愣。

她长了双形状优美漂亮的眼睛，眼尾微微上挑，不做表情时有英气淡漠之感，要是做点表情……

比如此刻，像双眸清亮瞪着大眼发呆的大型犬。

陈牧洲手握在车门上，低头看了她一会儿，才开口："能往里点吗？"

"啊？"江聿梁反应过来，"哦。"

她往回挪的时候，在没人能看到的角落，痛苦地皱了皱眉。

她刚刚没反应过来，表情不会看起来也很蠢吧。

活了二十来年，江聿梁头一次为形象懊恼起来。

黑色轿车驶入一条林荫道，从树缝中漏下的淡金光线铺天盖地，一并洒进了车内。

江聿梁看着窗外，逐渐走神，直到陈牧洲叫第三遍才扭头。

"嗯？你跟我说话？"

他挑眉，好笑道："你看车里还有其他人吗。"

江聿梁有些懊恼，自己又让这人看了笑话，同时，又因他话里的揶揄有些耳热。

"我有个问题。"江聿梁清清嗓子，故意板着脸开口道。

陈牧洲抱着臂，好整以暇地等她开口。

"你——"

她很有气势地开了个头，然后迅速垮台，低声快速道："刚刚，是不是占我便宜？"

江聿梁故意打哈哈开玩笑，想驱散从刚才起就萦绕在车内的、若有似无的暧昧气氛。但是当她问出口的这秒，话里藏了一丝自己都不易察觉的期待。希望他否定吗？也许吧。

陈牧洲看着前方，似乎陷入短暂的回忆。

"我之前养过一只猫。它很喜欢这样，应该是对情绪有一定好处。

"刚才，我看你脸色不太好。"

陈牧洲转头看向她，问得很平淡："吓着了？"

江聿梁以为他是问宗奕，摆了摆手："没有，我是在想照……

"视频。"

江聿梁一顿，她知道他在问什么。虽然不知道他跟宗奕说了什么，但肯定知道她看到了什么。

平心而论，虽不至于到宗奕想象的那个地步，可要说一点感觉没有，那当然是假的。

在那段视频里，陈牧洲明显比现在更年轻些。

那样的混乱中，镜头也始终贴着他，而他全然不在意。艳丽的血色，沿着男人掌侧滑落，滴答在地上时，江聿梁甚至产生听到落地回响的错觉。

她没立即回答陈牧洲的话，视线不自觉地落在他的手上。

他的手白皙修长，骨节分明，手背青筋微凸，筋脉清晰。衬衫袖口扣得很紧，黑金金属袖扣的质感，跟皮肤形成莫名的对比，令人心尖微跳。

江聿梁甚至痴迷于这神奇的瞬间。

人真是奇妙，能包裹在柔软的布料之下，将所有流动的或固有的特质一并冻结，暂藏其中。

是锐利是坚硬，或是完全相反，剥开了才见分晓。

她能感觉到灼热的目光，逃是逃不过了。但她实在不知道怎么说，只能如实回答。

"我不知道怎么说……我很难表达清——"

"不用说了。"看她这样为难，陈牧洲直视前方，打断她，轻声道，"我知道了。"

江聿梁欲言又止，很想问"你知道什么了"，刚想开口，余光不小心瞥到窗外,她突然注意到,已经快到R.C总部了。

她坐直,眉头紧蹙:"怎么这么多人?"

司机从后视镜上看了一眼,提醒陈牧洲:"陈总,记者。"

江聿梁瞳孔微震,下意识就想低头把自己藏起来。

"外面看不到里面。"

男人冷淡的声音落下,江聿梁只能装作没事人一样,缓缓坐直:"没有,东西掉了,哈哈!"

如果被记者发现陌生女子在车上,后续不知道要出多少事。思及此,江聿梁瞬间挺直了肩背,再开口时,语气也变得小心翼翼:"要不,我提前下车吧?"

车刚好驶到路口,如果继续过红绿灯再直走五百米,就能到华际总部门口了。

司机看了眼后视镜,见陈牧洲无声示意,便及时转了弯,开进了辅道内。

等车停稳后,江聿梁推门下车,想了想又道:"等你空闲的时候,我要找你说个事。"

"你有林柏电话,找他就行。"

江聿梁卡壳了一秒,道:"好。"

她关上车门,走到人行道上,决定先不打车,自己走一段路。

但,走到哪儿呢?

邱邱是在金融区附近租的房,发个信息一问,邱邱秒回给了她地址和电子锁临时密码。

地图显示,走四十分钟能到。

江聿梁不急,慢悠悠地晃过去,中途路过一家面包店,还买了一个凯撒、一个金枪鱼、两个菠萝包,都是邱邱喜欢的。

她本来的打算是,暂时歇脚,先待一个下午。

结果一待就待了三天。

第七章
掀动风暴

在这三天中——

准确地说,从她下车的那一刻开始,她与陈牧洲过着两种截然不同的生活。

就这几天财经新闻里滚动播放的头条来看,新城商界面临着地震般的巨变,而陈家和宗家则是这次绝对的主角。

陈牧洲的一分钟都要掰成两分钟用。

而江聿梁结结实实地在邱邱家当了三天咸鱼。

一开始听到新闻,她还支棱了一下,在确定了陈家并不是遇到什么麻烦,只是要把一部分海外的产业重新调整后,又重新躺回了懒人沙发。

在她身上,其实也发生了点新鲜的事。

一是邱邱告诉她,自己代她给一家新兴画廊递了作品,对方还挺喜欢她风格的,问她手上有没有画愿意拿来谈。

江聿梁决定想一想。

二是那天宗奕给她看的照片,让她想到了些事。

她是没见过江茗那时候的样子,但江茗背带裤下那件上衣,她隐约记得是那个设计师的当季新品,当时还是一个欧洲新兴小众牌子。

江茗在那段时间里,对新款都很感兴趣,有时候还会去国外自己买。

江聿梁想确定这张照片是哪年的,再看日记有没有能对得上的信息。

这其实是很紧要的一件事,可她却无法完全专注,总是走神。

一不留神,就回到那天的午后,陈牧洲的身影频繁出现,非常影响她的办事效率。

邱邱跟周宁都看出她不对,拽着她问,说那天朋友来找她这件事,是不是撒谎了，那天到底发生了什么。

江聿梁防线薄弱，沉默了会儿，捏着空空的薯片袋子，还是决定招了。

"我最近遇到个人，没什么特别的关系，但我最近老想起他。"

不仅想起他，还会想起那天在车上，最后一次对话。

在当下不觉得，现在回想咂摸起来，江聿梁忽然惊觉，这个句式完全不是他的常用问法。用陈述代替疑问，就算如此，也确保对方会回答。

江聿梁怔住。回神后，她跟邱叶汀和周宁面面相觑了几秒，突然间，她从懒人沙发里飞快爬起来，奔进房间。

三分钟内，她换了身衣服飞奔出门，只留下在空中飘荡的一句："回来再跟你们说！"

晚上八点四十分，R.C大楼地下车库负二层。

陈牧洲一迈出电梯间，一道人影就撞了上来。

他原本面色有些阴沉，但下一秒看清楚是谁后，瞬间多云转晴。

"陈牧洲，我来回答你了。"

江聿梁像从时空裂缝蹦出来的似的，咻地就出现在陈牧洲面前，气喘吁吁地说：

"那天那个问题，我没有吓着，我不是害怕，我是觉得——

"人为自己的命运努力时，原来——

"原来是这样的。"

江聿梁眼睛很亮，燃着一小簇火焰。

她不是冲动的人，至少这几年已经不是了。可不知道为什么，在跟他相关的事上，情绪的方向舵从不掌控在她自己手上。她总是会一时上头，冲动行事之后才发现自己处在有些尴尬的境地中。

比方说现在。

她话音刚落，就听见身后传来几声"陈总"。

江聿梁快速回头看了眼，身后站了四五个西装革履的中年人，看那架势，不是合作伙伴就是高管层了。

几位管理层本来也是回来共同商议局势的，难得这时候看到陈牧洲，刚一打招呼，就发现眼前的气氛有些微妙。

全场鸦雀无声。

"那——您先忙，我们先上去。"

短暂的沉默过后，有反应快的一边嘴上赔笑，一边上前摁了电梯。

陈牧洲没说话,但也没看他们,神情一贯的平淡。

江聿梁反应过来了,忙把人家的话借来又说一遍:"不,你先忙,我没什么事,我先走了。"

她没打算等陈牧洲回复,转身快速离开,可惜走两步就又撞到一人向陈牧洲打招呼,她趔趄了一下,又很快恢复常态,装作无事发生一样走了。

走了相当一段距离,她才刚好停在了写着E区的墙柱下。

江聿梁沿着墙体缓缓蹲下,掌心撑着额头,双眼失神地看着地面。

冲动了。但她好像不太后悔,甚至有松了口气的感觉,甚至,隐隐约约像春季想要破土而出的植物,露了点嫩芽出来。

江聿梁还没来得及把它揪出来,手机信息就响了。

她掏出来看消息,还没有仔细阅读,发件人的名字就让她失神了一瞬:在哪儿?

来自陈牧洲。

江聿梁很快给他回了过去:我在回家的路上,你忙工作吧。不好意思啦,没考虑好时间,打扰了。

其实对她来说,今天目的已经达到了,只是想说出来而已,无论他回不回复,都没什么影响。

她撑了把膝盖站起来,活动了下有些酸痛的腿,刚要迈开腿,来电铃声响了。

来电显示还是他。

江聿梁接了起来:"喂?"

那边先是沉默了会儿,而后道:"你还在车库。"他没有再问她,这是一句陈述句。

江聿梁愣了一下,很快反应过来,在地下车库说话,声音的回响会比其他地方大。

耳朵还真尖啊。

"是啊,正准备走。"

江聿梁无声地龇牙咧嘴,她的腿都蹲麻了,在地上跺了两下也没什么用。

"我这边很快结束,在原地等我。"陈牧洲声音有些低,但说得很清楚。

大概是在开会吧,江聿梁抬腕看了眼时间:"好。"

她刚准备挂电话,突然听到陈牧洲问:"你不喜欢粉色?"

"啊?"

江聿梁认真思索了几秒。她是更喜欢蓝,但也不讨厌粉,尤其是画天空的时候,调一点淡粉出来,看着颜料盘心情都会变好。

"不啊,我挺喜欢的。"

"好。"

陈牧洲简单说了一句,便挂了电话。

江聿梁感觉莫名其妙,她看了眼被挂断的通话,嘟囔了句"什么啊"。

还没来得及把手机收起来,下一秒电话又响起,吓了她一跳。

看到是邱邱打来的,江聿梁松了口气,直接接起来。

"小江,周宁催我问你,求爱成功了吗?"邱叶汀上来冷不丁一句,差点没把江聿梁呛死。

"什么!不是,我还在外面呢。"她赶紧捂住手机,头发都要奓毛了,"你们早点睡觉,乱猜什么!"

周宁兴奋的声音从听筒传来。

"什么乱猜啊!江小姐,你不知道自己刚刚怎么跑出去的啊?我看你恨不得飞起来,你现在结束了吗?从实招来,结果怎么样?这人我们认不认识?"

江聿梁无奈地扶着额:"你这一大串问题,想让我回答哪个?不对,我也回答不了,不是你想的那样,算了,我回去再跟你们说。"

"知道啦!你今天回不回来都行,注意安全哦!"

周宁笑眯眯地提醒:"要是快到家了,就提前给我们电话,给谁都行,我今天也在邱邱这儿睡。"

江聿梁失笑:"行了,我知道了。"

邱叶汀忽然插话:"具体点,你知道的最重要的是什么?"

江聿梁仔细想了想:"注意安全?我会小心的,肯定会打车的,放心。"

邱叶汀的声音相当镇静:"不是说这个安全。"

江聿梁花了两三秒反应,只觉得手机烫到快要爆炸了:"我挂了,歪到姥姥家了你们。"

挂了电话,江聿梁有种错觉,好像手机发烫的温度转移到了面颊。她们说的话很不着调,却莫名让她心乱如麻。

江聿梁指腹轻划着屏幕,轻声嘟囔道:"怎么可能。"

"可能什么。"陈牧洲的声音忽然传来。

"没什么，你忙完了？"

江聿梁把手机塞兜里，笑了笑，将方才幻觉般的心情收拾干净。

他没有马上回答，在江聿梁想转移话题前，才轻声道："嗯。"

江聿梁扯起嘴角，试探性地问道："我们去哪儿？"

陈牧洲看了她一眼："先去找车。"

"OK！"

她率先转身，在他看不见的地方，有些微微的懊恼。

现在，她居然下意识想避开陈牧洲的眼神，这是从来没有过的。

直到坐上副驾驶座，江聿梁才勉强回过神来。

在陈牧洲上车后，为了避免任何尴尬场景再度上演，江聿梁率先开口，把严肃话题先拿出来解决。

"那天跟宗奕，还有你们到底——"

江聿梁斟酌了下语句，最后还是轻叹了口气，直接问了重点："你有受影响吗？"

陈牧洲忽然低声笑了出来，抬手松了松微微有些紧的袖扣。

"对你来说重要吗？"

他们的对话好像时常在车上发生，江聿梁盯着他眉骨到鼻梁的线条，有些微的恍惚。从第一次在医院相遇就是这样，她从后座上车，一眼就看到了他。从那一秒开始，他们又在车里见过多少次？

明明都数不清了。奇怪的是，江聿梁发现，她能记得清其中每一次。

"当然。"

江聿梁喃喃，在回答的瞬间，她莫名有种心脏被箭矢击穿的错觉。

原来是这样，他有没有受到影响，对我来说，很重要。

而答案，就摆在面前。

江聿梁微微垂下头，任黑发滑落，挡住他望过来的视线。大概是因为环境密闭，她感觉自己仿佛被锁在果核宇宙中，她是其中一粒碎片，伴随着一场突如其来的星系爆炸，飞速旋转。

陈牧洲没想到她会直接回答，还是个没有后文的回答，视线追过来，眉心轻微蹙起。

但他没多说什么，只是探身过来，帮她拉上了安全带。

"没什么影响，只是有些计划提前了。"

他离得很近，是江聿梁无法忽视的距离。

男人垂着眼,睫羽密得像蝶翅,任由江聿梁凝视着。安全带扣好的"咔嗒"一声,很清晰。

撤回时,江聿梁抬手,抓住他的手臂。

她没用什么力道,陈牧洲的动作却瞬间停滞,转而望进她的眼睛。

缄默过后,他问:"怎么了?"

陈牧洲的声音很轻,轻如一片羽毛降落。

"我想确认个事,得麻烦你。"

江聿梁的声音也低了下来,没有夹杂着半分恳求,只有一点迷茫。

她并不是在征求他的意见,只是在通知他。

江聿梁能听见自己的呼吸声,说不清是缓慢还是急促,但她肯定,此刻听见了心脏的收缩与跳动声。

撞击。

是星系间的碰撞,只有十万分之一秒,因为能量过大,仍然撞得她耳朵发蒙。

她换了个方式,扶住陈牧洲的后脑勺,将他压向自己。

江聿梁吻住了他。

一个非常、非常轻的触碰。

算吻吗?触感柔软、温热,让人觉得陌生。

真像蝶倏然落下,降落在翠绿欲滴的叶片上,轻轻拍打一下翅膀,便掀动一场大洋彼岸的风暴。

那一秒,她脑海里只有一个想法。

看来是真的。她好像……喜欢他。

糟了。

R.C总部三十七楼。

林柏从会议室往外走,一路遇到几个跟他打招呼的管理层。

无一例外,都是先问候,再疑问。

"林助,下班啊?

"哎,陈总没下吗?"

在R.C华际高层,有两件事尽人皆知。

一、林特助的位置无可取代。因为他能做到跟陈牧洲同步工作。

二、陈总在公事上简直像机器,高效、精准、一击必杀。

能在R.C这种体量的公司走到高处站在高层,无疑都是人中龙凤。

所有人一开始对于陈家继承人的态度都是观望。

观望没多久，经历了跟科尔森的并购案后，个中细节让他们无话可说。

只有几分庆幸，还好不是他对手边的。世上有很多聪明人，在商场中，有些靠绝对的理性，也有些人靠绝佳的直觉。

陈牧洲两者兼而有之。一个在漩涡风暴中心存活的人，他的手段从来让人捉摸不透，但又总能准确穿过重重迷雾，抓住人心。

相当一部分人怀疑，陈总是AI程序内置运行的机器人，没有明显的喜怒哀乐，根本不像活人。

但已经有什么在悄然变化了，林柏敏锐地发觉到。

比如从前陈牧洲不会突然离开，比如不会决定了某个行程，又决定取消，换成线上，后续工作全丢给他解决。

今天也是，所有人都觉得陈总在加班。林柏能怎么样呢，他还要攒钱买房，只能微笑回应。

而且陈牧洲今天还提了个挺奇怪的要求，让他去找一下瑞友的元总，问他一件藏品的事。

基本上圈内都知道，元家这位副业就是玩收藏，不过很少转让出手。但元总给林柏回复了，说有时间可以面谈。

毕竟出手的是陈牧洲，这可太稀罕了。

林柏匆匆走到停车场，负二层有一块区域，没有其他人会停，最靠边的，便是那辆线条锐利修长的深灰色轿跑。

本来没太注意，倏然间，林柏的脚步停住了，是看错了吗？怎么感觉，车上好像有人？

林柏皱眉，凑近两步仔细看了看。

两道黑影叠在一起，仔细辨认，还有点眼熟。虽然林柏对这件事心里早有预感了，但当亲眼看见的这一刻，还是有点灵魂出窍。

天，原来陈总真的会喜欢上谁！

江聿梁丰富的二十五年里，最贫瘠的一部分就是感情史。

她小一点的时候，成天醉心于画画，往家里搬颜料，给家里画室改造。江茗也很随性，都任她去，中间还问过她，要不要考虑去多认识点朋友。

在江茗看来，谈感情这种事，趁早体验一下，也没那么容易被人骗。

可江聿梁是真的不感兴趣。她还是能分辨出来，哪些人是看上了梁家这块招牌,哪些人是不服气,想啃硬骨头试一试。

比起这些,还是画笔和宇杰带给她的快乐更直接、更绵长。长大一些,二十来岁后,她连分辨都懒得分辨了。

她没有别的想法。

在江茗的事上,在生活的泥坑里,她磕磕绊绊地前行,每天睁眼能有一点进度,都算是不错的一天了。江聿梁没有那个美国时间,去涉足感情这种奢侈的调剂品。

她在这件事上结结实实栽了跟头。

什么时候跌入其中的?连理由也没有,只是本能地被吸引。她越是挣扎,就越致命吸引。江聿梁花了很短的时间,确认了这件事。

从头到尾,陈牧洲都任她动作。亲的时候,她睁眼了,以最近的距离,看进了他的眼睛。

在全然彻底的寂静中,江聿梁好像听见了血液汩汩流淌的声音。没头没脑地,她忽然想起中学时背过的一句话,非常突然地跳进了她脑海。

是造物者之无尽藏也。

江聿梁注视他本身,就如同被全新的空间包裹一样。旷然的空,漫溢无声。

江聿梁回过神来,将他推开一些,结束了这个吻,这个猝不及防、毫无逻辑的吻。

在互相的沉默中,她体会到一丝深刻的心虚,以及一种"连这么简单的想法都克制不住我是不是过于禽兽了"的悔恨中。

陈牧洲的反应也让她看不明白,这是让她吓傻了呢,还是处于情绪读条中,就看着她,啥意思?

老话说得好,坦白从宽。江聿梁决定立刻招了,诚恳中透露着心虚,心虚里透露着荒凉:"我太久没有过这种感觉了,我就是想确定一下。"

黑暗中,陈牧洲的双眸像深潭,看不分明,下颌线条却绷得死紧。

"什么感觉?"

他音色的怒意并不明显,更像是冷却到极点后的质地。

这让她想说的话突然卡壳。

"我……"

想看看是不是喜欢你。

陈牧洲忽然轻笑一声,用几个字把她彻底堵了回去。

"江聿梁,你玩我吗?"

江津梁惊愕后，有一点委屈涌上心头："我没这意思。"

陈牧洲懒得跟她多说的样子，坐回了主驾驶座，扣好安全带，车后坐力极强地飞驰出去。

上了路后，从头到尾他只有一句话。

"地址。"

江津梁闷声报了邱邱的地址。

金融区范围内，这时候已经不堵车了，陈牧洲开得又快又稳，十几分钟就到了。小区比之前她们合租的地方要新很多，车在小区门口停下。

他没打算进去，江津梁也想快点结束这窒息的氛围，低声撂下一句："那我先走了，谢谢。"

说完，她就下了车，快步往门禁处走去。

江津梁心里很少这么堵，她只想快点找个安静没人的草丛，坐着好好消化一下这糟糕的情绪。

今夜弯月高挂空中，月凉如水，照着她，只让她觉得越发凄凉悲苦。

她话都没说完呢。

江津梁停下脚步，想想不对，还是转了身。

她本来是要朝车那边走去的，但转身的瞬间，就看到身后立了道长身玉立的身影。

月色倾泻下来，照了他一身。

陈牧洲捞过她，掌心扣在她后脑勺，俯身前轻声道——"这是你该还我的。"

接着，他低头吻下来。

一个真正的吻。

江津梁很擅长观察，经历的所有场景，她都能在脑海中勾勒、分割出光影、颜色。或者，可以这样说——她擅长做一个局外人。

在这一秒之前，她以为她知道吻的意义。

她会给江茗飞吻，经常蹭到江茗身边亲一口，开心的时候也亲过邱邱跟周宁。

这个字眼本身，在江津梁这儿，好似温情的具象化表达，让她极有安全感，因为总跟生活中那些快乐的瞬间连接在一起。

现在，这个印象被打破了。

天旋地转，她像从悬崖边缘骤然下落，风声突然从耳边收拢，所有其他的感官瞬间封闭。

连接点好像只剩一处。

温热的气息沿着唇舌渡过来,触碰后,带着短暂的停顿。

他的掌心扣着她后脑勺,轻调整了位置,以一个更贴合的角度将她拉向他。

真正的吻是这样的,让人感觉没着没落,掠去她的呼吸,缠住她的温度,勾连进退,风暴一样席卷她,脊柱被细密的电流侵袭。

他身上极淡的木质焚香总是若有似无的。今天却不是,那丝缕莫测的雾,变成了燃烧跳跃的火焰本身。

江聿梁没有招架这股席卷之势的能力。

她被动地承受了这个漫长的深吻,模模糊糊间,甚至有种错觉。

他好像只想活到今晚的夏夜那样,完全失控,简直像快渴死的旅人,在她唇上寻觅着绿洲。臂腕间锢住她的力道也让人无从挣脱。他稍微撤走、拉出点距离那一刻,江聿梁立马大口呼吸。

这要是计个时,肯定突破她的憋气记录了。也不知道为什么,她没头没尾地想起这一点。

等顺过气来,江聿梁猛然抬头望向始作俑者。

"你——"

她不知道该说什么。

震惊吗?

但她好像冒犯在先。转念想一想,陈牧洲骨子里就是这种睚眦必报的人,江聿梁觉得他就算不蒸馒头也要争口气,这样做,也是完全有可能的。

江聿梁看到他往前进了一步,她立马往后撤了一步,警惕地抬起手背挡住嘴。

他还打算来?

陈牧洲这脸这身材,就算一穷二白,豁出去出卖美色都能发家致富,更不用说他现在在什么样的圈子里打转。

金钱权势集中的地方,光鲜繁华之下,最能藏污纳垢。

想到这点,江聿梁胸口堵着一团熊熊燃烧的火,连带着声音也冷了下来:"陈牧洲。"

他安静地看向她。

江聿梁刚要开口,视线越过他肩头,看到保安亭里保安大叔正好奇地探出脑袋,便压下火:"换个地方说。"

他们还在小区大门口呢。江聿梁刷了门禁卡进到小区里，找了一个偏僻处的长椅，但没有坐下。

就走过来这几分钟，已经够她把情绪稍整理清楚了。

转过身之前，江聿梁深吸了口气："我能理解你的想法。我承认，今天是我不对，我不该那样乱来，但你这样，是不是——"

太过分了。

这几个字快要扔出来时，江聿梁看到他的眼睛，覆着一层水光。她心头一跳，不自觉地放低声音，几乎不可闻地嘟囔了一句："有点过了？"

话音没落，陈牧洲抬手，指腹在她耳郭外边缘极轻地抚过，一触即离。

江聿梁耳朵敏感，差点没跳起来。她飞快地抬手捂住耳朵，眉头皱在一起："你这人！"

"江聿梁。你认识我吗？"

夏日的黑夜自他身后跌落。他像是要跟夏夜融为一体，又挣扎出了人形。

这一句没头没尾，问得她猝不及防。

但很快，江聿梁也反应过来了。

他在问他们相遇的那天，天空下着瓢泼大雨的那天。

江聿梁犹豫了。

她张了张嘴，最终什么也没说出来。

是因为认出她了吗？所以他们之间有些东西才会发生这样微妙的变化。

莫名地，这个认知让她心骤然一沉。

"认识啊。"

江聿梁也扯着嘴角笑了笑："你是陈牧洲嘛。"

陈牧洲："是吗？"

他沉默几秒，凝视着她的眼睛，轻声问道："你今天想试的，是什么答案？"

如果放在半个小时前，江聿梁应该能飞快回答"我想看看是不是喜欢你"，但现在形势复杂，被热风一吹，脑子又清醒了，她不知道怎么把这个答案扔出来。

就算扔出来了，然后呢？进入一段恋爱关系吗，跟陈牧洲？

想到这里，江聿梁不禁懊恼，她现在不该有这个心思的。当然，他同不同意还另说呢，这种答案绝对不能给出来。

江津梁低头转手指，转了快一分钟，才低声道："我在想——

"你嘴唇的形状好好看。"

江津梁说完，自己都一愣，她的眼神不自觉地落到他薄唇上。

"不，我的意思是……"

江津梁在心底给自己打气，打起精神来，把混乱的形势整明朗点！

"让我有一点冲动。"

看着陈牧洲神态的微妙变化，江津梁眼一闭心一横："不是，就突然想亲了，对不起啊，我以前亲小林习惯了。"

不知道为什么，话音落下那一刻，她感觉周遭的空气好像冷了点。

显然，他们今天没有机会把任何混乱的局势理清。

陈牧洲只说了句，早点回去休息，改天再说。

走出一段距离后，江津梁鼓起勇气转身，如果还能看到人，她就问清楚。

转身后，她看到陈牧洲就站在原地，安安静静地站在那里，月光浇了他一身，明净疏朗。

曾经她看到的他，外相之下的森然、狠辣，一切一切，都好像只是幻觉。现在这一刻，虽然没人说话，但这种美感几乎将她心脏击中。

她没舍得开口。

"晚安。"陈牧洲说。

"嗯，晚安。"

江津梁点点头，迈着轻盈的步伐离开。

她也不知道自己怎么到家的，总之是刚一开门，就被两个人架到了客厅，推到了沙发上。

周宁把落地灯拖过来，"啪"的一声打开，面色严肃。

江津梁靠在沙发上，几乎要被她俩的架势逗笑了。

"干吗，三堂会审啊？"

"坦白从宽，抗拒从严！"周宁说完，邱叶汀点头。

"人物时间地点事件——"

周宁说到一半，突然瞪圆了眼睛，凑到江津梁跟前。

"怎么了，我脸上有花？"江津梁笑眯眯道。

周宁端详了半天，神色复杂，让邱叶汀也好奇地凑过来看了眼。这一看，邱叶汀也发现了，忍着笑无奈地摇摇头。

还交代呢，根本不用交代，全写在脸上了。

"到底怎么了？"

江聿梁坐直身子，不安地扭了下。今晚发生的一切，她是准备暂时藏在心里的，等尘埃落定，事情理清楚了，再告诉她们。

"江聿梁。"周宁叫了声她大名。

邱叶汀自觉接上，认真道："你嘴肿了。"

…………

江聿梁睡了个安稳觉，再醒来是被早饭的香气勾醒的。

她坚强地爬到客厅，睡眼惺忪地看了眼今天的早饭。

虽然已经快下午一点了，但这是她们三个在一起时固定的早饭时间。

小笼包、烧卖、油条、豆腐脑。

周宁正窝在沙发上啃油条，见江聿梁出来，打趣道："宝，起来那么早？梦里梦到我们了吗？"

邱叶汀拍了一下江聿梁试图偷袭的手："哎，去洗漱，给你留着呢。"

江聿梁哼了声，转身往洗手间走去。

还没走到洗手间，就听到了新闻隐约的声音，一个熟悉的名字让她瞬间清醒。

周宁"啧"了声："我们的金主好忙啊，又去海外出差了，我爸说这次他搞的是个大工程，还有空从元家那儿收藏品！"

邱叶汀咬了口小笼包："陈牧洲？他不是很少上新闻吗？估计要追谁吧。"

周宁迅速溜到了沙发最左边，八卦地抬眼："这么大阵仗？哎，你说会不会是常曦啊！我听说了一些内幕，也不知道是不是真的，他往影视圈投资了，那家效益挺一般的，他扔了不少呢——"

"叮！"

门铃突然响了。

邱叶汀去开了门，没多会儿抱着一个快递进来，顺便冲洗手间喊了声："江江，你的快递！"

周宁看了眼盒子，无意道："还是同城的。"

又过了五分钟，江聿梁才从洗手间出来，她没急着去吃包子，平静地走过来，接过快递。

邱叶汀和周宁察觉到异样。

"江江，你买了什么？打开看看吗？"

周宁撒娇地抱着她手臂摇了摇。

江聿梁拗不过,在沙发边站着,徒手撕开了快递盒子。邱叶汀注意到她的情绪,刚想说什么,被周宁的声音吸引了注意力。

"江江,你现在喜欢怀旧吗?"

盒子拆开,里面是一个粉色的塑料玩具表。

江聿梁拿起来看了看,不受控制地皱眉,有点丑。

周宁和邱叶汀也凑过来看了眼,在看清的那一瞬间,周宁倒抽了口凉气。

看了一会儿,江聿梁也认出来了。

RM的设计,入门百万起的表。

"这款——"邱叶汀突然想起什么,"好像是前年的拍卖款,一千多万那个07号。"

周宁恍然大悟:"我表姐跟我说过,是港城那次,元家人拍下来的?"

她话音落下的刹那,空气陷入突如其来的死寂。

元家?

邱叶汀跟周宁缓缓转头,看向了江聿梁。

绝对静默持续了很短的时间。

周宁的尖叫简直要掀翻屋顶:"啊啊啊啊——"

江聿梁跟邱叶汀第一时间默契地侧过头。与此同时,江聿梁很有先见之明地后退了两步,但也晚了。

周宁从沙发上荡过来,挂在她脖子上晃晃悠悠,兴奋得快要厥过去:"啊啊啊啊到底怎么回事!"

周宁是小巧精致型的,江聿梁可以单手抱起来的体重,但体重再轻,完全挂到她脖子上,江聿梁也吃不消,脸和脖子涨得通红。

邱叶汀赶紧上手,把周宁抱开:"你冷静点!"

计划赶不上变化。就算江聿梁之前打算等等再说,现在也只能乖乖和盘托出。

主要托出她自己心情变化的那部分。

陈牧洲到底在想什么,她根本不敢确定,变幻莫测,若即若离。

"怎么不确定?"

周宁瞪圆眼睛,拎着粉色手表在她面前晃了晃,塞她手里:"小江,就算人再有钱,也不是这么造的吧?他肯定喜欢你啊!邱邱你说呢?"

邱叶汀同意,点了点头:"她的话有道理,人越聪明越有钱,不该花的一分也不会花。"

"而且,说不定给我们投资那次,就是因为你呢!"

周宁一拍大腿,恍然大悟。

"那时候我们才见多久,不可能。"江聿梁嘟囔。

虽然理智告诉她,周宁说的可能性极低,但她心里也打起了鼓,内心有个小人在不安地跳动叫嚣——万一呢?难道他被自己的美貌倾倒了,一见钟情?

这可能性刚冒个头,就被打田鼠似的一捶打下去了。

不可能。

陈牧洲身处什么样的环境,她也是清楚的,好皮囊实在太常见了。

邱叶汀想了想:"你昨天摊牌摊得清楚吗?刚刚听周宁说,他又去国外出差了?"

江聿梁抱了个抱枕,盘腿俯身,大半张脸埋进去,像扎了小孔的气球。

半晌,她才轻叹了口气:"不知道。"

她是真的不知道,她本来不是这么瞻前顾后、优柔寡断的人。

但事情到了眼前,江聿梁才发现,以前是她太自大了。在一些复杂情绪面前,谈控制真是奢望。

他去国外出差不正常吗?

很正常。

可他昨天也说,先回去,改天再说。这改天是什么时候?每一个问题纠缠在一起打结,混乱不清地搅扰她。

江聿梁想,她不应该为人家一个正常的工作安排感觉失落。

事实是,她无法控制。昨晚都到那个份上了,她以为,他们都想第一时间理清楚,看来并不是。

当然,事业是人生中最重要的事,她完全能理解。

江聿梁瞥了眼这一抹粉,无意识地上下抛了抛手表,心想,要不怎么能花钱跟她花欢乐豆一样啊?

正想着,她忽然被周宁拥住,纷乱的思绪被一下打断。

"不过,江江,"周宁把头靠在她肩头蹭了蹭,闷闷地道,"你要跟他能成,可太好了。气死那帮在网上乱说的,之前真快被造谣的气死了,我跟邱邱都不敢在你跟前提。"

周宁话音一落,江聿梁还没来得及说什么,邱叶汀推了推眼镜,不无隐忧地严肃道:"其他都不是你要考虑的。你要知道,他到底怎么想的,在这事上有几分真心,这些我们都不能帮你,只有你自己能判断。"

"我知道的。"

江聿梁沉默片刻,笑吟吟地搂紧周宁,又张开右侧怀抱,示意邱邱过来。

她们三个拥成一团,邱叶汀感慨地叹了口气:"连江江都长大了。"

"我本命年都过完两个还超了,再不长大像话吗?"江聿梁失笑。

周宁眼睛一亮:"对耶,本命年过完,运气应该很好的!你记得今年初你请我跟邱邱吃饭吗?果然是个好兆头!"

今年二月刚过年初二,邱叶汀跟周宁都从家里赶回新城,说是有要忙的事,其实只是为了陪江聿梁。

江聿梁看破不说破,挑了个时间请她们吃饭,地点选在一家平时她不会考虑的昂贵餐厅,周宁很喜欢他们家的布列塔尼蓝龙虾,用南瓜、橙子、咖喱做出的调味,平时也不是每天供应,那天去刚好就有。但运气最好的是,快结束的时候,全场被告知免单,当晚适逢老板求婚成功,喜糖派到了每一桌。

这种喜上加喜的好事,江聿梁印象深刻,自然不会忘。

江聿梁忽然直起身:"你们这两天忙吗?我请你们出去玩,我们一起出去走走吧?"

邱叶汀和周宁了然。

邱叶汀掏出手机:"去云城吧?我查查明天的高铁票。"

她们三个自认识开始,就有每年一起去寺庙祈福的习惯。有时候是年头,有时候是年尾,但也不那么讲究时间,想起来了也会顺路去玩,看看风景,也算是三人团建固定项目。

新城离云城不远,云城有个谭云寺,周边市区不少人都习惯去,据说还挺灵,她们前年去过一次。

江聿梁:"查查今天下午还有没有?"

周宁和邱叶汀互相对望了一眼,看见了对方眼中的意味深长。

江聿梁果然心情一般,不过还愿意出去就行。

"走!"周宁高高举起手臂,"就今天下午!冲啊!"

伯明翰机场。

飞机在闪烁着灯带的跑道降落。

从大屏幕显示航班落地那一刻开始,R.C华际分部的负责人黄界心就提了起来。

他本以为这次来的会是平级,或高一级的管理层,等他到机场后,才接到消息,说是陈总会自己来一趟。

R.C在英国的这条线铺开不久,黄界调来快一年了,都还没完全从顶头上司的阴影中走出来。

——在陈牧洲那种人手下干活,都得提着一口气。

一直到整个航班人快走完了,黄界才在出口处看见一道醒目且修长的身影。

陈总看起来比以前更冷肃,大步流星,跟他擦身而过时,眉目间淡漠极寒之意相当明显。

黄界这边没有好消息可以汇报,纠结半天也没敢叫住他。

好在还有林助。林柏没让他接行李,礼貌笑了笑:"黄总辛苦。"

黄界忙道:"不会不会。林助,陈总交代的那条线我有好好盯住,但现在的形势你们应该也知道,厂商那边我确实有点困难。"

林柏安抚道:"我知道,陈总就是来解决这件事的。"

完了。

能让陈牧洲脸色变成这样,黄界心里默默流泪,今年的年终奖要保不住了。

林柏无声地叹了口气。

这次价格波动的始末他也研究过,从陈牧洲的角度来说,是属于三天左右就能解决,有点麻烦,但并不算棘手的问题。

但对林柏还有黄界来说,他老板现在的情绪波动真的很要命。

这次出差,林柏出发前两个小时都联系不上陈牧洲。他还是拜托了郑家那位公子,去逸和77号把门敲开,才找到人的。

而且连郑与都被吓了一跳。陈牧洲状态看起来很奇怪,跟以前的每一次都不同——不是发怒的前兆,也不是让棘手事件缠身的阴沉,只是像一个黑洞,所有的情绪都被搅碎在里面,呈现出沉默至肃杀的气场。

林柏不知道他是不是被宗家最近的行动影响了。从那天他去找江小姐开始,林柏就清楚了有些事彻彻底底地改变了。陈牧洲这人虽然不是善类,但绝不会冲动。

快走到出口时,林柏接到个电话,是国内的号码,他有些奇怪,接起来。

郑与紧张的声音从听筒里传来:"他在你身边吗?"

林柏看了眼前面的人:"您说。"

郑与:"你务必把你老板看紧,你……比如能不能搞个大一点的套房,悄悄盯着?我感觉他状态不对。"

郑与欲言又止,最后还是扔出一句:"别让他失控。"

林柏听出郑与的犹豫,只道:"好的,我会的。"

走到路边,车刚好到了。林柏三步并作两步上前,把轿车后排座位门拉开,顺便小心地观察了老板一眼,冷不丁对上陈牧洲古井无波的眼睛。

陈牧洲开口,语气极其平淡,却让人不寒而栗:"怎么,郑与给你打电话了?"

林柏听得脊背一僵。

"放心,在宗奕死之前,我都不会有事的。"陈牧洲嘲讽地勾了勾嘴角。

这种时候,他当然不会失控。调查有了水花,宗奕背后的大鱼,已经逐渐浮出水面了。

她们到谭云寺时,还不到午后,天气晴朗,白云悠悠,飞檐沉默,玉兰花开得极盛。

祈福带十元一根,可以挂在树上。

周宁动作最快,写完简单的"发财"两个字就结束,自己跑到旁边更古老的大树旁津津有味地看起来。

江聿梁跟邱叶汀都还没想好写什么呢。

"哎——"

周宁惊奇的声音响起。

周围有目光投来,周宁赶紧抱歉地把声音压低,朝她们道:"你们看我发现了什么!"

她在这棵树上发现了江聿梁以前写的祈福带。

江聿梁好奇地过来看了眼,眉心却皱了皱:"这不是我写的啊。"

红色的祈福带上,写着她的名字,上书"平安快乐"。

一阵微风吹过,吹得祈福带飘扬而飞。

如果一切都在正常轨道行驶,江聿梁大概会一直是个散漫、自由、懒洋洋的人。

从小到大,她跟着大人去过很多次寺庙,每一次,她写的话都是同样的，从无例外。

——平安快乐。

江茗觉得好玩，还问过她，怎么心愿就没换过。

因为这是她想要的。

对江聿梁来说，活一辈子，能够平安度过，就是一桩幸运事。在这个基础上，还能收获到快乐，大概能称得上不虚此生。

而这个心愿，是建立在家人朋友也同样平安的基础上。

从江茗不在那年开始，江聿梁每年再来寺庙，就再没写过这几个字了。

她会想点其他的代替，愿望变得很具体。比如，希望今年营养均衡，多摄入维生素，希望那家实惠的自助餐厅一直开下去。

这次，有点微妙的不同。

在听到她的否认后，周宁和邱叶汀也下意识地否定了她。

"不会吧？你以前不是一直没变过？"

邱叶汀帮她回忆起来："是不是你哪年写了，到现在还在呢？"

江聿梁眯起眼，绕到背面也看了看，很确定地摇了摇头："不可能。"

"你们看这上面，"江聿梁指了下，"只写了这几个字。"

周宁刚想说"也有可能是阿姨"，但意识到不对，及时咽了回去。

江聿梁看出来她想说什么，沉默了会儿，还是把刚写完的祈福带展开，给她们看："我不管写什么内容，底下都会多四个数字的。我妈也知道，如果她帮我祈福，肯定也会写的。"

周宁跟邱叶汀凑过去看。

果然，祈福带上除了"好好活着"四个字，在"江聿梁"三个字旁边，还附有缩小的几个数字，很小，要仔细辨别才能认出具体数字。

周宁疑惑："这是什么？"

江聿梁："我的身份证号码后四位数。"

在两人震惊的目光中，她认真解释道："这可以帮助神佛快速定位我，不然怕人家搞混了。"

邱叶汀忍住笑："你可真牛，那这张估计就不是你写的。"

周宁笑了好一会儿才直起腰："肯定不是，可能是以前江江哪个朋友吧，或者暗恋的人？你心里有什么名单吗？"

江聿梁眉头紧锁："暗恋我的人不少，我也不知道是谁。"

她被两人轮流捶过才笑着说："开玩笑的！

"其实没关系。"

玩闹后，江聿梁站在原地，抬眸看着那抹红，笑容渐淡，轻声道："是谁都行，我都很高兴。"

在这个世界上，某时某刻某一处，有过这样的祝福与惦念。

也许只是心血来潮，至少，在对方写下这几个字时，那几秒，心里短暂地挂着她，就足够了。

今天写的愿望还没有上交，竟已经开始灵验，她想要多一点活下去的理由。

周宁跟邱叶汀无声对望一眼，周宁会意，很快搂过江聿梁的肩："走了，我们中午约那家餐厅不能迟到，会被别人占位的。"

江聿梁回过神来："好。"

阶梯又薄又长，她们三个慢慢悠悠地走着，聊些无关紧要的好事。

比如云城的天、树，还有上山前，在路边随便选的一家咖啡店。

"对了，江江，"快走到山脚下时，一蹦一跳倒着走的周宁忽然想起什么，问道，"我们昨天赶高铁站的时候，为什么中途要换车啊？"

昨天她们临时起意，江聿梁负责买票和叫车，那个时间段还没开始堵车，但在半途，她让司机拐进一家大型商场的停车场，在那儿重新叫了辆网约车。周宁和邱邱那时都沉浸在手机里，一个处理家事，一个处理公事，总之跟着江聿梁她们也能放心地不带脑子。

这个问题本不难回答，却让她陷入短暂的沉默。

"因为——"

江聿梁挣扎过后，决定还是把忧思摊开来说，但刚一抬眼，余光越过周宁的肩膀，神色轻微地变了变，凝重起来。

在被察觉之前，她又很快恢复轻松："我当时本来想去买点东西的，一下车看到人那么多，就想着算了。对了，你们先去餐厅，我晚一点过去，有点事要办，刚刚忘了。"

邱叶汀："好，那你快点过来，我们等你。"

周宁本来想说什么，被邱叶汀一把拉走了。

看着两人走到街对面，打车离开，江聿梁才收回视线，右转沿着街道走下去，在一个拐角处转弯，进了条开满小店的巷子。

不消多时，两道身影也闪身进了巷子，却没有看见女人的身影。

他们正准备分头去找，就听见身后一阵风铃声响起，随之而来的是一道略带笑意的声音。

"两位大哥,找我吗?"

江聿梁站在台阶上,自上而下笑吟吟地望着他们,眼里却一片戒备。

她昨天之所以小心翼翼地换车,就是因为事情有了进展——因为宗奕给她看的那张照片,还真让她查到了点东西。

她这才惊觉,陈牧洲曾经的提醒并非空穴来风。如果对方是他,那没什么不可能的。监视的人,虎视眈眈的人,甚至实施行动的人,都会层出不穷。

对准她就算了,如果波及朋友,她后悔都来不及。

没想到真有。但坐以待毙,从来都不在她的选项内。

眼见两人不说话,江聿梁跳下台阶,脚步逼近。

"你们辛辛苦苦跟到云城,应该就是为了找我吧?谁要找我,您二位说一声,我们定个时间,我跟你们走就是了,不用这样,怪麻烦的。"

江聿梁语气温和亲切,眼神却沉沉地盯着两人。

"江小姐,我们确实是在跟着您。"其中一位有些迟疑地开口,"但并非找您麻烦。我们受人委托,只需要确保您的安全。"

短短几分钟,她脑海里已经闪过很多可能,但没想到是这一种。

江聿梁眉头皱起:"什么?"

跟林柏设想的差不多,甚至还更顺利。他们总共在伯明翰待了不到四十个小时,事情就画上了句号。

本来要订回国机票,陈牧洲却提出要去趟伦敦,还是自己去一趟。

想起郑家公子难得严肃的嘱咐,林柏犹豫了下。虽然犹豫也不顶什么用,陈牧洲决定的事情,他根本顶不住。

不过最后把证件交给他时,林柏不无担忧地道:"您这次在海外拓线,在外界看来,就是跟宗家在能源这块对打,您自己出行在外,要一切小心。"

陈牧洲不置可否,接过证件,视线垂下,忽然问了一个奇怪的问题:"你觉得莫申新进的作品怎么样?"

莫申是新城一家画廊的名字。

林柏记得,他以前买画或者艺术品,都是直接走拍卖会,价格普遍在大七位数到九位数之间,最近也不知道为什么,开始关注起画廊来了。

"我记得,"林柏苦思冥想,"这家有几幅现实主义的画卖的价不错。"

陈牧洲:"卖了多少?"

林柏掏出手机飞快地查看:"分别是以56.8万、39.5万和62万成交的。"

陈牧洲点了点头:"好,有几幅画,我到时候发给你,你跟他们说一声,帮我留着。"

林柏:"还是老样子,送到77号那边?您的心理价位大概是?"

"不需要。

"以后我会自己去。"

他老板还是这样,语气淡薄得像阵风似的。

没几个小时,暮色四合,夜色初降之时,泰晤士河畔建筑已经被淡橙的灯光笼罩。

陈牧洲站在河边,沉默地望着波光粼粼的河面。他低头,拢住风点燃一支烟,一缕极细的烟雾从指尖腾起。

有那么几秒,已经变成一座孤岛的过去幽然靠近。

灯色如何笼罩住威斯敏斯特宫,过去的影子就如何罩住他。

——"这就是伦伦什么桥?很远吗?"

——"好,小洲,以后你要能去,爸爸肯定努力工作,绝对让你过去!"

那是什么时候的事了?

画面里混合着中年男人的憨笑和黝黑的面庞,还有零碎的闪回。

——"陈牧洲?一疯子啊。听说他妈以前有病,估计死前传染给他了。"

——"跟人打架差点打进监狱,离他远一点。"

——"就他?还想进三中?怎么可能,做梦吧?"

一些他以为当时没有记住的话。

——"怎么六个打一个?神经啊!"

"砰!"

有人影停留,那是书包落地的响动。在风拐不进的死角巷口,那道声音劈开一切,清亮地传了过来。

那天是七月七号。太阳怎么那么烈呢,角度都看不太清。人是逆着光的,影影绰绰。

在听了几句难听话后,对方什么都没说,直接扑进了"战场"。

其人支棱着半长不短的头发,硬生生把战场拉成平局。结束后,对方拎起书包,一瘸一拐、骂骂咧咧地走了。

没有看他一眼。

不过后来，陈牧洲又遇见这个人很多次。他只确定，对方是个初中生。他不认识她，但认得她的发尾，翘出的弧度很独特，他们说她是好中学的风云人物。

他们还说，她叫梁聿。她是真真正正的一道风，无所不能，上天入地。

陈牧洲这一生经历过许多刻骨铭心的时刻，他都已经习惯了。但其中，真的让他有恍惚之感的，只有两个瞬间。

一是矿难的意外。

二是两道影子的重合。

这么些年，在他生命中，有两个切实停留过的陌生人。

一道影子是轻盈的，被粉白云雾包裹。他记得她的手腕有昂贵的珠宝，跟黑色的伞柄形成鲜明对比，裙边一角，看起来价格不菲。

一道是深蓝近黑的影子，喜欢戴黑色鸭舌帽，周末也穿深蓝色校服。清劲而有棱角。在某一秒，无法重叠的两个身影，随着梁聿这一个名字，逐渐重影，他却跌入了新的深渊。

陈牧洲垂眸，深吸了一口烟，任其过肺。他知道自己在想什么，滔天的浪潮与禁锢的渴望，都只归于那一个名字——

江聿梁。

食髓知味。

陈牧洲深知这四个字的含义，决定开始，就没有退离的机会。因为剩余的人生中，一旦失去，就会陷入无限虚空的折磨。

江聿梁在国际到达厅等到头晕眼花。

终于，在时针跳过凌晨一点后，她靠在椅子上，睡得天昏地暗。临睡前，她还掏出手机绝望地看了眼。林助怎么回事啊，不是跟她说他们大概十二点到吗？难道误机了？

也没有英国回来的航班显示延误啊。

她精神高度紧张了很久，一放松下来，立刻昏昏沉沉地睡了过去。

——见了面，不能忘记主题，要第一时间说才行。

——那天没解决的事，现在解决一下吧。

嗯，就这样说。

她睡得迷迷糊糊，突然一个激灵醒了。以前也总是这样，她本来没当回事。

江聿梁一抬头，却傻了。她日思夜想的人就安静地站在她面前，也不知道站了多久。

"你……"

江聿梁赶紧抹了下嘴角，清了清嗓子："你来多久了？"

"没多久。"

在江聿梁正严肃回忆自己要说什么的时候，陈牧洲又开了口："现在忙吗？"

江聿梁愣了愣："不忙啊。"

"好。"

陈牧洲说完，俯身吻了下去。

他时常觉得，自己是一种空心容器。很多东西都像水一样流淌过去，不会因为积累而快乐，也不会因折损而悲伤。

站在漩涡的中心，人心欲望他都见识了个遍，人们甘之如饴地身处其中，倾轧、算计，斗得你死我活。在这张赌桌上，赢家和输家都不是永恒的。

跟一幕大戏开场很像，台上的人来来往往。

他始终抱着作壁上观的态度。有交过手的人评价过他，说华际陈总人看着清淡，骨子里是嗜血啖肉、对血腥味不以为意的夜行兽。常人摸不到底，对手也很难抓到他把柄。古人讲无欲则刚，他正合这几个字。更不用说，多年来，他私生活的媒体曝光度几乎为零，因为实在是没什么好挖的料。

没人知道他喜欢什么、不喜欢什么，唯一知道的是，他爱收藏品，还没有一次是自己去现场的，不是他的手下就是郑与。

一路行至这个位置，不管他想要什么，自然有人会把他要的，递到他跟前。

陈牧洲是没什么想要的。只有今年年初，某个时刻，容器发生了变化。

那时候年还没过完，新城街边路灯挂着小红灯笼，亮了一整条长街。那晚下了雪，他开车沿着江道兜了一圈又一圈，心里空空荡荡的，什么也没有。

江边有一家他常去的餐厅，跟老板还算熟，陈牧洲开车路过后，最终决定在这里吃饭。

进去前，他视线从餐厅透明的窗上掠过。

脚步顿住。

有几个人选了靠窗的位置，其中有一张面孔，他认得。

陈牧洲站了会儿，黑色大衣的肩头落满了雪，血液似乎也短暂地停滞。关于她这些年的详尽资料，他也是不久前才拿到手，却已经很熟了。

这么多年，她好像过得不怎么顺利，像卡住的磁带，里面的塑料袋都搅成一团。那一刻，那些资料上的字句翻飞，没一个点能真进脑子的。映在瞳孔里的，只有她没心没肺的笑意，肆意明亮，一如既往。

陈牧洲倒也没想什么，只是有困惑清楚明白地从心底升起。

看了不知道多久，陈牧洲收回无声的视线，找出老板电话拨了过去。

"从现在到打烊，店里的单我一起买了。你随便找个借口告诉他们就行。"

老板是知道他秉性的，稀奇得不得了。

"哈哈哈，陈总你怎么转性了？怎么，有想认识的人？"

很短的缄默后。

"没有。

"因为过年。"

陈牧洲转身，敛眉点了根烟，淡声道。

风中雪，雪里雾，都确切地，灌满了一颗心。

于是，心开始变得沉甸甸。

第八章
风光之下

从英国回来时,私人飞机的航线批下来了,林柏就没再订票。

上飞机前,林柏收到了一条来自江聿梁的短信:你们还有多久回国啊?

林柏给她回了条:今天就走,快登机了。

本来想跟老板说一声,但人一直在开电话会议。等有空闲的时候,老板又闭目小憩了。

林柏手上事也多,一时间把这事忘到了脑后。等他真正想起来的时候,他们已经落地了。

从飞机舷梯下来的时候,林柏跟他汇报了这个插曲。

没想到,陈牧洲脚步当即就停了下来。

"你说什么?"

林柏感觉不对,正要说什么,手机有了信号,连着收到好几条江聿梁发来的消息。

江上江:我已到机场啦,你没把航班号发我?

江上江:那我就在出口等你们了。

江上江:是误机了吗?

陈牧洲只问了两个字:"她的?"

林柏刚点头,手机就被抽走了。

陈牧洲看得很快,一扫而过,接着把手机扔还给他。

转身干脆离开之前,陈牧洲忽然转头,轻笑:"她还挺习惯给你发消息的。"

简单一句话,凉意不要太明显。林柏背脊一凉,眼前有点黑。

等他回过神来，车已经绝尘而去，只剩孤零零站在风中发蒙的司机。

"早点回去休息吧。"路过司机时，林柏不无悲凉地拍了拍对方的肩膀。

司机大哥还能回去休息呢，他还得叫车再去机场加班。说真的，他老板要是能无欲无求到底，也挺好的。现在事还没成呢，看那架势，遇到人家相关的事，就已经恨不得飞过去了。

等事成了，林柏都不敢想会怎么样。不过没多久，林柏就体会到了人间冷暖。他基本是跟着老板前后脚进到大厅，这个时间段，机场大厅已经人烟寥寥。

林柏看着陈牧洲走进感应门，到发现江聿梁，总共花了两秒不到。

接着，他一丝犹豫都没有，大步流星地走向了她，在她面前站定。男人目光柔和得仿佛没什么重量，很轻地落在熟睡的人身上。

又不止于此。她惊醒后，陈牧洲依然是那样看着她，没有挪开目光。

林柏识相地没再往前。即使在人不多，人群里也有三分之二的人朝那两人投注了目光。

没办法，他老板人太显眼了。

林柏抱着一点侥幸，陈牧洲应该有理智和自知之明吧，不会在这大庭广众之下做出什么太引人注目的举动。

行吧，还是亲了。

林柏面无表情地转身。

一些加班加出工伤的时刻，他该申请加薪了。

这不是他们第一次接吻。

江聿梁依然感觉有电流从脊柱一路上蹿，把大脑皮层烫得突突直跳。比起之前那个，这个更偏向于温柔与不容置疑。进退之间，她的灵魂像是被浸泡后，漂浮起来了。

但没多久，江聿梁理智骤然回笼。

这是公共场合吧！

她迅速推了他肩头一把，跟男人拉出距离，自己的背紧紧贴在冰凉椅背上，脸颊不受控制地飞上绯色。

江聿梁就是脸皮再厚，也没修炼到能对此刻坦然以对的地步。

"走。"

陈牧洲看起来比她淡定一万倍，拉过她的手腕就走。

"哎——"

江聿梁压根儿无从拒绝,要不是腿还算长,就陈牧洲现在这步幅,她估计得当个脱线风筝拖地走了。

刚走出自动感应门,江聿梁回过神来了。

不对,她在脑内排练那么久呢。

不能什么都让他占先吧?

"陈牧洲!"

江聿梁反手拽住他,固执地站在原地,双目明亮澄澈,又直勾勾地盯着男人。

陈牧洲长得真好。

这个好,有一部分天赐的成分,线条肌理是外相,他有双很招人的眼目,介于凉薄和深幽之间。

漂亮和美的那点区别,大概就在这儿。美是不固定、捉不住的,只消一眼,八方幻境自在其中,多看一眼,加深了她要抢占先机的想法。

"我想跟——"

"江聿梁。"

他打断她,放轻声音。

"我从很久前,就在想,效益和效率,应该是世界上最重要的两件事,不管做什么都需要考虑。"

江聿梁愣住了。

他这么一打断,她脑子只剩一团糨糊了。

不知道他想说什么,也忘了自己想说什么。

"你真的是——"

陈牧洲顿了顿。

"一个没什么效率的人。散漫,随意,乐意走点弯路。"

江聿梁头发正好被一阵风吹乱,她认真听半天又听到这么句话,没好气地把头发胡乱往后一拨:"所以呢?"

"直到有天,我开始做最没有效率的事。"

陈牧洲低声道,同时微微俯身,望进她的眼睛。

"我开始想你。

"不受控制,想了很久。"

陈牧洲看着她震惊的瞳孔,轻声道:"我但凡能找到一点解决办法,都不会放任自己。

"我试过很多次,试了挺久。"

他的声音一向好听,总带点不紧不慢的意味,现在却低下去,甚至有些沙哑。

"没有成功过。

"我想我应该跟你说一声,但不知道怎么开口。"

陈牧洲将她一缕散落的发捋到耳后,指腹的温度一划而过。

这次,他短暂地停了下来。

"我认输了。"

陈牧洲靠近她,用额头贴住她的,轻蹭了下鼻尖,停顿两秒,呼吸在交换间陡然变乱。

江聿梁能清晰观察到,男人的眸色渐深。夜风吹得人心旌摇荡血液加速,发白的巨大月亮自他身后跌落。

江聿梁忽然张开双臂,从他劲瘦的腰间环过,脸颊贴着男人胸膛,像个出生开始就依赖树的树袋熊那样,很是满足地蹭了蹭。

陈牧洲下意识地一僵。

很快,他又俯身,下巴轻压在她柔软的黑发间,喉结微动。

江聿梁语气含着笑意:"好。那我也认输。

"我还是晚了一步,但应该也不算太晚。我有很多喜欢的东西,三种颜色混合的夕阳,刚出炉的鸡翅包饭,飞机的引擎,看来以后要加点别的了。"

她从这个拥抱中短暂挣脱出来,扬起脸让他看清,又笑眯眯道:"陈牧洲,我好喜欢你。"

比上面那些加起来还喜欢。

从什么时候开始的,她自己都说不好。也许是见色起意,一开始在医院门口,就记住了这张一闪而过的面孔。

"我很早就见过你了,早到——"江聿梁认真回忆,"黄友兴入院那时候,医院门口。"

陈牧洲抬手,掌心柔和地抚了抚她的头顶,嘴角微勾。

"是吗,这么早?"

江聿梁眉头微扬,有些小得意,以及掩不住的鲜活。

"不算早。那只是我第一次见陈总的日子,不是我第一次见陈牧洲的日子。"

"那是什么时候见的陈牧洲?"

陈牧洲含着轻淡笑意问。

江聿梁凝视他的眼睛,放轻声音,一字一句道:"一个很好的日子。"

爱回顾过去的人,总是有点软弱。

曾经,江聿梁一度这么觉得。

她是那种,虽不知道前方道路如何,也会下意识奔跑的人。

只顾着往前跑就对了,但从不知哪天开始,她开始频繁地回头张望。偶尔撑不住,她就去翻看江茗留下的日记,在那些琐碎下的空白处,用铅笔写点什么。

就好像,她们还能对话一样。回顾那些瞬间,让人好像往两个方向被死命拉扯,过去的光亮与现在的暗意来回交织。

时过境迁,她立在时光的缝隙中回头,甚至会产生嫉妒的情绪,嫉妒以前那个自己,怪她不够珍惜,怪她没心没肺。可也是,在过去的很多个瞬间中,她才得以呼吸。江聿梁唯一能够放心回顾的过去,就是那一天。她百无聊赖,遇到暴雨的那天。

雨幕里的那道影子,烙印一样印在她心上。

即使那时江茗也出手帮了忙但其实谁都知道,就算他进了那道门,事情也不会有任何改变。当见到现在的陈牧洲,并认出他那一刻,江聿梁很快意识到了。

——跟她悲观的设想完全相反。

雨里那个仿佛饮尽了一切绝望的人,已经让人不敢认了。

这让她意外,也让她欣慰,她连跟周宁和邱邱都没提过。想起他,甚至成了能让她大脑放松的方式。

如果有一个人从深渊中成功出来了,即使只是围观者,好像也会因此生出一些勇气。

本以为要永远藏起来的秘密,现在有了能说出口的契机,江聿梁却决定不说了。

一直到上车,陈牧洲仿佛被她勾起了好奇心,追问她真的在更早时见过吗?

她都只是笑眯眯道:"秘密。

"哇,你看今天外面的月亮!"

她看向车窗外的时候,飞快落下了点车窗,近乎着迷地看了会儿,喃喃道:"真漂亮。"

司机开车很稳,他们正在过跨江大桥。

月升中空，照在江面上，反射出冷而明亮的幽光，颜色似是鹅黄淡白的柔和，又透着静然的力量，摄魂夺魄一般。

身边人迟迟没回应。

江聿梁转头看他，眼睛发亮，执拗地要出答案："是不是？"

陈牧洲没说话，凝视了她几秒，轻笑了笑。

"是，很美。"

车内光线很暗，几乎完全依赖快速闪过的路灯与月色，交错着映照出男人的眉目。

好新鲜。

明明一起在后座坐了好几次，怎么感觉就今天看得够清晰。

江聿梁盯了几秒，忽然意识到，他们一起坐了很多次车，这是第一次靠那么近。

靠得近，才会觉得新鲜。她没再接话，眼睛瞟向别处，放在座椅上的左手慢慢摸索，一点点挪了过去。没记错的话，再挪几厘米就能摸到他的手了。

不对，是握。

握手，男女间的正当接触！还没等她碰到，她的手就被人握住了，握得很紧。陈牧洲指尖温度很凉，掌心却又有些温暖，指腹处有薄茧。

握了几秒，大概是不满足于此，他换了种方式，与她十指交握，一点缝隙也没留。他的手掌比她大很多，牢牢地抓住了她。

温度与触感互相融合。

在黑暗中，他们没有看向彼此。江聿梁低头，看了会儿他们紧紧交握的手，她喜欢这个。前座有司机，还有林助，她不习惯在别人面前展露情绪，但心口像海浪一般，层层叠叠地堆了许多，发胀、涌动。

"陈牧洲。"

江聿梁压低肩膀靠过去，低声叫他的名字。

陈牧洲也俯身。

两个人的头快靠到一起时，她用只有他们俩能听到的声音说："我真的很不错，你好好珍惜吧。"

陈牧洲轻笑了一声。

"谢谢提醒。"

顿了顿，他忽然侧过头，在昏暗中准确地找到位置，轻吻住她的唇珠。

江聿梁被偷袭弄得猝不及防，肩膀都下意识缩起来。前座还有人，她根本不敢发出大动静来。

陈牧洲完全得手，在无声中进犯数次。

"我会的。"

在这个静默的吻临近尾声时，他微微退开，贴着她，将这句话渡进来。

与此同时，前座的林助正在经历人生中最艰难的一场憋气。

林柏用右手撑着头，半张脸埋在掌心。他想问司机什么时候到，想想又不好这时候开口。

虽然后排已经很安静了，但不可能一点声音没有。

而这种情况下，安静简直是能让暧昧疯狂滋长的工具。

事实上，在今天之前，林柏完全不能把顶头上司跟"恋爱"这个词联想到一起。

那是陈牧洲啊，听起来就是很适合跟工作绑定一辈子的名字！

终于，经历了人生中最长的半小时，等司机将车稳稳停下后，两个人默默对视一眼，看到对方眼中松了一口气。

江聿梁从睡梦中惊醒，往窗外看了眼，还有些迷迷糊糊。

"哎，到哪儿了？"

陈牧洲松开她的手，解开安全带，下车绕到另一边，打开了她这边的车门。

"你朋友这边。你有钥匙吗？还是给她打个电话？"

"邱邱家？"

江聿梁下车，被热风一吹，看了眼小区高楼："行，我知道密码的，放心，你回去吧。"

她接过陈牧洲帮她拿的帆布袋，打了个哈欠："你回去好好休息啊，出差也累了——"

江聿梁转身要走，却被人拉了一把。

"怎么了？"

她回头，望向陈牧洲。

极浓的夜色中，男人的眸色也像浓到化不开的墨。

"江聿梁。"

他叫了声她的名字，微微俯身，望进她眼睛，放轻了声音。

"我是谁？"

"陈牧洲啊。"

江聿梁看着他，下意识笑得见牙不见眼。

"怎么，高兴得连自己是谁都忘了？"

陈牧洲没笑，江聿梁清醒了点，要把手抽回的前一秒，手背被他掌心覆盖住。

"我是江聿梁的男朋友，对吗？"他的音色有些微低哑。

江聿梁眼睛微眯："对啊，你不是想反悔吧？"

陈牧洲垂眸，几秒后才看向她。

"明早起来，别忘了。"

江聿梁失笑，抽出手，在帆布包里找找翻翻，翻到两个钥匙扣，一个蓝鲸的，一个小熊的，她想了想，挑出小熊那个。

这两个都跟了她很久，虽然有点恋恋不舍，但她还是递了出去。

"喏。"

陈牧洲接过，放在掌心端详。

"这个算是信物，我现在身上也没别的东西，你明天早上起来，要是不确定，就看一看这个，再不确定，就给我打个电话。"

江聿梁冲他扬扬眉头，潇洒明亮。

看陈牧洲没出声，她便拍拍他的肩，指了指上方："我先上去了，你也早点休息。"

陈牧洲："嗯。"

他收起掌心，握紧钥匙扣："晚安。"

"晚安晚安！"

江聿梁蹦蹦跳跳地倒着走，边走边跟他挥手，笑容极盛："记得梦到我哦！"

直到她的身影完全消失，陈牧洲也停留在原地没走。

"陈总。"

林柏怀疑他魂是不是跟着人飘上去了，纠结半天，还是落下车窗，小心地喊了他一声。

"今晚您要去公寓那边，还是逸和？"

陈牧洲转身上了车，扔了两个字。

"都行。"

车驶入夜色时，他忽然问道："林柏，你用钥匙扣吗？"

突如其来的发问让林柏感觉到一丝彷徨："呃——我……"

"你问我的？我的是江聿梁送的。"

司机："陈总——"

陈牧洲淡声道："你不知道她是谁？"

"我女朋友。"

这没有人问吧，林助心累得把头靠窗上。

司机则是恍然大悟般："恭喜陈总，看起来跟您很般配——那，您回逸和吗？现在不堵车了。"

陈牧洲沉吟两秒。

"不用，去最近的公寓吧，明天要开会。"

"对了——"陈牧洲忽然想起什么，跟林柏道，"你去问问楼下两户，近期有没有出售意向，有的话买下来。"

"好的。"

下意识地答应完，林柏犹疑了下："如果……"

"如果没有，"陈牧洲顿了顿，"就让他们有，价格三倍五倍都无所谓，搞定就行。"

林柏："那在对面的新楼盘买呢？户型也都是三百平方米以上的平层，可以按照现在您喜欢的风格来装修。"

陈牧洲："不需要，就楼下。"

"冒昧问您一下，"林柏回头，诚恳道，"一定要楼下的理由是什么呢？"

陈牧洲轻抬了抬眼皮。

"林柏。"

陈牧洲很少叫他大名，把人听得寒毛直竖。

"你没女朋友吗？"陈牧洲温声问道，"没有的话，去找一个吧。"

林助愤愤地转身，一簇小火苗缓缓燃起。

"不管成交价多少，按百分之十五提。

"你的奖金。"

"唰！"

火苗瞬间被扑灭了。

林柏握了握拳："我会办好的，您放心。"

陈牧洲望着车窗外一闪而过的夜景，他想起她第一次去公寓那次。

——"这户型真好。"

那时，江聿梁站在落地窗边，感慨万千。

——"夜景也好漂亮。"

他从来都没有像她一样,对某座城市,产生类似喜欢或者感慨的心情。对他来说,去过无论多少城市,都是相似的,相似得令人厌烦,生出窒息。

无论在哪里,都要迎来第二天,也不知道从哪天起,新城开始变得不同了。因为江聿梁也在这座城市,他们共享同一片天空。

一切因此而不同。

妈,我快二十五岁了。

一切毫无进展,但我快撑不住了。你以前不是说,我有钢铁般的意志和脸皮吗?可不知道哪天起,我清晰地感觉到,有什么东西从内部开始溃烂,钢铁也会被腐蚀的,继而有个巨大的口子裂开了,我怎么努力都合不上。

说是要找到真相,为了你,其实也有一部分是为了自己。

为了找一个我还能留到明天的理由。

你要是有空,来我梦里看看。

——江茗日记批注

江聿梁拧开台灯,就着明亮光线翻开江茗的日记,翻到这一页。

她盯着看了很久。这是最后一次写的批注,离现在有大半年了。

她重新找了支铅笔,在翻页的地方,写下了新的话。

我有喜欢的人了。你能看到他吧?不算好也不算坏,但很奇怪,就是喜欢。

偶尔想到他,会觉得,又能继续了。

写完了,她又再次习惯性地翻到其他页上,阅读那些不知道代表什么的符号——e1162358920n3869。

这次陈牧洲出差,离她这么远的距离,给了她一点隐约的灵感和想法。

她好像要抓住了——

这么长的数字,也许可能跟某个地理位置有关。

又好像没有。

江聿梁把本子一合,走到窗边拉开了点窗户。

万籁俱寂。今夜如同过去无数个夜晚一样，可又完全不同。

摆在面前的待办事项还有很多，都需要一件件完成。

中介联系了她，要去看新的房子，不能总来麻烦邱邱；画廊联系了她，问有没有近两年的作品，有时间可以谈一谈；还有，那次跟姓宗的短暂见面，让她找到了一个很重要的线索，最近正在等回音。可这些对于现在来说，都没那么重要。

江聿梁望着窗外寂静的夜色，这么多年来，难得再次体会了一遍那种心情——小学春游失眠夜。

她握着手机，时不时看一眼时间。

3：36。

今晚是肯定睡不着了。不知道他睡着了没，好想发条信息。

不会睡得很好吧？

纠结再三，江聿梁还是点开了信息栏，编辑了几个字"你睡着了吗"，想了会儿，她又一个一个字删掉。

不行，这样看着也太幼稚了，重新来。

要稳重，不要搞得像八百年没谈恋爱一样，到时候被人狠狠拿捏了。

思来想去，江聿梁找到了重点。

最好就是，不提睡觉的事！

要营造出一种这时候不睡觉也很正常的氛围！

江上江：这次回来，最近还要去别的地方出差吗？

江聿梁一个手滑，把没编辑完的信息发了出去。

救命。她迅速把手机调成静音并扔到床上，并默默捏起了拳头。

不会明天早上才看到吧？不会吧？

她真的会等死的！

这些想法搅到一起，还没等江聿梁理清，就瞥见手机屏幕亮了亮。

在反应过来之前，她已经扑进了床铺，飞快捞起了手机，果然是新信息。

陈牧洲：还没睡？

江聿梁自己都没察觉到，唇边有止不住的笑意，蹬着腿轻松回道：没，这时候我一般都醒着。

信息刚过去，不出五秒，电话就打了进来。

她在心里默数了三个数才接起："喂？"

那边的男声勾着点轻微的笑意和低哑。

· 163 ·

"四点了，这时候醒着？"

江聿梁看了眼时间，还真是，时针刚跳过"4"。

"说我，"她小声嘟囔，"你不是也没睡。"

"嗯。"陈牧洲欣然承认，"睡不着。"

江聿梁把自己搅进被褥，滚了两圈。

"啊，为什么？"

天，这辈子没想过嗓子有如此潜力，发出了她从来没听过的音色。

陈牧洲那边有几秒没说话。

听到江聿梁又问了一遍，他才开了口："在想你。"

他承认得很坦然，有一瞬间，江聿梁都愣住了。

平时，陈牧洲的音色偏低沉，仿佛有股能将人裹挟的漩涡，但这句话却有种轻飘飘的平淡。

"我——"

江聿梁脑子空白了会儿，才找回声音，低低说了句："知道了。快休息吧，天都快亮了。"

真聊下去，过一会儿天都要亮了。

她明天还约了中介，虽然是十一点以后，但他公事缠身，估计休息就不够了。

"好。"陈牧洲说。

"晚安。"

挂了电话，江聿梁伸长手把台灯一灭，满意地抱着枕头入睡了。

在没人看到的地方，黑夜中一道人影望了许久，才转身离开。

江聿梁是被人拽醒的。周宁声音穿透力极强，把她从床上硬生生薅了起来。

"邱邱说你昨晚去机场接人了？怎么样，成功了没？"

江聿梁头发摩擦起静电，完全炸开。

她睡眼惺忪地被晃了半天，才勉强回过神，看清了面前兴奋急切的周宁，和抱臂靠着门框的邱叶汀。

"我昨天——"江聿梁伸手抓了抓脑袋，把本来就乱的头发揉得更乱。

"我想想。"

她摸索着手机，不确定昨天的一切是梦还是真实。她脑子里一团糨糊,想借手机短信来二度确认下。

"别想啦!不论如何,你不是喜欢吗?这城咱们一定要攻下!你知道媒体都放风了,说陈家有可能联姻——"

周宁说到一半,被走近的邱邱狠拧了一把腰,想起来那些新闻的具体内容,都是些听起来理所应当的屁话,赶紧把后面的话咽下去了。

好在江聿梁没注意到,正在认真解锁开机密码,找到短信后,恍然大悟。

"成了!不是梦哎!"

话音刚落,周宁尖叫一声扑过去。邱叶汀笑着看她俩滚作一团:"行,你们慢慢闹,我去热早饭了。豆腐脑、水煎包,洗漱完快点来吃。"

但真正消停下来,江聿梁把细节也一一道来,都已经一小时后,快十一点了。

她跟中介约的时间渐近,抽了个保鲜袋,匆匆装了两个包子。

"哎,醋呢,我记得新买了醋——"周宁不急,叼着包子溜进了厨房。

"邱邱,我先走了,我过去要四十分钟呢。"江聿梁把松了的头发重新扎紧,跟邱叶汀挥一挥手。

在门口,邱叶汀叫了她一声:"江江。"

"嗯?"江聿梁回头。

"现在怎么样?"邱叶汀声音分贝放低了些,"找到理由了吗?"

江聿梁怔了怔:"什么?"

邱叶汀抬手轻捏了捏她的脸颊:"活下去的理由。"

有一段时间,江聿梁明显是需要看心理医生的状态,她跟周宁都能看出来。江聿梁也确实约了,但没多久就不再继续了,因为看心理医生太贵,影响江聿梁攒钱。

无论她和周宁怎么努力,想让人继续去看,江聿梁都坚决不要,没多久就跟没事人一样。

江聿梁垂眸,安静了会儿,才笑了笑,轻声道:"找到了。但好像不是因为谁,是为了我自己。"

邱叶汀拍拍她的肩:"这就对了,很好,继续保持。"

江聿梁看了眼表,倒抽一口凉气:"真的晚了,来不及了,走了啊!"

她身影消失在楼梯间后,邱叶汀刚转身,就看见身后探出了一个头,把她吓得半死。

"周大小姐,你倒是吱个声——"

· 165 ·

周宁咬了口包子,感慨道:"我们小江心理素质就是不一样。

"跟大佬谈恋爱的第一天,去郊区看房。"

邱叶汀嘴角抽了抽:"她不一直这样吗?谁都跟你一样脆弱,第二天要干点什么事,提前一周失眠?"

周宁"啧"了声,眉头皱起:"我是这个意思吗?我的意思是姓陈的看起来挺大方,私底下不会很小气,委屈了我们江江吧?"

"这个——"

闻言,邱叶汀也蹙了眉。

"不会吧。"

她迟疑了几秒。

"那表不都一千多万,算小气吗?"

周宁差点都忘了这茬,恍然大悟道:"也是!哎,我最近好像还见了——"

江聿梁屋内,床上蓝鲸抱枕的尾端,挂了一块粉色手表。

R.C华际总部。

三十七层大会议室。

对华际高层而言,每次陈牧洲出远差回来,开会都是种折磨。

一般能到让他出长差或远差的地步,事情必然有棘手的部分。

而他人虽然出去,对细节的掌控依然到了可怕的地步,任何一点试图隐瞒的部分,都会比平时更快被发现。如果平时他愿意睁只眼闭只眼,出差回来后则完全不可能。

陈牧洲发火时声调基本不会抬高,但依然让人大气都不敢出。

他跟陈家其他人都不太一样,不像是顶豪森严的家规中长出来的人,更像是荒野里涌出的暗风,从无拘无束中来,强悍无声。

他的威压感袭来时,像风暴中腾起的浪,遮天蔽日,幽暗无声。

这次也是一样。

在海外开拓的进展遇到了一些阻挠,资金链虽然不紧张,但敏感的人已经发现了,似乎总有只无形的手,在拨动事情发展的方向。

陈牧洲会比之前更严厉。

——按理说,是应该会这样的。

但今天他一句重话都没说,甚至连开口都很少,一直都是聆听的姿态。

钢笔在男人修长的指间匀速飞转，陈牧洲面上看不出半点喜怒。

众人也不好判断，这是怒火压抑到极点了呢，还是在走神啊？

在惴惴不安地猜测中，今天的会议甚至比平时更早结束了。

陈牧洲率先离开。

望着男人的背影，高管们都松了口气。

其中有些消息灵通、关注外界信息的，不约而同地想到了最近的新闻。难道，陈家真想跟常家结亲？

也是，常家有个在娱乐圈混得风生水起的小女儿，如果真跟陈总结婚了，那不想抛头露面也由不得他了，到时候说不定还省去一部分宣传预算。

按完电梯，有几位相熟的互相看了对方一眼，心照不宣地对了个眼神。

正准备上电梯再好好说，突然感觉到一股压力，他们往身后缓缓瞟了一眼。

陈牧洲神色自若地站在那儿，神情淡然，长身玉立，影子被午后的光线拉得很长。

"陈总，您今天来这边坐电梯啊？"有人笑着问道。

陈牧洲"嗯"了声，难得有闲心开玩笑，眉头微挑："不行吗？"

"没有没有——"被反问的人愣了下，看见男人似笑非笑的神情，才意识到确实是个玩笑，赶紧答道。

苍了个天，陈总这是被夺舍了啊。

"叮！"

电梯到了这层，门缓缓打开。

里面有两个小年轻，看起来是实习生的样子。

其中男生都没意识到门开了，依然坚持不懈要着微信："真的不行吗？那我的微信给你行不行？"

江津梁头疼得不行，都说了不行了。

她刚想继续拒绝，余光瞥到门开了，抬腿就要往外走，忽然间脚步一顿。

遇到自己理想型、正在主动出击的男生也巴巴跟上，差点撞上她的肩膀。电光石火间，他意识到有什么不太对——

抬起头的那秒，他正跟N个公司高层大眼对小眼。

包括，一个最出挑，有点眼熟，又有点面生的男人。

看得他背脊一凉。

巴黎首府9区内一条街道。

此地的房屋所属主人非富即贵，私密性极高，交易量则相反，愿意出售房产的房东极少。

其中，位于最中心的公馆年份最老，一套顶级公寓坐落在公馆内部三楼。

要去那里，就要通过一段漫长的旋转楼梯。

不过，这里很久没有进人了。

在阳光充足的午后，才有人再度踏足了这里。

男人西装革履，一头银发昭示着其年龄，以及随和儒雅的气质。

他的脚步悠闲散漫，在踏到楼梯中段时，接到了一个电话。

"宗董——"

宗奕的声音从听筒那边传来，难得有一丝急切，几乎是立刻打断了他："管家先生，我这边出了一点小问题，您能帮我传达给——先生吗？"

"您说。"

"先生早先提醒的事，是我疏忽了，手下的人办事不力，让两个小毛孩子碰头了。我找人去查了，才发现陈牧洲早先也在榕城，如果他手上真有那份东西，又跟江茗的女儿搅在一起的话，他们手上的东西整合出来，可能会真的对先生有害。"

"宗董，我其实也很好奇。既然您知道，为什么会放任事情走到这个地步呢？不能让他们两个碰面，这一点好像早就提醒过您。"

银发老人语气从容，甚至带着一丝笑意："是觉得特别有趣吗？看您好像对这件事，一直没有特别上心啊。被小孩威胁了，就止步不前了？最近这小子，好像也让您在海外的资源上吃了不少亏？"

"不是——"宗奕的冷汗倏然下来了。

他没见过身居高位的"先生"本人，但这个老管家，是先生身边最近的人，他还是打过几年交道的。

管家这么开口，就代表着已经非常不悦了。

"陈牧洲——Noah（诺亚）先生让您多加小心注意这个人，您回国的时候，也答应得好好的，对吗？"

"是，是我的错了，您说，我该如何补救呢？"宗奕小心翼翼地问道。

"如果所有人做事都像您一样，不考虑后面的棋如何下，那一切早都结束了。"

话音落下,男人抬手推开了公寓的门。

公寓是巴洛克风格,后来也经过了现代风格的翻修。虽然已经有超过百年的历史了,但总体上,还是保留了原本的感觉。

他的脚步从容悠闲,边走边将白手套细心地戴上。他穿过大厅和长廊时,从桌上顺了一把纯银的餐刀,刀锋锐利反光。

"是,是我太蠢了,没有好好听先生的话。我现在认识到错误了,后悔万分,当然,如果能见到先生本人,我会亲自登门道歉的——"宗奕毕恭毕敬,一连串话都在表忠心。

银发管家轻嗤了声。

人就是这样,越是位高权重的人,越害怕失去。为了踩别人的头顶,什么都愿意出卖,甚至连自己的家人和灵魂也能一起,拱手奉上。

"宗董,您不妨猜一猜,我现在去见谁?"管家站在主卧门口,悠然问道。

跟采光良好的大厅截然不同,主卧的窗帘紧闭,一丝光线也透不进来,遑论还有轮番站岗的西装保镖。

整个房间像个金碧辉煌的牢笼。

而在床边,有位中年男人被双手反剪绑在单人椅上,嘴被封住,眼睛也蒙着深色的布条。

听到有脚步声渐近,那位中年男人开始在椅子上奋力挣扎起来。

"别急嘛,梁先生。"银发管家微微一笑,用手中的餐刀一划,那片布条轻飘飘落下。

他蹲下来,跟中年男人打了个招呼。

"好久不见,我跟您提议的事,您考虑得怎么样了?您应该也清楚东西在哪儿的,只要回国,找到,交给我就可以了。这么简单的事情,真的没法帮忙办到吗?"

绑在椅子上的中年男人很清瘦,听到他的话后停止了挣扎,一言不发,神情沉默。

管家从衬衫口袋取出两张照片,在那中年男人面前一晃而过。

那是两张放大的证件照,两位长相极出色的青年男女,两个人脸上都没有笑意,神色不约而同的相似。

相似的目光清凌,视线有一些沉沉的重量,无声望向镜头。

那中年男人瞳孔一震,面部微微颤动,瞬间咬紧了牙关。

管家自然注意到了，他微微一笑。

"梁总，如果这两个人二选一，您想选谁？

"是您的宝贝女儿，还是，她为自己寻觅的良人？"

话音一落，管家不知从哪里摸了个打火机，火苗蹿起，点燃了女人那张照片。

"您不选的我就替你选了。

"因为，另一个孩子我看上了，他还有潜力。"

那中年男人终于没忍住，冷笑了一声："为你们当牛做马的潜力？"

"啧！"管家听了他的话，哈哈大笑起来，"不能这么说，那个孩子，说不定会青出于蓝而胜于蓝。

"至于您的女儿，她既然以为您已经背叛了她和家庭，我想，她应该也不介意再多体验一次，被人背叛的滋味。"

他仔细想了想，语气温和道："再一次众叛亲离如何。然后再让她去找她母亲，怎么样？"

被绑在椅子上的人突然爆发，朝他扑过来。

管家往后撤了两步，抬了抬下巴，示意那些雇佣兵退役的保镖，用法语道："教教他规矩。"

等一切重归风平浪静，管家才道："我希望你好好想一想。

"我不知道我会做出什么事来。我相信，你也不希望得到那样的结果，对吗？"

离开房间的时候，管家又低头看了眼剩下的那张证件照。照片上，年轻男人目光漠然地直视镜头，鹰隼爪钩一般，牢牢勾着人的视线。

管家走出房间，下楼时拨了个电话出去："Noah，发了个信息给你，盯住了。"

他以前确实有点私心。

陈家接陈牧洲回去时，以为这是只可用的犬，几只犬在一起争食吃，才更有动力。时间却证明这个决定正确，又不那么正确。

谁也没料到，他是那批犬中的狼。胜负从一开始就没有悬念，他极度聪明，极度敏锐。

齿利，牙尖，血冷，懂得蛰伏的奥义。这人如果能为他所用，将会是最趁手的工具。本来一切都在他的掌握之中，宗奕办事不力，高傲自大，势必会有所疏漏。

陈牧洲当然不能跟梁家女儿碰头,两人手上握有的东西,分开只是两片散落的拼图,合起来就不一样了。

本来把梁家的人控制在手里,是可以保证安全的。但现在,两个人看起来可不只是碰了头。

陈牧洲,竟然跟梁家的女儿在一起了。

有点意思。

这短暂的小半生里,江聿梁没经历过这么漫长的电梯下降。

她也小小头脑风暴了一下,复盘过后,觉得没什么大问题。刚才电梯门开的时候,他们俩也隔着点距离呢。

而且人家听到她的再次拒绝后,刚好在偶遇那么多高层领导的惊吓下,匆匆离开了。

当时,在一片静默中,她见陈牧洲迈开步子走进来,也就没下电梯。本来以为其他高管会上来的,没想到电梯门就那么关上了,然后他们就这么并肩站着,保持着沉默。

也不是她不想开口说话。

就算再不会看人眼色,陈牧洲现在的脸色,就跟她借出去百八十万没人还的时候感觉差不多。

连带着电梯这个狭小的空间,都显得霜寒之意明显了不少。

眼看快到一楼,电梯门要开了。

江聿梁无声地往旁边又迈出一大步。谁想到下一秒,本来目不斜视的男人,目光迅速跟着扫了过来,眉心一皱。

意思相当明显:你什么意思?

江聿梁给了他一个十分灿烂的露齿笑:"我觉得为了大局考虑,咱们现在暂时保密,行吧?"

话音刚落,一楼到了,电梯门应声而开。

许多刚想上来的员工都愣了愣,很快都跟他打了招呼:"陈总好——"

陈牧洲神色平淡地点了点头。

在下电梯前,他又回头看了眼,有人的脑袋低到恨不得钻到地上去了。他走过去,一把拉过她的小臂,手掌又自然地滑至她的手心,扣紧:"到了,躲什么?"

以陈牧洲为圆心,周围迅速陷入死寂,所有人看着眼前这一幕,都没太反应过来。

江聿梁内心陷入了困境。

天可怜见，她一点也没有要来堵人的意思，本来只是想找个角落悄悄等他，谁知道意外被拉到的楼层，刚好就是他开会的楼层。

这种事她就更没准备了。

事已至此——她用另一只手臂挡着脸，跟在陈牧洲身后迅速穿过人群。等上了对面一部通往地下车库的电梯，江聿梁才松了口气。

她抬眼的瞬间，撞进一双平静幽深的眸子。

"江聿梁，"陈牧洲松开她的手，温声问道，"跟我在一起，让你觉得很丢人吗？"

她有点没反应过来，虽然意识到他是有点生气，但这个理解方向，是不是稍微偏了那么一点？

"你为什么会这么想？"

话音落下的瞬间，江聿梁意识到自己说了一句废话，还是颇为标准的渣男式反问。

陈牧洲凝视了她一会儿。

直到江聿梁伸出食指，小心指了指他身后："门，快关上了。"

陈牧洲扭头就走。

江聿梁揉了揉发胀的太阳穴，真让人头疼。据说再美好的感情，也是容易有裂痕的，但她也没想到，这一天来得这么早。

还是这种本来可以小事化了的议题。

等上了车，系好安全带，江聿梁开始认真地想。

直到车汇入了车流，她才语重心长地开口："这个事虽然我们之前没商量过，但我以为会有这个共识，毕竟，这对你也更有利，你又不是跟什么——对吧。咱好好地、安全地、风风光光地谈着，以后谈婚论嫁那种，到时候媒体追着你跑，股价再受影响了，你看董事会那帮人会不会吃了你——"

她的话被迫中断了。车忽然开到路边停下，一个急刹，惯性使然，她一个趔趄向前倾，又被一股大力拽回了座椅。

陈牧洲抬手，摁下双闪。

"你想说什么？"他转头看向她，放轻语气，"什么叫好好的、安全的、风光的？"

江聿梁是在这个环境下长大的，有些规则不管她认不认可，都是客观存在的。

一些约定俗成，在圈内很难更改。比如恋爱可以漫天漫地谈，但婚姻大事都要考虑到能给两家带来的利益。

像陈家，或者说陈牧洲这种级别的存在，婚前协议估计都得三摞厚。他的一举一动都有可能影响公司股价，负面新闻更是不被允许的。

他找世家千金，才是最安全的。

江聿梁看着他，没说话。她知道，陈牧洲肯定听懂了。

陈牧洲嘴角抿得死紧，不怒反笑，眼角微弯："好啊，很好。这才开始，你就想着结束。"

他没等江聿梁再说什么，摁灭双闪，再度飞速汇入主道，沿着西向飞奔。

他一路飙到了CBD的大平层公寓，之前让她借住过的地方。

车一停稳，陈牧洲一秒也没多等，径直下了车，绕到她这边开了车门，将她拉下来，紧紧箍住她的手腕，大步流星地将人一路拉到了家门口。

江聿梁人还算高，但跟在他身后，步伐还是不免跟得很急。

"你慢……不是，慢一点啊——"

直到被拽进了家门，门关上的瞬间，陈牧洲才松开了她。江聿梁刚想喘口气说什么，就被人压到玄关后的墙面上。

"陈——"

下一秒，她就发现被人腾空抱起来，支撑点只有背后的墙面，还有眼前的人。

江聿梁没有任何防范，又怕掉下去，只能先攀住他。这次，男人用虎口卡住她下颌，然后不由分说地吻下来。

玄关的灯光流泻而下，照在她惊愕的目光里，照在他深然的眉目中。

今天跟之前的都不太一样。

疯狂、躁动。

江聿梁也不是傻子，贴成这样，清晰地感觉到了他的变化。

"陈牧洲！"她用尽全力推在他胸膛上，胸口起伏，"你冷静一下。"

陈牧洲看了她几秒，把她放下来，抬手扯了扯领带，喉结微微滚动。

"江聿梁，如果你想加快速度，就是这样的。你想清楚了吗？

"我是商人，不做亏本的买卖。"

他把扯松的领带扔到一旁，微敞开的领口下锁骨斜入肩胛。他目光紧紧盯着她，音色偏低，似在蛊人。

"我会等做到够本了才收手。

"你确定吗?"

气息铺天盖地。

一切欠缺的与盈满的,都变得轻飘起来,这个吻跟之前任何一个都不同。

这种感觉让江聿梁觉得陌生,陌生到有些慌乱。仿佛正在下落,无尽地下落,却没有任何支点。

在她掌心之下,男人的衬衫已经被紧紧抓出痕迹。

"你确定吗?"

她听见陈牧洲说。

不,当然不确定。全然的陌生感,让江聿梁大脑飞速运转,又飞快过载,什么结果也没运行出来。

她能清楚察觉到一丝隐忍的怒意,但等她真想准确捕捉到什么时,却又一无所获。

隐藏,陈牧洲一向有这样的天赋。江聿梁觉得,这大概已经成了融进他骨子里的习惯,成了不让任何人触摸到的核心。

情绪、真心、想法、欲望,任何一切……

他要确保自己在观察者的位置上,永远作壁上观,只有这种时候,会难得有松懈的瞬间。在这方面,江聿梁几乎没有招架之力。

而那个问题——大概也不是在问她,更像是一种通知。

她被动地被拉进漩涡风暴中,燃着的焰借人的身体作器皿,升高的体温、奔涌的血液、震耳欲聋的心跳,还有——纠缠在一起的呼吸声。

跌跌撞撞往里时,他们不小心撞掉酒柜上一只玻璃杯,清脆的碎裂声让江聿梁陡然回过神来。

等等,不对,怎么能跟着他的节奏跑!

她好胜心本来就强,越想越不对,在这种时候被压制了,以后想起来了都得后悔吧!

这么轻易就认输让步了,以后还抬不抬得起头!

"陈牧洲!"

江聿梁揪住他的领口,把他往后一推,自己也退后两步,跟他拉出距离。

她叫他名字叫得急,声调也不自觉地拔高。

陈牧洲没动,凝视着她的双目有些幽暗。

衬衫领口被她抓着,她的指节也抵在他锁骨,红痕微显。

距离被拉开,将触未触的暧昧却更让人心痒。

"先等一下!我觉得有必要说清楚。"

江聿梁的视线扫了眼自己的手,迅速松开,清了清嗓子。

"你生气了?因为我刚刚说的话吗?"

江聿梁眉头微皱,盯着他的反应,但也没等陈牧洲回应,她轻叹了口气:"你误会了。我没有一开始就想着结束。"

她一心很难二用。

刚才忙着接吻,脑子里全是糨糊,什么都想不清楚。

现在想一想,发现答案很简单。在车上的时候,她说不想那么快公开。陈牧洲反问了她,什么是好好的、安全的、风光的——

"很多事一开始都是好的。"

江聿梁顿了顿,视线垂落在大理石砖上,语气也轻了许多。

"没有人想要一个坏结局,但有的时候,它还是发生了。一旦发生,连开始的美好都荡然无存了,人们会互相指责、埋怨,甚至滋生恨意。

"在那个过程里,失去的越多,就会越恨,恨不得那些好的时光也从来没有出现过。

"你知道吗?我九岁的时候,我妈从阳山带回来特别好的桃子,但是被客人吃了很多,最后只剩下两个,都放在我床头。闻着就很香,我一直没舍得吃,就悄悄藏在书柜最顶层,想着等下次考级成功,再奖励自己。后来——

"它就坏了。"

江聿梁不好意思地笑了笑。

虽然难言羞涩,但她依旧鼓起勇气,双眸明亮地注视着他。

"陈牧洲,我很难概括你对我来说是什么。但我现在觉得,你总会让我想起来,那个舍不得吃的桃子。

"你知道那代表什么吗?"

她走上前两步,捉过陈牧洲的手腕,摆平他的掌心,食指一笔一画写了两个字——

礼物。

你是命运给我的赏赐。

上一次我舍不得,这次不一样了,我想要好好体会。

"我很珍惜。"江聿梁握住他的手,声音放轻,垂眸,"比你想得最多还要多一点。所以我不想让我们走到那个地步。

"可能你会觉得我有点胆小,但我不想冒险。这是真的。"

她等了很久都没有等到回应,心里正有一点点忐忑,准备抬头的时候,她感觉到,脸颊旁的碎发被他轻柔地捋到耳后。

"我知道了。"陈牧洲说。

江聿梁脸难得有些绯意。

要命,温柔乡原来是这个意思。

她以前还觉得这种说法很幼稚,什么没法抵抗,自己意志力不坚定还找借口。到了这一秒,江聿梁果断决定推翻之前的想法。

他的手掌轻扣在她脖颈上,将他们之间的距离拉近了一些。

陈牧洲冷不丁问:"你最近在找中介?"

"嗯?"她猛地抬眼,完全没反应过来,话题怎么转这么快?

"对,不能一直麻烦邱邱啊——"

忽然间,她隐约意识到什么,话锋一转:"我钱存得很多的,就是之前一直没时间去,中午看过了四家,明天准备再去看看北岭那边。"

嗯,她的意思表达得够清楚了吧?她的经济能力没问题,她自己都能搞定。

陈牧洲:"这里怎么样?"

从她面上看到一丝惊讶,陈牧洲嘴角微弯:"你要是觉得还行,我不会住在这里的。"

江聿梁睁圆双眸:"啊?那你住哪儿?这里不是离华际很近吗?"

印象中,他另一处别墅距离很远。

她神态可爱,陈牧洲失神地看了几秒,才慢悠悠道:"江女士,你是在担心我露宿街头吗?我的房产跟你胡思乱想的念头一样多,你喜欢的话,就找个日子搬进来吧。"

江聿梁踌躇几秒后望向他,她的双眸很亮,像永远也不会熄灭的焰芯,抬起头望向他时,经常会让陈牧洲觉得,太过了。

过于灼人,烧得人心口一跳一跳,连带着她的声音也像从很远的地方传来。

"租金多少啊?"

陈牧洲眉头轻扬,想了想:"你下午有事吗?我叫律师过来拟合同。"

江聿梁心里其实还有点打鼓。但转念一想,如果到时候价格她接受不了,大不了就直接提出来,也没什么不好意思的。

比起其他的，当然是荷包里的钱最重要。

"没事，那就拿合同吧！"

江聿梁痛下决心。算了，荷包出血，住一个月也行啊。

这公寓离他上班地方近，他们也能多见几面。

她心理活动很复杂，但仍然太好读。

陈牧洲给律师打了个电话，望向她的眼底含着笑意。

"拿之前那个合同过来吧，一小时内。"

"我能去看你的电视吗？"江聿梁用无声的口型问他。

"要看电视？"

陈牧洲刚好收了线，走过来时懒洋洋地问她："不继续了？刚才不是说'先等一下'，就结束了？"

江聿梁刚开始没反应过来，反应过来的瞬间，血冲到了整张脸和耳朵。

"我……我也没带衣服。"

江聿梁扔下六个字就要跑，被人扣住小臂捉回来。

"江聿梁。"陈牧洲把头埋在她颈窝里，低声叫她的名字，尾音带点不自觉的懒散温柔。

"今天是我的问题。

"不管有没有带衣服，只要你不想，哪怕有一点犹豫，说出来。

"或者，捏我手心也可以，我就知道了，不会继续。"

江聿梁愣了愣。很快，她感觉到耳垂被人轻轻吻了吻，有些微的痒意，发麻的电流从脊椎一路上蹿。

她听见他轻声道——

"我保证。"

第九章
命运之神的公平

陈牧洲嘴里没几句真话,她早该知道的。

晚上七点。

三人常聚的老地方,金融区咖啡馆的靠窗座。

桌子正中央,放着一张刚签好她名字的合同。

第一个开口的人是周宁。

"你打我一巴掌,快。"周宁把头往前探了探,面无表情地对邱叶汀说。

跟魂游天外的江聿梁比起来,邱叶汀看上去还算冷静。

"不行,我手没力气。"邱叶汀道。

"我真服了。"周宁喃喃道,"江江,你这速度坐火箭了啊。"

邱叶汀忽然松了口气:"还好,看来他是认真的。本来我跟宁宁还担心,他们这类人都……反正怕你吃亏。"

虽然大家都算是见过世面,但陈牧洲这种,也太与众不同了。因为江聿梁觉得那个大平层不错,惴惴不安地揣着钱去签租房合同时,结果对方准备的资料是房屋赠与过户。

陈牧洲连自己的名字也不留,江聿梁被吓着了。

之前他送的表跟石头虽然也价格不菲,但那是随时可以返还的东西,她更像个保管人。

跟这次感觉完全不一样。

她待了三个小时,一直在磨这件事。中间她想找个机会跑路,但陈牧洲想做成的事,还鲜有不成功的。

陈牧洲把她说得晕头转向,平铺直叙地分析到她头晕眼花,最后陈牧洲柔声问她,这样一想,是不是很正常?

双目呆滞的江聿梁:"是吧。"

周宁跟邱叶汀听完过程,沉默了很久。最后还是邱叶汀出手,安慰性质很浓地拍拍她的肩膀。

"你已经不错了,一般人玩不过他。"

本来今天她们想问进展的,毕竟听到了从R.C华际传出来的消息——说是他们万年铁树的一把手开花了。虽然在惊吓之中,没人看清女方长什么样。现在看来,这都不是简单的花。

简直是长了能把这树连根拔起的巨大花骨朵。

逸和山庄77号。

陈牧洲回来了一趟,直接去了三楼,沿着长廊走到了最末的尽头。

那里有一个常年上锁的房间,他偶尔会进去待一会儿,谁也不知道里面有什么,他在里面干什么。

盛夏积攒的热气在空气中涌动膨胀。但这个房间很阴凉,原本是将近一百平方米的套间,但是里面空荡荡一片,全部打通,没有任何家具。

陈牧洲进去后,把门反手锁上。

整个房间一片漆黑,摁下墙边一个开关,中间位置便亮起淡蓝的光。那是占了将近三分之二位置的,可以称得上巨大的水晶雕塑。

是一条正向空中跃起的蓝鲸。

虽然被放置在地板上,但好像真的在海上,近乎透明的蓝,震撼人心。

陈牧洲躺在它底座旁的地板上,望向黑暗中的天花板。

连最细微的血管也在跳动,跟着宇宙深处的脉搏一起,幻梦真的接近眼前这一刻,是这样的感觉。

原来是这样的。

如果真的是梦,他向上天祈求,最好永远不要醒来。

江聿梁的四肢贴在凉快的木地板上,展开,平铺,翻滚。她觉得自己像一条休憩的鲸鱼,正在冷冷的海水中浮沉。

熙熙攘攘的声音似乎是从很远的地方传来的。闭着眼睛,将听觉放缓,却依然能清晰地听见光线的跳动,感知声音的形状,意识一开始有些模糊,但渐渐地,她从混沌中醒过神来。

是新年伊始，她跟着家人来到一座古老清静的寺庙，寺庙在半山腰，占地广阔，据说有超过三百年的历史。

她意料之外地迷路了，误打误撞走进别院的一间房。

因为四周太安静了，又很凉快，她不知不觉就在这间无人的房间里睡着了。

忘带表了，也不知道是几点，江聿梁从地上爬起来，困倦地半合着眼，听着外面的动静，各种各样的人声，和远处山林中的鸟叫声混在一起。

她能从中准确分拣出江茗的声音，好像正在跟谁聊天，语气听起来挺愉快的。对方是上了点年纪、很憨厚的男性声音。江聿梁听得不清楚，只有断断续续的一些词。

先是新年祝福，然后又是什么粥、安全、矿上——嗯？

江聿梁眉头微微一皱。他们家今年准备开辟新业务吗？

她差不多回过了神，从地上爬起来，走到门口将木门一把推到底。

"哗——"

这一道拉门的声音不是她的。

好像是隔壁的。

隔壁还有人吗？这么薄一道墙，她根本没听到任何声音。

江聿梁好奇地往左边探头看了眼，的确是隔壁，只不过是关紧门的声音。

"妈。"

江聿梁走出来，把门关上，提高声音叫了江茗一句。

江聿梁没等到江茗的回应，但是她看得清楚，江茗就站在院内大树后。

她下了阶梯，刚要往那边走，眼前的一切却快速变形、扭曲，面前的景象像是模糊化的画作，将她钉在原地。

她意识到了什么，只能喃喃道，对，早都不在了。

回到十几岁这一年，跟前几次梦到江茗时不同，这次她没有挣扎地想要停留在梦里。

江聿梁无声地睁开了眼，她甩了甩有些发麻的手臂，这才发现是趴在画板旁边睡着了。

看着完成了一半的画，江聿梁发了会儿呆。

她才搬进来三天，把空闲的房间布置成了工作室，但怎么会过渡得这么顺利？

完全没有任何不适应,果然是由俭入奢易——她堕落了。

要不是莫申画廊通知她,两幅作品都有买家询价后迅速成交,问她今年内有没有新的作品能上,她也不至于像打了鸡血一样。

江聿梁哀叹了一声,再度倒在画板前。

买家是匿名的,不过出手还算阔绰。收到款后,江聿梁第一时间给陈姓债主转了一年的酒钱。

欠款嘛,不管是谁的,能多还一点是一点。不过对此陈牧洲的回应,只有一个字。

准确地说,是一个标点符号"?"。

江聿梁摸起手机,在手里无意识地转着,顺便看了眼时间。

现在半夜三点十六。要不要找他呢,他会不会已经睡了?不过更有可能是在加班。

虽然不怎么关注,但华际R.C在财经板块上也算是常客了,路过的蚂蚁都知道R.C华际最近跟宗氏摩擦不断。

突然,江聿梁想起了什么。她拉过一旁的滑轮椅,坐上后径直滑向房间的另一头。

这个房间有一半被画板和颜料占据,另一半则挂着她买的透明亚克力板,方便用马克笔在上面写写画画。

不过现在,上面贴满了照片和打印的资料截图,被她用箭头一一连接起来。

最中间的一张,是宗奕当时给她的照片。那个时候,他为了向江聿梁证明,自己跟江茗是旧相识。

但江茗在照片里穿的那件衣服,让江聿梁觉得眼熟。

江茗是个时尚嗅觉很敏锐的人,可也不喜欢浪费,很多衣服都会重复穿。只有照片上那件波点立领,在江聿梁印象里江茗只穿过一次,是去法国出差的时候,那年她刚好五岁。

按照日记来看,那次国外出差,给江茗留下了很深刻的印象。也就是说,那时候江茗就跟宗奕在国外见过一面吗?

总觉得有什么快要从地底深处拱出来似的。

江聿梁越想越心烦意乱,干脆摸了支薄荷味的烟出来,咬在嘴里点上,眉头紧皱,仰头靠在椅子上望着天花板,烟雾缓缓升起。

突然,腹部传来的响声打断了她的思绪。

江聿梁把掌心贴在腹部上,无声叹了口气。今天一直在忙,十一点以后就没再吃其他东西了。

没记错的话，这个小区隔两条街，开了几家人气便利店，还是挨着开的。

她行动力一向很强，抓起钥匙、帽子和手机就出了门。

等电梯的时候，江聿梁盯着屏幕看了半天，终于点开信息栏，给陈牧洲发了一条：休息了吗？还是在工作？

"叮！"

在信息发出的瞬间，电梯也刚好到了。

门应声而开。

江聿梁活动了下颈椎，活动到某个角度的时候，纯黑西装裤映入眼帘。

啧，这人腿真长，她的第一反应便是这个，随即，视线无意向上一抬——

看见江聿梁迟迟没动，陈牧洲倚着扶手，挑了挑眉。

"不进来吗？"

江聿梁愣了愣，在电梯关上前迈步进去："怎么这么巧？"

陈牧洲笑了笑，没说话。

"说真的，怎么回事啊。你在我身上装定位器了？"

江聿梁跟他并排站着，肩挨着肩，边说话边抬头看了眼监控，小拇指蠢蠢欲动，手已经挨得很近了。

还没试探完，就被人反手握紧，他掌心的温度微凉，一点点渗进掌心。

"猜猜？"陈牧洲悠悠然道。

"不对啊。"她回想了一下，"刚才电梯好像不是从一楼来的？"

"嗯。我们现在算是——"陈牧洲沉吟了两秒，侧头望进她眼睛，"邻居吧。"

江聿梁目瞪口呆："你就住楼下？"

她话音刚落，电梯就到了。陈牧洲拉她出了电梯，门口刚好有其他业主在等，对方是个挺年轻的男生，视线似是好奇般，打量了眼江聿梁。陈牧洲不动声色地跟她换了位置，牵她的手更紧了些。

"嗯。楼下户型跟楼上差不多，住这儿也方便。"

"你这几天都住这里吗？"江聿梁有些可惜地叹了口气，"你怎么没早点跟我说！"

陈牧洲顿了顿，问道："早点说——你就不会住过来了？"

"什么啊,"江聿梁调整了下鸭舌帽,耸了下肩,"怕打扰你,不是很少给你发信息吗,早知道就可以下去找你玩了。"

陈牧洲轻笑,夜风吹在他们面上,吹散了一些燥热,路灯照在地面上,映出两个人拉得长长的影子。

他慢悠悠道:"那还是算了。"

"怎么就算了?"江聿梁故意皱眉,冲他做了个鬼脸,"不想见到我啊。"

"虽然现在是夏天——但我也不喜欢冲冷水。"陈牧洲说。

江聿梁反应了好几秒,直接卡壳了。

"我去便利店买点夜宵,你吃得了金枪鱼饭团吗?"她轻咳了一声,试图转移话题。

"我没什么忌口,都能吃。"

陈牧洲顺着她的话说,低头,又看了眼他们交握的手。

"以后,有时间就见面吧。"

是盛夏了。晚风虽然燥热,但也是流动的,清晰地吹来夏的气味,植物、泥土、树梢、月亮的,还有她身上极淡的清香气味。

江聿梁没想到他突然说起这个。他的话明明很简单就能实现,却让她觉得有些奇怪。

"当然啦。"

"必须!"

江聿梁仰头冲他笑得灿烂,很轻地皱起鼻尖:"陈牧洲,我很喜欢你,你知道的吧?"

陈牧洲无声凝视着她,目光微微闪烁。

他没回答,江聿梁也不介意,亮着灯的便利店就在前方了,安全感和幸福感同时向她袭来,江聿梁便松开他的手,大步向前,抱住一根路灯,绕着它转了一圈。

"怎么说呢,我就希望你平安一点,顺利一点,最重要的是——"

她动作一顿,刚好面对着陈牧洲,抬起眉眼,神色认真:"得到你真正想要的。"

江聿梁看上去有些粗心,但其实她的直觉会帮忙,记住很多一闪而过的细节。

没什么道理。

比如在陈牧洲身上,她能看到很重的不安。

也不知道从何而来。无论拥有多少，那些好像都不是他感兴趣的。跟在风中摇曳的火苗一样，看着总觉得有点心惊。

"走吧！到了！"

江聿梁也没打算等什么回答，她说完了，也知道他能听懂，那就行了。

她拉着他兴冲冲地进便利店，在电子声"欢迎光临"响起的瞬间，她听见陈牧洲低声道——

"已经得到了。"

这附近便利店挨着开了好几家，江聿梁想吃的一款面包只有对面有，她让陈牧洲在便利店桌旁等，她去去就回。

江聿梁买完冰面包，还顺便拎了几瓶啤酒，凑够钱可以打会员折扣。

在等红灯的时候，她透过对面的便利店玻璃墙看见里面站着的两道人影。

陈牧洲只是站在桌前，守着她那堆关东煮、肥牛盖饭和金枪鱼饭团，但旁边还有道靓丽的身影，像是在找他要联系方式。

也不知道陈牧洲说了什么，没几秒对方就耸了耸肩，收起手机潇洒走掉，上了超跑离开。

江聿梁带着说不上来的情绪，又多等了一个红灯，才迈开步子过去。

"怎么又买酒？"陈牧洲翻了下她拎回来的袋子，眉头紧蹙起。

江聿梁完全没听见，手撑着下巴神游，喃喃道："天，那个美女姐姐真漂亮。"

陈牧洲瞥了她一眼。

"不行。"江聿梁下定决心似的，拳头砸在手心里，目光坚定，"我也要存钱买车！不能让你跟着我天天坐11路！"

陈牧洲单手开了易拉罐啤酒，把衬衫袖子解开往上折了折，没理她，径直灌了几口冰凉的酒液下去。

很好，不吃醋。

不吃醋就算了，得出的这个结论是怎么回事。

在无人注意到的街对面，有一双眼睛，无声盯上了并排站立的两道人影，在便利店温暖的光照下，很是和谐。

连带着镜头一起，他记录下了这些画面。

R.C华际公关部的人最近很头疼。

一般来说,他们工作范围延伸不到陈总的私生活圈,但总有例外。比如陈总这种万年绯闻绝缘体,在最近流言四起的时候,半点也不否认,就说明——身边真的有人了。

对方是谁没人知道,老板藏得挺深。以防万一,他们还是得了解下基本情况,于是问题来了,直接问老板,他会说吗?

肯定不会。思来想去,他们只能去求助林助了,毕竟是陈总身边最近的人,他都不知道的话,别人就更不可能。

林柏在午休下楼时被公关部经理堵住了,被对方明显八卦地打探了一堆后,面露难色地轻叹了口气。

"潘哥,不是我不想说,我这边也不清楚具体情况。而且,您也知道,陈总很看重隐私的。"

潘经理跟他对着叹气:"林助,我也不是要为难你。我们这边,只要确定那位背景正常,不会从媒体那儿捅什么口子就行。其他的都无所谓,毕竟陈总也单身这么久了,感情这事也说不准,过段时间可能就有新的想法了。"

这意思很清楚,谈几个都行,最好别是喜欢出风头、惹祸的类型,白白给人递把柄。

林柏稍加思索:"这点你放心,这方面会很安全。"

因为不能公开恋情而生闷气的那位可不是江小姐,但这种事他怎么能说得出口。

潘经理松了口气。

林柏想了想:"但,我想应该不是短期。"

谷律师拟合同那天,还幽幽感慨了句,陈总想把房子送出去的心情似乎十分急迫,难道谁会拒绝吗?

林柏只能微笑。在江小姐那儿,陈牧洲就没正常过。

前期每一次跟人家见完面,不是不发一言,就是不欢而散,回去之后,第二天眼下的乌青色总是格外明显。

林柏找人都找得头疼。不过也是那时候开始,他就有种微妙的预感,陈总迟早栽人手里。

最近,林柏松了一口气。按理说在一起了,这状态总能恢复到正常值吧。

可惜了——还有点变本加厉的势头。

潘经理的声音把林柏又拉回现实:"林助,那陈总他们那边,应该是暂时不会主动公开吧？"

"现在不会。"林柏确定道，"不过以后这也说不准。"

江小姐不想做的事，陈总是绝对不会做的，但应该也不会罢休。

以陈牧洲的风格，他有的是办法，最后让江小姐自己选择公开。

"邱邱，接着。"江聿梁从餐柜里扒拉出零食来，随手拎起两袋焦糖爆米花扔到沙发上。

邱叶汀从电脑屏幕前抬起头，一把接住，顺便看了眼时间："哎，周宁怎么回事，迟到这么久？再晚去，到时候那款你们想吃的蛋糕都卖光了。"

"不知道啊？我半小时前给她发消息，她说就在附近，快到了吧？"

江聿梁顶着丸子头，靠在餐台前吃薯片，但回答明显有些心不在焉的样子。

她满心都扑在快完成的画上。调色好像还差了点什么，现在的边缘总感觉融合得有点生硬。

邱叶汀："那我再发个信——"

"砰！"

邱叶汀话还没落，就听见门被周宁气冲冲地撞开。

周宁整个人就像裹着火球冲进来，江聿梁反应迅速，立刻倒了一杯冰水递过去："来来，小周去去火！"

邱叶汀找了包牛肉干塞到周宁手里，制止了她对着空气挥王八拳的行为："怎么了？"

周宁咬牙切齿："我再参加几次那种茶话会我短寿十年！全是些没用的八卦，还都是瞎编乱造的东西！"

"说了什么啊？"江聿梁顺口接了句，又从邱邱那儿摸了颗爆米花，张嘴"咔吧咔吧"解决了。

在两人的殷切注视下，周宁突然卡住了。

在沉默中，她们也迅速反应过来。在新款拼色稀有皮的包都能成为一周话题的圈内，最近能让她们津津有味的谈资还能是什么。

自然是陈家那个传奇人物，相当著名的绯闻绝缘体。

要是陈家这位正常谈恋爱，正常公开倒也还好，偏偏就是把人光明正大带到了公司，都没人看清对方是哪号人物。

津津有味地八卦陈牧洲的情况就算了，周宁才无所谓，她跟陈牧洲也不熟,只是杨家那位挑火挑到她跟前来,把江聿梁扯进了这个话题,明里暗里都是嘲讽,什么要不要跟梁家大小姐提醒一下,人呢,要做自己能力范围内的事。还有更不入耳的,周宁实在挑不出能说的,看着江聿梁的眼睛,好几次想要开口,都憋了回去。

江聿梁失笑。

"想不起来就不用说,无所谓的。"

她又摸了几颗爆米花塞到嘴里,耸了耸肩:"拿脚也能猜得到,可能觉得我想睡到他都很辛苦了,或者努力了半天都没上位成功之类的。我们过自己的,跟她们无关。"

江聿梁抬手捏了捏周宁的脸颊,笑眯眯道:"这些都是虚的,只有这个——"她把一颗焦糖爆米花塞到周宁嘴里,"和钱,是真的。永远都不会变。"

邱叶汀也跟风捏起周宁白嫩的脸颊,捏到一半想起什么。

"哎,江江,那你到底睡到了没?"

本来要反抗的周宁立刻停止动作,猛地看向江聿梁,眼里盛满八卦的光。

别的不说,陈牧洲身材看起来是真不错啊!骨架天生就生得好,宽肩窄腰,穿着衬衫都藏不住隐约的肌肉线条。

但他平日禁欲得连袖口的扣子都永远扣紧,这只会——让人更好奇。

江聿梁面对两双热切求知的眼睛:"别问了快走了,再晚去东方那边,下午茶都要变夜宵了,周宁,不是你要吃的吗!"

江聿梁边说,边匆匆钻进屋里,扔下一句:"我换下衣服马上好,你们准备下啊!"

衣服换到一半,江聿梁听到桌上电脑响起的邮件提示音。

她把短袖套好,凑到电脑前看了眼。

她本来以为是广告订阅邮件之类的,但看对方邮箱也不像,标题是句看不懂的外文,正文内容空空如也,只有一个视频附件。

她顺手点开,是段录像,看画质像上个世纪的,离现在至少十几二十年。

镜头乱晃,持着设备的人不知道在干什么,呈现出的画面有天旋地转的效果,什么也看不清,只能分清是黑夜。外加杂乱的背景音,还有一些她听不懂的语言。

十来秒都是这些内容,江聿梁把鼠标移到退出键上,刚要点掉,下一秒就自己抽了自己两个巴掌,眼神恢复了清明。

她靠近电脑屏幕。呈现黑色的画面里只剩她无限放大的面庞,以及她努力镇静的呼吸声。

那是句清晰的中文。

——"我叫江茗。"

茵景东方在 CBD 靠南的区域,是 SCG 集团前两年新建的奢级酒店。

周宁听说行政酒廊最近搞创新,想来尝尝他们开发的新式法甜,但不想一个人来,早几天就跟邱叶汀和江聿梁约好时间了。

她们赶到的时候,下午三点四十分,还不算太晚。

但周宁跟邱叶汀过了旋转门,在一楼厅堂就停住脚步了,两个人靠在一旁闲聊。

"江江搞什么啊,突然说要出去一趟,你说她四点前能到吗?"周宁嘟囔,"要不是她肯定找不到路,我们就先上去了。"

邱叶汀推了推眼镜,有些一闪而过的担忧:"可能有事吧,我总觉得,她脸色有点奇怪——哎,你记得她给我们扫了眼邮件吗?那个发件人叫什么?"

周宁想了半天。

邱叶汀皱了皱眉,刚想说什么,就见周宁跳起来,目瞪口呆地看着窗外。她也转头看了眼,外面停了辆磨砂黑的流线型轿跑。

后座下来一个年轻男人,对周遭的视线浑然不觉,穿一身纯黑的西装,只有袖口镶嵌的黑金袖扣有光折射其中。

日色浮动,从他身上掠过,就像掠过了暗色的海洋。

在内敛平静中,藏着令人心惊又艳光过盛的锋芒。

"我去!"

周宁呆呆地看了几秒,扫到周围的目光,不由得生出一股莫名的骄傲,小声对邱叶汀道:"江江眼光不错,不过他眼光也不错。"

话音没落完,男人已经大步流星地穿过玻璃旋转门,神色冷淡。

SCG 的太子爷刚好下电梯,看到陈牧洲就迎过去了:"陈总!"

陈牧洲跟他礼貌地打了个招呼。

"等我一下。"说完,陈牧洲折返脚步,走到周宁跟邱叶汀面前站定。

"陈总?"

跟周宁比起来,邱叶汀反应得更快一点,有些疑问。

茵景东方也不是准入制的，周围来往的人，圈内谈生意的，都会从一楼经过。陈牧洲这样特地折返，周围人不好奇才怪。

陈牧洲微颔了颔首："邱小姐，周小姐。来这边聚吗？"他问得彬彬有礼，但显然不只是为了客套。

邱叶汀犹疑了一下："是，另一个朋友——嗯，她有点事，等会儿来。"江聿梁跟她们说过，现在不想公开的事。

"你们好好聚，我来买单。"

陈牧洲说，垂眸又似无意问道："她还在路上？"

邱叶汀突然想起什么："对了，陈总，您知道Besian（贝西昂）这个人名吗？好像是他找她。"

几乎是在话音落下的瞬间，陈牧洲神色一凛，抬头轻声道："什么？"

周宁被吓得退后两步，邱叶汀也吓了一跳，镇定下来道："我也不确定有没有看错，你要不直接联系她试试？"

邱叶汀这边刚说完，陈牧洲转身就走，在过玻璃旋转门前，跟人撞了满怀。

陈牧洲戾气满得快要溢出来，被人一撞，延误了时间，眼神更阴冷。对方憷然抬头，那一瞬间，陈牧洲愣了下，神经上紧绷的弦蓦地松了。

江聿梁没看路，不小心撞上人后，抬头正想要道歉，却怔住了。

半晌，她点了下头，在周遭好奇的眼神中，客气恭敬地跟陈牧洲打了招呼，态度就跟遇见投资人金主没有差别，非常标准。

"陈总，好巧。您来这边办公事？"江聿梁望进他眼里，语气恳切又礼貌。

梁铭已经记不清在异国这间公寓待了多久，准确地说，是关了多久。

窗帘透不出一丝光来，没有白天，也没有黑夜。他只能用送饭的频率来判断时间，并想方设法向外界传递信息，但银发管家很快就发现了他的小心思，断了他两天食物，接着送饭送水的频率都不再固定。

在这里的每分每秒，梁铭都忍不住回想过去。

他的妻子江茗，一共来过法国两次，加起来不超过十五天。就在这十五天中，他们家命运的轨道彻底驶向了不同的方向。

江茗本来只是来陪他谈生意的，却在一次工厂参观时，在原料和实验环节，发现了一个惊人的秘密，宗家的原料是通过灰色途径换获得的。宗家上面还有更大的力量在保他们，那股力量远远超出了他跟江茗的想象。能在那时候,打通国内外能源这条线,对方给宗家提供了无数便利,也让宗家的事业走到了新高度。

那次本来有机会跟宗氏合作,最后他们还是放弃了。

梁铭没想到,她从没有把那个秘密放下过,甚至还在第二次来这边时,抽空回到工厂附近,录下了一个口述视频,为了日后做准备。他发现后,第一次跟妻子吵了架,两个人在家里几乎吵翻了天。

梁铭希望她不要多管这些,为了他们这个小家考虑,毕竟对方不只是宗氏——他能察觉到,宗家上面还有更大的力量在保他们,那股力量远远超出了他跟江茗的想象。能在那时候,打通国内外能源这条线,对方给宗家提供了无数便利,也让宗家的事业走到了新高度。

但是他拗不过江茗,江茗那时候给的理由让他无法反驳。

她说:"你看看小聿,你想让她未来成为什么样的人呢?我们做父母的,无法成为正直勇敢的人,却要求她那样去做吗?"

江茗脑子也很够用。她跟梁铭说,他们绝对不能轻举妄动,证据毕竟还不够,就算把这个秘密捅出来,影响力也不够大,而且他们自己这个小家也得发展、赚钱,不能蚍蜉撼大树一样去做这件事。

一切都在他们设想的轨道上慢慢运行,但最终还是冲出了正轨。

江茗去世那一天,梁铭彻底清醒了。

她说的是对的,人不能总靠装瞎活着,对方的肆意妄为已经砸穿了梁铭的底线。他要把江茗想做而没来得及做的一切完成。

梁铭甚至无暇顾及梁聿,给女儿卡里留了足够的钱,他匆匆赶来了法国。没想到,落地的那一瞬间,他就扑到了对方设好的天罗地网里。

以前梁铭只是猜想,给宗家开路供应资源的人,一定是商圈顶层的人物。

现在看来,他的猜想都太保守了。江茗当年拍下的证据视频,对方轻轻松松就能拿到手。

连对方在这边的所谓"管家",都是极难对付的人。看着是管家,派头却不像。

只是听周围人恭敬地称他为"贝西昂先生",梁铭猜他是华裔。不过,Besian这个名字又不像是本地人会取的。

梁铭对他的印象很简单,一头银发,五十岁上下,文质彬彬,人面兽心。

"梁总。"

梁铭眼前的布条被扯开。

他又见到了这位银发管家，说话时，眼角泛起和蔼的笑纹："您考虑得怎么样？贵夫人当年留下的东西，到底在哪里？我们先生一直在等您的答复呢。"

梁铭垂下眼皮，不发一言。

管家也不介意，笑一笑，唠家常般道："梁总处事风格光明磊落，可能不太了解，我给您讲个例子吧。当年我遇到过一个处于劣势的年轻人，应该算是……被家里流放到了这里，他无路可走了，靠要债在17区出了名。我赞同他的做法，效率很高。

"我觉得梁总您是文明人，那不妨玩一玩文明人的游戏，人的耐心是有限度的。"

管家抬手，替梁铭掸了掸领子上不存在的灰："您说呢？"

梁铭偏过了头，咬紧牙关没说话。

管家没再逼问，微微笑了笑，转身离开。

站在巨大的旋转楼梯顶端时，管家从缝隙处往下望去。

他忽然又想起那个年轻人，陈牧洲。

他并不是为了吓唬梁铭编故事，那个年轻东方男人确实存在，Besian还一直觉得可惜来着。

要是不回陈家，他会是一把极其锋利的尖刀。

在混乱的17区街头，那个东方人的名号一度像个魔咒。他在黑暗的旋涡中，大脑仍然像高精度的仪器一样，飞速运转。

Besian曾经坐在车里看到过。

在午夜风回的街道，男人神态平淡，衣角被夜风微微掀起，他面上常留的那种疏懒，像一根极细的银针，扎对了位置，就能让所有与他作对的人气到发疯。

比起宗家，Besian这两年其实对陈牧洲更感兴趣。

想换一下更趁手的工具了。

陈牧洲的软肋不好找，他自然不会贸然出手。要让对方加入自己的阵营，Besian一贯只有一个评判标准——对方的欲望和死穴，在不在他手中。

应该说，之前确实没有。

Besian慢腾腾地下楼，从西装内口袋里抽出几张照片。走到公寓门口时，他借着外面灿烂的午后阳光仔细看了看。

照片上,夜色中的便利店散发着温暖的白光,窗上映出两个人的身影。

女人笑得眼睛都眯起来,仍然抱着吃的没撒手。

男方没说话,垂眸无声地看着她,简直像孤舟在海面上瞥见灯塔。

如果那依恋的眼神是故意演的,那就很有趣了,Besian想。

Besian又似想到什么,抬起头来思索了一会儿,从兜里拿出手机,拨了个电话出去。

"看一下最近回国的票,目的地是新城,对,最早的是什么时候。"

江聿梁本来都习惯了私底下他们的相处方式,搬过来这几天,几乎每晚他都上来,晚上十一点以后才回去。

江聿梁在赶画稿,也没空跟陈牧洲多说话,只要陈牧洲不说话,做自己的事,他们互不打扰就行,她不是那种在绝对安静下才能创作的类型。

陈牧洲确实也不说话,但存在感依旧十分强烈。

他有时候坐在透明茶几旁,有时候在吧台附近,有时候就坐在沙发上懒洋洋地撑着太阳穴,只看她,什么也不做。

江聿梁头都要大了。虽然人很安静,但是个人也扛不住他这样赤裸裸的眼神。

只要她不服,去找他提建议,最后都会以氧气被剥夺、消磨时间而告终。

坦白说,她以前也没想过,亲吻会让人变成液态。就像两摊水,或者其他流体,横在阳光暴烈的沙滩上,挨在一起,因为光与热的存在感太强,会有种接近烤化,又晃晃荡荡的感觉。

他的掌心总是偏凉,又喜欢贴合住她下颌,把她无限拉向自己。

江聿梁被亲得发晕,但从肢体动作中隐约觉察出来,他应该是掌控欲偏强的人。

那时候这种感觉偏模糊。

但现在,江聿梁几乎能确定了。

即使这是他们说好的事,但在没有准备的情况下,陈牧洲看起来还是生气了。

在众目睽睽之下,她跟他还能怎么打招呼?但在问他是不是来办公事的话出口的瞬间，男人的眼神还是有寂然与寒意一闪而过。

江聿梁很少看到他这样的眼神，脊背下意识僵了僵。

但也只有一秒。她现在正为其他事伤脑筋，实在提不起力气来处理更多。

陈牧洲看起来也是来办公事的。

江聿梁不想多耽误时间，陈牧洲沉默的空隙，她冲他又轻点了点头，迈开腿跟他擦身而过。

周围有意无意投注过去的目光，都收了大半。

其中有认识江聿梁的人，知道她是梁家的，跟身边的同行人使了个眼色。

——怎么可能是她，八成是陈总被缠上了。

江聿梁之前为了投资，大庭广众下找陈牧洲，钻到人家车上的事，他们早都听说过了。

想来也合理，毕竟是榕城那种小地方出来的，梁家还不知道未来光景如何呢，都在生意场上销声匿迹那么久了，资金链估计也出了问题。

事实也摆在眼前，如果江聿梁能扒上陈家的边，人家随便漏一点给她，都够她带回家吃三年了。

江聿梁走向邱叶汀跟周宁，提了口气，扬眉笑了笑："等很久了？"

在她开口的时候，陈牧洲已经走到SCG太子爷那边，一行人从西边的VIP电梯包厢离开。

邱叶汀和周宁都下意识转头看了眼，江聿梁在她们面前打了个响指，这次是真失笑："干吗呢？"

两个人都一脸欲言又止。

周宁最先反应了过来："没有，没有，我打过电话的，有留位子，走吧！"

到了行政酒廊，周宁第一件事就是换了个最隐蔽的位置，还好这时候人也不多，过了阳光最好的时候，又还没到夕阳时分。

还没坐下，周宁就把江聿梁拉到自己这边坐下，压低声音道："宝，你跟人家真装不认识啊？"

江聿梁愣了下："没有啊，我们说好的，他也知道。"

她低头喝了口柠檬水，声音轻了几分，隐隐发哑："而且不说，对他也更好吧。"

"江聿梁,你真是榆木脑袋。"邱叶汀食指撑着太阳穴,其余的手指推了推平光镜,声音冷静道,"你刚才看见陈牧洲表情了没?你们真的是说好了?"

陈牧洲甚至都没搭腔。

当然,在周围的人看来,没准他都没记起来江聿梁是谁。想跟他打招呼的人海了去,他也不可能每个都记住。

但是邱叶汀跟周宁知道得更清楚,这事儿没江聿梁想的那么简单。

江聿梁一句话,就把他们之间的距离生生拉了出来。

"说好了。"她食指无意识地在杯口画圈,喃喃道。

整个人魂游天外一样。

"本来也是——"在她们想开口前,江聿梁忽然道,"恋爱这种事,谁也说不清能持续多久,把损失降到最低不好吗?"

"而且,我在想……"她顿了顿,盯着桌面出神了好一会儿。

"如果在查那件事,和谈男朋友这件事之间,只能选一件……"

江聿梁咬得下唇发白,最后还是以尽量轻松的方式说了出来:"我应该还是原来的想法。"

周宁和邱叶汀互相交换了个眼神,周宁伸手揽了揽她,眼圈发红。

虽然她说得轻松,但神情看起来很不好。

"我肯定不能把人家牵扯进来。"江聿梁握住杯口,很轻地笑了笑,"陈牧洲有他的璀璨人生,我们互相路过一下彼此,已经是很了不起的缘分了。"

江茗的事,就好像一根线,扯出来的线团比她想象的巨大无数倍,她的人生可以赔在这上面,陈牧洲的不行。

她们快吃完的时候,行政酒廊隐蔽的门口处,又进来两个人。

SCG 的太子爷小邱总和陈牧洲。

小邱总看起来心情不错,时不时地转身跟陈牧洲说着什么。

周宁坐的方向正对他们,瞬间瞪圆了眼睛,嘴里的食物把腮帮子塞得鼓鼓的还没来得及咽下去。

"唔唔,唔唔唔!"她赶紧拉了拉正颓靡趴在桌上的人。

江聿梁还没来得及爬起来,小邱总已经走了过来,陈牧洲落后他几步,姿态不紧不慢。

"你们就是陈总邀请的朋友?"

小邱总一双桃花眼,今天难得独立干成了大单,高兴地拍了拍桌子:

"以后你们就报我——"

"名字"两个字还没出口,就被陈牧洲打断,陈牧洲温声问道:"江小姐,能出来一下吗,有点事想问你。"

江聿梁撑了下桌子,低着头走出来,垂下的头发挡住了她的眼睛。

陈牧洲很贴心地跟她保持了距离,率先转身离开。

她始终跟在他身后几步的位置,也不知道他拐到了哪里,在深色大理石砖做成的拐角处,她的小臂被紧紧扣住,拉入了无人的角落。

背部被迫贴着冰冷的墙砖,面前就是他,无路可逃。

"江聿梁。"

陈牧洲叫她的名字,虎口卡住她的下颌,强迫她避开的眼神看向他。

"你可能会相信我说的话。"

陈牧洲俯身,无限贴近她,几乎到了睫毛可以相触的距离。

他的语气温柔又带着一丝凉意。

"但我不值得信。

"有一件事我没告诉你。"

他动作柔和地将江聿梁的发丝捋到耳后。

"我是个烂人。而且,你没机会反悔了。"

说完,他居高临下地吻住她,比以前任何一次都疯而凶猛,毫无节制,滔天巨浪般卷过她。

在这一秒来临之前,一切早有预兆。他的沉默安静之下,分明还潜藏涌动着一些其他东西——真正属于陈牧洲灵魂内部,他不愿展露的部分。

当然,不代表展露出来的那部分是假的。只是他把那些更尖锐的、偏暗面的特质牢牢覆盖在静水流深下。

江聿梁觉得有些东西实在说不清楚。

更早的时候,她想象过自己会喜欢上什么人。虽然不知道对方具体的样子,但她很确定,她喜欢更明亮、坦荡、赤诚的人;能让她轻而易举地靠近,不必担心被灼伤的人。

画像模拟一万遍,也不会是陈牧洲。

可谁知道喜欢是这样的,没有章法,无从控制。

她能感觉到,他动了真格,她刚开始挣扎了一下,但很快放弃。

她的睫羽轻微地颤了颤,无声地垂下,不发一言,背紧贴在冰凉的墙上。陈牧洲望进她眼里,霎时僵了一瞬。

江聿梁长了双很亮的眼睛，清澈干净，任何一点情绪都会泄露得很明显。

而此刻，她的眼睛却布满血丝，发红又疲惫。

在感觉到陈牧洲稍微撤出了一点距离时，江聿梁沉默地看向他，轻声道："我想休息会儿，有点累。"

她虽不清楚江茗具体做了什么，但显然，是江茗曾经守口如瓶的事。视频在第四十七秒处戛然而止。

江聿梁知道，自己能收到这个视频，代表江茗想做的事可能没成功，更是侧面印证了一件事——海岛的最后一天，也许根本不是意外。

光是想到这些，就让她觉得筋疲力尽了。

陈牧洲没说什么，只是在她擦肩而过时，忽然扣住了她的手腕，握得很紧，手背用力到青筋微突。

江聿梁侧了侧头，但没看向他，声音有些低："你是来办公事的，别耽误太多时间。"

"耽误。"

陈牧洲复述了一句，忽然轻笑，眼里却半分笑意也没有。

"江聿梁，我很好奇。"

他微微俯身，望着她的眼睛，平静道："对你来说我算什么？空闲时的消遣？可以随时放弃的第二选项？"

时间回到 SCG 小邱总和陈牧洲进来之前的事情。

他们分开后，陈牧洲就和 SCG 的小邱总因公事在周旋。

在这期间，SCG 那太子爷带着点小得意，展示了他们新换的一系列设备，包括公共区域的监控都是超高清的。

陈牧洲让对方调出行政酒廊的部分，刚好江聿梁她们周围没有人，他能清晰地看见她。

画面放大到倍数，陈牧洲无意间瞥到她说的话。监控当然没有声音，但读唇语对他来说，是早年间的基本生存技能。

——"我应该还是原来的想法。"

——"不把人家牵扯进来。"

那一瞬间，陈牧洲连跟 SCG 周旋等待的心都没了，直接敲了合同，径直下到行政酒廊这一层。

江聿梁被他问得怔住。

她看着陈牧洲，眉心很轻地皱了皱，刚想开口说什么，陈牧洲蓦地松开她，大步流星地离开，经过时，掀起一小阵细风。

江聿梁没追上去，她转身往相反的洗手间方向走去。过了快十分钟，她才恹恹地从里面出来，倚在门口的墙上发呆。

手机的信息一直在弹，几乎都是邱叶汀和周宁发来的。

"不用找了，人在这里！"周宁惊喜的声音从不远处传来。

"怎么待这么久？"周宁小跑过来，关切地上下扫视了眼，"江江，你的脸色……"

晚来一步的邱叶汀看出来了，她直接拧开了包扣："我带卫生巾了。"

"不用。"江聿梁吐了口气，撑起一个笑，"没事，就是有点难受。"

周宁皱眉伸手揽过她的肩："站着多累啊，走了走了，赶紧去坐着，我跟他们要杯热的。"

说话间，她跟邱叶汀心照不宣地对视了一眼。都是成年人，有的话压根儿不用说破。

陈牧洲刚才一出现时，脸色沉到人心惊，气场凌厉吓人。连正在兴头上的那位太子爷都被吓到了，小心翼翼地收起兴奋，把人请走了。

九成九是不欢而散。

但周宁和邱叶汀在这方面，完全是站在统一战线的。开玩笑，江聿梁是什么性格、心大到什么地步，她们还是很清楚。现在这种状态极其少见，神魂都不在原地似的。对她们俩来说，先把人安抚好了是首要任务。

周宁给邱叶汀偷偷发了个信息。

过了没一会儿，邱叶汀似不经意地提议道："江江，你晚上想吃什么？这个时期要好好补营养。"

江聿梁发呆地盯着桌面，过了一会儿才抬头，语速慢腾腾的："对不起，我还是想回家待一会儿。"

几乎是在话音落下的刹那，她的瞳孔微震。

家吗？她有了吗？

名叫 LAX 的这家 bar（酒吧）开在新城商圈最寸土寸金的地方，去年才开业。老板背后有 SCG 的高层撑腰，场地、设备、酒水渠道都是城内顶尖的，晚上十一点一过，LAX 附近的街上豪车就跟批发一样。

郑与在 LAX 门口停下，把自己新买的轿跑交给泊车人员。

刚往里走了两步,他又回头,惊奇地瞥了眼一辆静静停在夜色中的黑色Koenigsegg Gemera(科尼赛克超级跑车)。

这车可不好订,国内保有量应该在个位数。

但他认识的朋友里,刚好有一位车主,只不过他几乎没见那人开过。

踏进内场的时候,挑高拉到极致的穹顶,加上射灯晃得人头昏眼花。郑与早都习惯了,顺便拉住熟识的经理:"今天这么热闹?"

他得到回复,说是SCG的邱总今天高兴,要买全场的单,而且还带了位难得一见的客人。

郑与跟邱亦燃也认识,不过前段时间邱亦燃被家里薅回去干活了,现在看来是被家里松绑,重新杀回夜生活圈了。

抱着看热闹的心思,郑与跑到三楼,推开了高级VIP包厢的门,这间的位置、设备和装潢都是最顶尖的,邱亦燃来自己地盘玩,肯定指定这间包厢。

"姓邱的!"郑与拎着瓶啤酒冲进来,兴冲冲的表情僵在脸上。

想象中纸醉金迷的热闹场景没有出现。

黑金底色的装潢沿用到了包厢灯色设计,相似色调下,深色的射灯安静地打在长沙发上。

人倒是有,不过就两位。好巧不巧,郑与还都认识。跟一脸入定、神情呆滞的邱亦燃相比,坐在靠右侧的男人神情要平淡很多,身子微微前倾,指尖的烟雾细细地上升,跟灯色一起笼罩住他眉眼。

陈牧洲这个状态——

郑与脑海里警铃大作。可惜还没来得及反应,就被邱亦燃激动地叫住了:"郑与!"

邱亦燃后悔,真的后悔。

他宁愿去工作一百个小时,也不想在这么快乐的地方陪陈牧洲静坐!

在这之前,邱亦燃只跟正常人在夜店玩过。但陈牧洲根本不需要任何游戏或人,就坐在那儿安安静静地抽烟,也不喝酒。

更不用说人家甚至连话都懒得说,而且陈牧洲这种人,只要存在于此处,场子气压就自动变低。邱亦燃叫人把空调偷偷调高了两次,头都要大了。

他也不是傻子,白天的时候当然看得出来,陈牧洲去行政酒廊找的人,九成九是感情问题。那可是陈总的热闹哎,不看白不看——抱着这种心理,邱亦燃高高兴兴地跟过去。

于是现在就被迫在夜店原地打坐冥想。

"啊,哈哈!"

郑与也无处可走了,陈牧洲抬头看了他一眼,他只能硬着头皮进来了,笑嘻嘻地问道:"这么巧啊,大家都在!"

郑与坐到邱亦燃身边,无声地做了个口型。

——"他怎么了?"

邱亦燃也做了个夸张口型无声回复。

——"吵架!"

郑与蹙眉,眼神在他们之间一转。

——"你们俩?"

邱亦燃翻了个白眼,正要说什么,手机铃声突然响了,是系统自带的铃声。两人还没反应过来,陈牧洲已经倾身从透明桌面捞起手机,望着来电显示,神色阴晴不定。

他迟迟没接。

郑与跟陈牧洲认识这么久,也没见过他这么差的脸色,便小心翼翼道:"怎么了?谁打来的啊?"

陈牧洲没答,站起身来,捞起西装外套就走。

等到包厢门"砰"的一声关上,郑与才忽然反应过来,眼睛瞪得像铜铃,从卡座里跳起来:"他不会在等人家电话吧?他?陈牧洲吗?"

邱亦燃瘫在卡座里:"这不是很明显。"

郑与目瞪口呆:"这是打的第几个?"

邱亦燃不假思索:"一。"

郑与继续目瞪口呆。

邱亦燃捞起面前的一瓶威士忌,若有所思道:"不过,陈总亲自找的得是什么人啊?把欲擒故纵玩这么溜。"

郑与沉思了一秒:"如果是我知道的那个人,应该是出于人道主义打的电话吧,这种招数她可能学不来。"

这次轮到邱亦燃愣住:"哪个?陈总是认真的吗?"

郑与见过江聿梁,还是清楚他们之间的事,毕竟是陈牧洲跟在人家身后发疯。

郑与其实也挺好奇,梁家这位千金怎么会有那么大魔力,但转念一想,陈牧洲就算成功了,连一点想公开的迹象都没有,任舆论甚嚣尘上,估计也就是维持这个时间段的新鲜,不可能真结婚。

郑与便顺口回道:"认真的,但应该就是认真谈谈,不会走到最后。"

她只打了一个电话,就再没有下文。

陈牧洲把车开到路边,又等了半个小时,没等到,油门一踩到底,驶到车少的大路上,轰鸣的引擎声散在茫茫夜色中。

他可以不回 CBD 的公寓,但最后还是鬼使神差地开了过去,反应过来时,已经停到了地下停车场。

上了电梯,陈牧洲盯了按键很久,最终还是摁到现在住的那层。

半分钟后,电梯停稳,陈牧洲靠在原地,没有动作。现在只要摁楼上一层,就能去敲开她的门,怎么能有人没良心到这个地步。

他闭上眼睛,眼前就会浮现出江聿梁,浮现出她垂眼说话的那一幕。

很不公平。她随口一言,就可以让人如坠冰窖,而他束手无策。

陈牧洲知道她更喜欢什么样的人,在她面前,他总是下意识地,把可能会吓到她的东西压进最底部最深处。

他试图让自己显得尽量平静,也尽量温和。那些在黑暗中逐渐清晰的、扭曲的执念,被埋得越深,就越是盘根错节地生长。

在电梯门合上的前一秒,陈牧洲摁下开门键,等走到门口,看见那里蹲了个人。

江聿梁把头埋在膝盖里,滔天的困意已经快要席卷她,在隐约听见脚步声后,她一个激灵,飞快地抬起头来。

"回来了?"江聿梁的声音里有驱不散的朦胧睡意。

陈牧洲垂眸,神色极淡地扫过她。

"有事吗?"

江聿梁撑了把地面,要站起来的当口,手里握着的东西一松,掉到了地上,那是一个方形的小盒子。在它掉到地面的瞬间,两个人的眼神同时落上去。

空气停滞了一瞬。

准确地说,有差不多半分钟,没有人开口。

江聿梁找回声音后,听见自己轻飘飘地道:"我也不知道你喜欢什么牌子,我就随便拿了个,型号也是——

"不对不是今天,今天不行。"

越抹越黑,她到底在说什么。

周宁为什么要塞这个在家里,她又为什么要在手上转着玩。

陈牧洲的视线从地上缓缓上移，凝视着她的眼睛，很轻地翘了翘嘴角，语气却沾着明显的凉意。

"江聿梁，你想干什么？"陈牧洲轻笑，"你怕哪天你突然想走了，提前把该做的都做完，你也没什么负担了，对吗？"

江聿梁嘴角抿得很紧，没有说话。

陈牧洲掌心穿过她脖颈，从后脑勺处托起她，迫使她的眼神没有任何逃避的空间。

"还是说，你真的想做？"陈牧洲问的声音轻之又轻。

他居高临下地俯视她，眼神一寸寸地挪移，像一把浮动的刃，所到之地，让江聿梁有种被剖开的感觉。

陈牧洲不无恶劣地挑了点笑，冷到极点："算了，这是你自找的。进来——"

他一把扣住江聿梁的手腕，把人往里拽。

厚重的大门被指纹解锁的瞬间，江聿梁回拽住他袖口，指尖勾在他袖扣上，轻微地颤抖。

她的力气其实很大，但拉住他的这一秒，几乎没有任何重量。

"陈牧洲。"江聿梁觉得嗓子干涩，试了两次才说出来，"你今天，谈事情顺利吗？"

"应该顺利吧。"

江聿梁笑了笑，但笑得比哭还难看："我这个人运气不太好，据说霉运会传染，万一传给你了，不太好。如果你高兴的时候，我也不想影响你的心情。"

"我今天过得不太好。"

江聿梁沉默了几秒，开口承认的瞬间，泪从眼眶里毫无预兆地滑落，她甚至没力气牵动面部神经去做一个悲伤的表情。

"我见到了从来没见过的她，我很难过。"江聿梁喃喃道。

以为失去是能被习惯的常态，但在视频里看到年轻的江茗时，江聿梁清楚地察觉到，她被击穿了。被残酷的岁月追上，被留存的影像提醒。在这些影像设备中，时间被按了暂停键，在现实世界中，漫长而永恒的失去才是事实。

她觉得这些悲伤压过来，压得人喘不过气，可又不知道该如何妥善地把它分担出去。

谁也没有那个义务，包括陈牧洲。

对她来说，失控是很陌生的感觉，本来不该这样的。

今天他们不欢而散，那时候，江聿梁提不起力气，到家以后思来想去，她不想把矛盾留到明天，等周宁和邱叶汀离开后，她还是下来了。

她本来想找陈牧洲说开，一开始敲门，里面没有动静。江聿梁猜到他不在家，又等了一会儿，给他打了个电话。几声以后没有人接，她又立刻慌乱地挂断了。

白天他离开前，最后望过来那一眼，她几乎不敢在心里回放。

她什么时候变成这么胆小的人了？

在等待的几个小时里，江聿梁想了很多，心乱如麻，最终什么也没有想出来。

她只是隐隐有一种预感，不幸的际遇会发生，并非偶然，所有她想要留下、试图握紧的，最终都会像抓一把沙粒，从手心流走。

看到他出电梯那一秒，江聿梁试图组织语言，可情绪却突然间决堤。

她很少哭。以前也好，现在也好，哭对她来说都不是解压的最佳方式，更不想在他面前这样。

刚开始，她试图快速用手背抹掉，却很快发现是徒劳。

江聿梁想挣开他的，她刚倒退了一步，就被人拉进怀里，额头刚好抵在他肩上。

"想哭就哭。"陈牧洲低声道，"没必要忍。"

江聿梁沉默了几秒，把头深埋进去。

她哭的时候没有声音，只有陈牧洲能感觉到，衬衫渐渐被眼泪打湿。

他抬起手臂，在她背上轻轻顺着。江聿梁生得高挑，平时看起来挺有存在感的，就是偏瘦。

可真抱在怀里，陈牧洲才发觉，她比他想象的还要更瘦些，背上蝴蝶骨微凸，碰着他掌心，却像扎在他心上。

慢慢地，她啜泣的声音开始变得明显，逐渐变成放声大哭。

好像委屈的小孩，忍到撑腰的人回来才能释放。哭到一半，江聿梁突然从他怀里抬起头，仰着脸，泪眼蒙眬地看他："我在这儿会不会吵到你邻居啊？"

江聿梁记得之前在出租屋，稍微有点大的动静都会被找上门。这里虽然是一层两户的格局，但毕竟还有另一家在。

陈牧洲垂眸看着她，眼睛红的，鼻头也红了，额际有几缕被汗水打湿的发丝。

不知道为什么，她这样忽然让他想起狼狈的兔子。

"不会。"陈牧洲用指腹轻拭去她泪痕，淡声道，"隔壁也是我家。"

"噢。"江聿梁乖乖点了下头，边抽泣边低声道，"那就好。"

"哎。"她回过神来，食指往下，指向他西裤口袋的方向，"你手机是不是一直在响？"

之前没感觉，但现在他们这个距离，他西裤兜内手机的振动感很明显。

"没什么事。"陈牧洲轻描淡写道。

看她比之前稍微清醒了些，他便把门拉开，揽着她进来，带她坐到长沙发上。

"你等一下。"陈牧洲说。

江聿梁很少这么乖巧，不乱跑也不乱看，只是坐在柔软的沙发上发呆。他本来想给她弄杯咖啡，看了眼表，时间已经不早了，就泡了杯安神茶，又热了牛奶，泡好麦片一起端过去。

他正想让她选，她却已经蜷在沙发上睡着了。

陈牧洲把托盘无声放在茶几上，去房间里拿了毯子过来，轻手轻脚地帮她盖好。

她在他面前睡着其实是一件很平常的事情，但今天情况不太一样，她是哭累了才睡着。

陈牧洲在沙发旁蹲下来，凝视着她。

近在咫尺。

很奇怪，她已经离他这么近了，在他一伸手就可以触碰到的距离，但依然让他觉得惶恐。

陈牧洲抬手，指尖沿着她眉目的轮廓，慢而轻地勾勒。

他能想象，她笑起来神采飞扬的样子。那时候，淡金的光线洒在她身上，让他很费解，怎么会有人跟这个世界联结如此之深。

世界是不公平的，这点他很早就认识到了。并不单指家庭环境，而是有的人天生是被命运眷顾的，而另一些，生来就被命运之神抛弃。

现在回想起来，那段学生时期最后安生的日子，已经很模糊了。

只有一幕很清晰。榕城的护城河旁，有一座很长的桥，把小城分隔成东西两边。桥有两端，偶尔，陈牧洲能看到走在另一端的人。

那个多事的，加入过战局的人。

是初中生吗？应该是。几年级？不知道。他一点也不感兴趣。

只知道她笑起来眼睛很弯,经常笑到前仰后合,完全不在意形象。有时候快迟到了,她就会骑着山地自行车从桥上飞驰而过。

河水粼粼发光,阳光碎金一样洒下来,她在风里飞奔,像一道白日闪电,击中他,劈开他。

那一刹那,陈牧洲看到几乎失神。

他心里五味杂陈,从没有那样清晰地感知到,什么样的人是被命运眷顾的。学校里那些看他不惯的纨绔子弟不是,他只觉得他们混浊又可笑。

当然,他觉得自己更可笑。守着空无一人的家,等着在煤矿上总也回不来的父亲。那些看一眼就会的题目,嘈杂的人声,不绝的议论,构成了日子的全部。

可她骑车从桥上飞下去的那一秒,陈牧洲忽然察觉到,这就是美好命运在人间的具象化,不被束缚的灵魂,迎接风与光的载体。

而他们之间,只有一桥之隔,但陈牧洲知道这距离有多远。他感到羡慕,甚至嫉妒。

那一幕还清晰地印在他脑海里,转眼却到了今天。

陈牧洲看着面前的人。她疲惫,带着泪痕的睡颜,眉头紧皱,他指尖拂过去,试图抚平。

江聿梁。

看来命运之神还是公平的,一视同仁。

陈牧洲俯身,在她额前落了很轻一个吻。

他这人一向自私。但如果真的可以选择,她就那样一直做被眷顾的人,也未尝不可。要是不行,他就来接手,让她拥有那样的人生。

现在看来,陈牧洲这个人,也算是被命运眷顾过了,从她跟他有交集那一刻开始。

第十章
生机之焰

陈牧洲无声地站起来,走到落地窗边最角落,打开手机看了眼。

七通未接来电,都是林柏打来的,他回了一个电话过去。

林柏那边很快接起,听上去明显松了口气:"您不在LAX啊?今晚达英那边传来消息,之前内阻那个问题已经解决了,新测试方案也出来了,想让您过去看看,那明天?"

"没空,推到下周。"

陈牧洲眼神落到不远处的沙发上,声音降低了几分:"如果是黄友兴能把控的,就让他决定,测试调成功,向量产测试阶段继续推就行。"

林柏难得听到他连工作都推,愣了愣,道:"好的,您这边没什么事吧?"

林助秉持着尽职尽责的心,小心翼翼地问道。

陈牧洲:"没有,想休息几天。对了,你有空的话,帮我着手查个事。"

他转身,垂眸望着夜色中缩小的车水马龙。

"一间工厂,还有背后企业的具体情况。等会儿我把名字发给你,他们在欧洲有分线,那边也一起查。对了,还有两个人的资料。"

林柏听出他语气的严肃,没有多问一句,很快道:"好,我会尽快。"

挂了电话,陈牧洲沉默地望向窗外的夜色。

如果宗奕背后真的还有人,甚至不止一个,有里应外合的人,那宗家这几年的一些不合常理的业务拓展就有了解释。

江茗。

陈牧洲想起这个名字,很轻地蹙了蹙眉头。

虽然只见过一两次,他印象中,她算是睿智而情绪稳定的那类人,笑容很多，也很真诚。从这方面来说，江聿梁大部分性格还挺像她。

这样的人，怎么会做出比螳臂当车更荒唐的事呢。除非她的骨子里就有失控脱缰的因子。理智，但不完全理智，总要在跟这个世界交手时，发狠争个高低，想让乌云散去，自己粉身碎骨也无所谓。

思及此，陈牧洲又回头看了眼沉睡的人。

遗传什么都行，这点最好不要。

江聿梁起来的时候，已经日上三竿了。

迷迷糊糊间，她看了眼时间，下一秒，从沙发上仓皇地掉下来。

"不是吧。"

在意识到这是谁的地盘后，她赶紧掀开衣领看了眼，又长出了口气。

还好还好，没发疯得太厉害。不过家里安静过分，她环视一圈，又试探着叫了声陈牧洲。

没在。得出这个结论后，江聿梁迅速穿好鞋溜了。

今天跟莫申画廊的人约好要交作品，还好现在时间没超过。

她把已经完成的作品装好，打车去了画廊，赶在约定时间内到了。

但这次接待她的不是经纪人，而是老板，对方姓秦，笑容满面地要跟她谈签新合同的问题。

江聿梁思虑再三，笑了笑："我可以回去考虑一下吗？"

秦老板很快道："没问题，你慢慢考虑，如果对条件什么的有异议，我们还可以继续谈。"

江聿梁点了点头："那没事的话，我先走了，谢谢您。"

在她走到走廊拐角的时候，忽然被人拉住了手臂，拽进了楼梯间——对方的美甲做得还挺尖，扎得江聿梁"嘶"了一声，转头的瞬间，她惊愕地瞪大眼睛。

"嘘。美女姐姐，可以帮个忙吗？"对方小声恳求。

同时对方五颜六色的头发也镇住了江聿梁，半晌，她才找回声音，轻咳了一声："你说。"

半个小时后。

"请问，您是小秦吗？"彬彬有礼的男声响起。

江聿梁抬头，是位戴着眼镜很清秀的青年，便应了声："是的。"

她忽然觉得这一幕有点不对。不是说应付下什么新家教老师吗？这怎么那么像相亲呢？

秦昉是做建材生意发家的。年过五十，他把做到可观规模的公司交给专业经理人，专心圆梦，搞起艺术类副业。

到了这个年纪，他只剩下两个大任务。

一是如何好好经营画廊，二是独生女秦好的人生大事。

最近他副业干得顺风顺水，走了大运，拿到了华际八位数的投资。

另一边就没那么顺利了。秦好这次回国，身上又多打了几个孔不说，头发比之前染得更招眼，半红半绿，秦昉看一眼就差点昏过去。

他连夜动用人脉，给秦好安排上了八场相亲。

秦好也不是吃素的，她叛逆期来得晚，也不怕受到经济制裁，被拎到画廊以后，很快找到时间差，然后溜之大吉。

在走之前，她还找到一个帮忙的合适人选。

对方一看就是好说话的美女，高挑慵懒，在听到她可怜巴巴地求饶后，眉间又流露出真切的同情。

在人走了以后，秦好又反省了一分钟，正纠结着要不要留点良心，告诉对方真相的时候，她又收到了一个信息。

来自今天本来要见面的相亲对象，说是今天有事，很抱歉要换个时间。

秦好正好松了口气。那美女到了以后，等个十来分钟等不到人，应该也会自行离开的。

江聿梁是宁愿这辈子单身老死，也绝不会去相亲的那类。

对方自我介绍完姓高以后，诚恳礼貌地问她："请问我可以在这儿坐下吗？"他指了指对面的位置。

江聿梁："啊……"

她不擅长应付这种尴尬场面，但也不可能不让人家坐："坐吧。"

高意从善如流地坐下，有些腼腆地推了推眼镜："您跟我想象的不太一样。"

江聿梁坐立不安："是吗？"

当然不一样，都不是一个人。

想了三秒，她还是决定和盘托出，毕竟那位秦小姐也没说真话。更何况，她要是单身还好说——这位 IT 业的精英，从名字到气质，都是她以前很乐意认识的那类人。

白净，斯文，有礼貌。

高意笑了笑,有些了然:"不过,您是代替秦小姐来的吧?"

听到这话,江聿梁松了口气,也弯了弯唇:"是。我不知道是相亲。秦小姐跟我说您这边是家教老师。"

高意把菜单推过去,失笑:"原来是这样。不过现在刚好是饭点,还是吃点东西再走吧。"

江聿梁刚要拒绝,就听他说:"我也是家里人逼着过来的,本来就是当交个朋友,随便吃一点,时间够了,秦小姐和我都好跟家里交代。"

对方说得诚恳又轻描淡写,江聿梁实在不太擅长拒绝这种斯文又礼貌的人,想了会儿,轻叹了口气:"好吧。"

这里是家以下午茶为主的轻食西餐厅,她接过菜单,点了份看起来上得最快的三文鱼谷物碗。

高意招手叫来服务生,给自己点了份沙拉。

点完餐,他又帮江聿梁空的杯中倒满柠檬水。

"江小姐,您是做哪一行的?"

江聿梁接过:"谢谢,我就随便画点东西,赚点口粮。"

高意眉头轻扬,笑容清澈:"搞艺术的?您好厉害。秦小姐父亲,也是最近开了个画廊。"

江聿梁点点头:"不过,高先生您职业没有变过?"她好奇地问,"一直都是坐办公室的吗?"

高意眉间沉了一刹,很快又扬起笑意:"江小姐怎么这样问?我毕业以后就进了现在的公司,父母也希望我稳定一点。"

江聿梁:"噢,这样。"

她视线垂下,从对方的小臂处一滑而过,又笑了:"没什么,我一直很羡慕能靠一门手艺吃饭的人。而且您应该属于比较聪明的,工作效率也高,平时才有时间去户外运动吧?"

江聿梁食指往下示意,眉头轻挑:"我以前去攀岩爬山,也会磕到那里。"

高意穿了件长袖格子衬衫,袖子挽到手肘。

在手肘的侧下方,有几道旧疤。他手臂撑在桌沿,痕迹只露出来三分之一。

高意点头感慨:"是啊,难得遇到同好。对了,还没问您名字呢,您叫?"

此时服务生刚好上菜,江聿梁往椅子深处靠了靠,微微一笑:"我姓江，江聿梁。"

"江聿梁……"高意嘴里轻声复述着，莞尔，肯定道，"好名字。"

曾几何时，他在异国海岛监督他人办事的时候，也说过类似的话。

在遇到那艘小艇之前，他才知小艇上要倒霉的人叫什么。

江茗，好名字。

他喜欢江，这个字代表的意象令人着迷。

它没有河那么浅薄，没有大海那么壮阔，它只是静静的，深不见底，等着吞噬一切，无声无息，就像他擅长做的一样。

邱家在城东一处公馆包场，办了场私人宴会，名义上是回馈圈内朋友，实则为了庆祝SCG准继承人邱小公子第一次独立搞定合作，还是跟陈家。

邱亦燃这次提前开始轰炸某人。

陈牧洲一开始不接他电话，邱公子就绕道而行，从林助入手，再去找郑与，豁出脸来，就差没抱大腿把人拖过来了。

也不是为了别的，他牛都吹出去了，说肯定能让陈牧洲到场，毕竟是合作对象，要是请不来就不好看了。而且这次，好几家千金都愿意过来，大概也是因为这个消息。

就算陈牧洲已经不是单身，这种场合，说不定能围观一眼他到底找了何方神圣呢，能捂得这么紧。

谁也猜不透是太珍惜了，还是压根儿只是玩玩，为了不麻烦才懒得公开——谁都知道，后者的可能性更大。

功夫不负有心人，邱小公子如愿以偿。虽然林柏提前跟他打过招呼，说陈总估计只待二十分钟。

哪怕两分钟呢，能露个脸也好。邱亦燃看到人到了场内，也就放心地去拿酒了。

等他再折返找陈牧洲时，却发现他周围都围满了人。

比如邱家以前的合作对象之一，秦昉。

邱亦燃走近，听见他正在跟秦好语重心长、苦苦规劝："下次别戴假发了，把头发染回来好不，乖？"

秦好烦躁地抚下裙边："那你能不能别给我安排那些乱七八糟的东西？我不想嫁人，我才多大啊！"

秦昉头疼："那你说，你喜欢什么样的？爸去给你找嘛！你不许再随便找别人顶替你,听到没?还好今天小吴也没去,不然你得给人家造成多大麻烦!"

秦好嘴上都能吊油壶了,她巡视一圈,随意一指:"你要非给我找,就找那样的吧!"

邱亦燃和秦昉顺着她指的方向回头。

男人虽然被包围住,但身形出挑,隐约露出的眉眼透出一种非常强劲的美感来。

圆顶下的水晶吊灯打在他面上,萦绕着魔一般的艳色。

邱亦燃看热闹不嫌事大地失笑,秦昉轻叹一声,扶住一旁的餐台。

秦好却越看越不对,"哎"了一声:"爸,我今天好像才见过这个人。"

秦昉头更疼了:"瞎说什么呢,你什么时候才回来的?你看到帅的都说见过,你梦里见的?"

秦好扶着假发苦思冥想,突然间恍然大悟:"我在屏保上看见的。"

今天求助的那位美女,她开手机查日程看时间的时候,秦好用5.2的视力随意一扫,就瞥见了对方的锁屏照片。

当时秦好还短暂地想了下,这是哪个新出道的美人吗,怎么从来没见过。

而且那张锁屏,与其说是写真,倒更像是随手偷拍。那个美女跟他到底什么关系?难道是传说中的"私生饭"?

秦好正纠结着,对方已经拨开人群,由远及近。

邱亦燃转身,塞了杯酒在陈牧洲手里,强行跟陈牧洲碰了碰,笑嘻嘻问道:"陈总,打算走了?"

陈牧洲没喝,懒洋洋地抬眼,温文尔雅道:"邱总,谈好的事我也可以反悔的,如果下次你再安排这种局,我们没得谈。"

邱亦燃神色微变,赶紧安抚,迅速给他腾出道:"门在那边,陈总您可以去休息了。"

"那个——"

秦好想了半天,还是凑近了他们的谈话,好奇的目光在陈牧洲身上来回扫视。

"您姓陈?"

"好好!"秦昉见女儿凑上去,一个头两个大,赶紧上前想把人拽回来。

开玩笑,好不容易有金主想给莫申投资,对方开出的条件还那么简单,对盈利也没有过多的要求,简直就是天上掉馅饼的事。但现在资金还没到账,要是随便出点什么幺蛾子,今年他的副业资金链就要出问题了,老婆也肯定不会给钱的!

邱亦燃以为又是个为美色所迷的,想起自己刚签完的合约,还有陈牧洲明显不善的脸色,立马紧张地挡了挡:"那个,陈总有家室了!"

陈牧洲扫了邱亦燃一眼。

邱小公子顺势回头,对上陈总些微缓和的神色。

原来如此!

"陈总家里人管得严,秦小姐要不要我的电——"

秦好用手掌挡开邱亦燃的脸,疑惑道:"对哎,真的是你。我看到有人拿你的照片当屏保,好像那种偷拍的,要不要注意一下你的肖像权?"

陈牧洲看她一眼,又轻淡地对秦昉道:"秦总的千金?"

秦昉有些无奈地点头:"对。陈总,实在不好意思。"

"没事。"陈牧洲离开前扔下一句,"如果是秦小姐在画廊遇到的人,很正常。"

江聿梁喜欢瞎拍,美其名曰:搜集素材。

第一次瞥到她拿他照片做屏保那天,开会都开不安生。

秦好想了几秒,乖巧道:"好吧。"

转头,她飞速给今天的美女姐姐打了个电话。响了几声后,对方竟然还接起来了。

"喂,小江姐姐吗,今天真是抱歉——"秦好小声冲着手机道,手一滑摁到了免提。

电话里无奈的女声打断她。

"秦小姐,你要讲点江湖道义的,我这相亲局都持续半小时了。"

秦好难得赔笑:"那说明你们聊得好嘛!"说到一半,秦好突然反应过来,不对啊,今天的相亲对象根本没去。

秦好还没想通这个问题,感觉到阴影渐近,她缓缓抬眼,对上一双沉默的眸。

对方一个字都没说,只是朝她伸出手,要去了手机。

秦好被低压气势压得心慌,赶紧交出去。

陈牧洲接过电话,温声问道:"在干吗?"

江聿梁颇为无奈地叹了口气:"你不知道?相亲啊!啧,不说了人从洗手间回来了，等会儿说。"

说完，电话直接被掐了。

以手机为圆心，半径一米，一片死寂。

但凡带脑子的，都能明白这个绿油油的场景是怎么回事。陈牧洲无声无息地抬眼，看向欲哭无泪的秦昉，忽然笑了。

他把手机扔回秦好手中，慢条斯理道："秦总，我给莫申注资，不是为了让我未婚妻去帮你家相亲的。"

挂断电话的那一秒，江聿梁双手撑着太阳穴，对着桌面发呆。

完蛋了。中途插进来的声音明显是一道男声，还是一道熟悉到骨子里的男声。

对面的确是去洗手间了，但人还没回来。本来她想留个字条就溜的，现在连站起来都没力气了，只觉得太阳穴突突直跳。

江聿梁灵魂出窍到一半，被手机的信息拉回注意力。

是陈牧洲发来的。

算了，伸头缩头都是一刀。她认命地开了锁屏，正准备发定位过去，一道她刚刚熟悉的男声忽然打断她。

"江小姐——你刚刚说，你也对音乐剧感兴趣？"

高意坐回位置，用餐巾纸将指尖的水珠细细擦净，冲她微微一笑："我有 Notre Dame De Paris（《巴黎圣母院》）的票，下个月的，你感兴趣吗？"

江聿梁看着他的嘴一张一合，过了几秒才有些茫然地"啊"了声。

刚才完全左耳进右耳出了，她在想怎么哄人。

"《巴黎圣母院》？"江聿梁礼貌地笑笑，眉眼微弯，笑意却寥寥，"我以前看过好几次，就不去了。"

她音乐剧的启蒙是由江茗而起的。以前江茗出差，会带她在西区看一天的剧。

高意很是进退有度，立马道："好，那以后有好的引进剧目，江小姐也可以推荐给我。"

江聿梁手上无意识地折着餐巾，垂眸轻声道："我母亲以前会带我去看。"

高意蹙眉，轻叹了口气："我很遗憾，抱歉。"

江聿梁折餐巾纸的手一顿，没有抬眼，看不清情绪，嘴角勾了勾。

"没事。"她的语气似是喟叹又似释怀，"我已经习惯了。"

江聿梁语气一转，提醒道："不过，您下午不是还有工作吗？现在来得及吗?"

高意赶忙看了眼腕表,有些懊恼:"我应该设个闹钟。跟江小姐你聊天太愉快了,都忘记时间了。"

他拎起公文包,跟江聿梁打了招呼:"那我就先走了。您有我电话,有事需要我帮忙的话,可以联络我。能在新城认识一个朋友,我真的很高兴。"

高意镜片后的双眸一派诚挚。

江聿梁也跟他挥了挥手,微笑:"我也很高兴见到你。那——再见。"

高意离开餐馆,朝着地铁站的方向走去。在经过两个街头拐角后,在人烟稀少的小道旁上了一辆黑色轿车。

后座上坐着一位一头银发、斯文优雅的人。

高意上来的时候,他正闭目养神。

"Besian,跟您猜的一样。她很聪明,不亚于她母亲。"高意摘下眼镜,随意折断在手心,眼里半分温和也没有。

闻言,Besian笑了笑,缓缓睁开眼。

"你记不记得,宗奕当年派去办事的那个人,差点被江茗说动。如果不是你在附近跟着,那次就棋差一着了。"

高意:"我记得,叫石陇。"

如果不是他上手,行动差点就要失败。

Besian无所谓道:"这次不用这么着急。派人盯紧她就行,别让人出新城。"他微微笑了笑,笑纹从眼角泛开来,"钓大鱼,还需要饵。"

世界上不能被诱惑或威胁的人,还没有出生。无非是筹码够不够多的问题。对于已经身居高位的人来说,要探到他们的底线,反而是更加容易的事。

因为他们已经见过高处的风景了,没人能舍得放开。

把地址定位发过去后,江聿梁走出餐厅等人。

她发信息悄悄问了林柏,他们现在的行程在哪里。浅浅一算距离,她的存活时间还有四十分钟左右。

回了林柏一个"谢啦"和一个哭脸表情,江聿梁正要收起手机,又看见一条弹出来的新消息。

林柏:江小姐,恭喜。

这没头没脑的，什么跟什么。江聿梁一头雾水，如果是别人，她都要怀疑这是反讽了，但林特助不是这种人。

她去隔壁便利店买了一包饼干，红酒巧克力味的，站在路边顶着大太阳吃了里面的三小包。

估计还有十来分钟才能到，江聿梁正考虑着去室内一会儿，就听见不远处隐约的发动机轰鸣声。

江聿梁随意望过去，一辆贴地飞驰的哑光黑科尼塞格Gemera。

这哪是车在地上飞啊，这是钱在飞。也不知道哪家公子哥钱烧得难受，非要出来骚包地晃一圈。

她腹诽到一半，黑色轿跑已经甩停在她面前。

不会吧。

她僵硬地看了眼手机时间，还不到半小时。

车窗降下来，打破她心存侥幸的幻想。

陈牧洲问得平静："相完了吗？上车。"

江聿梁干笑了两声，在周围路人的注目礼下，飞快地钻进了副驾驶座。

Gemera其实是四门轿跑，但现在情况特殊，她就算想坐后座，借她两个胆子也不敢这时候摸老虎逆鳞。

江聿梁系好安全带，尝试开口的第一秒，车已经飞出去，这一下差点没颠晕她。

怎么这么急！

不过陈牧洲耐心没那么好，虽然一路上都不发一言，但没几分钟，就停到了附近一处冷清的地上停车场。

熄火的瞬间，江聿梁飞速解开安全带凑了过去。

在陈牧洲转头那一秒，就见人手心合十抵在鼻尖，小猫一样眨巴着眼睛，既诚恳又可怜："我认错！今天这个绝对、真的，是意外！不是我本意啊，我的心里只有你！如果你不信，我可以给你写三千字检讨，一个重复的词都没有，我保证！"

江聿梁也算是豁出去了。长到这么大，她挨打是家常便饭，求饶是绝对不可能的。

撒娇？压根儿不在她的人生字典里。

她的座右铭是天降猛女，绝不认输。

陈牧洲陷入静默，面无表情地垂眸，看着她鼻尖几乎要贴住自己。

他身子往后,拉出了距离,温声道:"你错了?"

江聿梁点头如捣蒜:"错了错了!"

陈牧洲像是很有耐心,做出一副愿闻其详的模样:"是吗?错哪儿了?"

江聿梁认真回想,仔细回答:"我不该瞎帮忙,不该留这么久,这是一个非常显著的——"

陈牧洲忽然叫了声她的名字:"江聿梁。"

江聿梁一愣。

她认识他以来,第一次听到他用这样轻到像飘浮又莫名带着无限重量的语气叫她。

陈牧洲甚至没看她。车窗漏了一条缝,刺目耀眼的光线洒进来,照在男人睫羽上,像大洋彼岸微扇的蝶翅,无意间扑出一场风暴。

他轻声道:"所有事都有余地。一条路走不通,还可以换条路走。

"有的时候会走到死路上,但等一等,也会有生机。就算是要一个人消失,也有很多办法。结果虽然看上去一样,过程却可能会有上万种。"

陈牧洲垂下眼,解开袖扣,往上挽了挽。

"对我来说,只有一件事没有。"

他转头,望进江聿梁眼里,目光沉然,薄唇忽然微微上翘,放轻声音,一字一句。

"你要相亲,除非我死了。"

陈牧洲的眼睛很漂亮,她不是第一天知道,像是一颗无价的、冰冷的琥珀。

这一秒,她能看得清楚,在最深处,翻卷着燃烧的内焰。陈牧洲没再继续,但也不必继续。

江聿梁能听懂,他讲得已经够清楚。

这种表态很危险,就像一朵花开到最盛就要颓靡,光倒映出它巨大的花影来,有多繁盛就有多岌岌可危,滑在要跌落的边缘。

他好像不是像她一样,只想谈个恋爱这样简单。

而是把自己押在了命运这张无常赌桌上。可是要换什么呢?只换她不离场吗?

江聿梁好一会儿没开口。

等重新开口时,她说:"我来开车吧,我想带你去个地方。"

他们换了座位。

陈牧洲没问一个字，任她一直开，开到了新城郊外的尽头，中间还开了很长一段路过农田的路。

直到停下，她停在了南明墓园门口。

熄了火，江聿梁坐在座位上，盯着前面发呆："你知道新城有几个风景好的墓园吗？四个。本来应该落叶归根的，但我觉得她更想跟我在一起，我又要在这儿待好久，那时候就把她带过来了。

"放在这儿，也是我考察后的结果。"

江聿梁手指绞在一起，低头很轻地一笑："其他的都好贵的。

"我每次来看她，都要在路上走很久。"

她侧头，看了眼陈牧洲，声线低哑下去："我以为，这辈子我不会带别人来看她了。"

江聿梁沉默了两秒。

"不过，我听说经商的会觉得墓园不吉利，如果你介——"她话没说完，陈牧洲已经开门下了车。

江聿梁带着他，一步步走上了山，或者说，充其量算是个小山包。

之前车开过的路，已经算是爬升了。这里最大的优点，是地势的风景十分开阔，足以俯视新城的西南角。江聿梁选的位置在中间偏后，往里走的时候，陈牧洲忽然拉住她。

"你先去跟阿姨说话。"陈牧洲抬手，在她发间柔和地轻抚，"我去买个东西，马上回来。"

江聿梁抿唇，点了下头："嗯，好。"

看着她站定，陈牧洲才沿着他们上来的路折返，走到一半，从山间小路的旁坡拐进去。

被堵个正着的几人面面相觑，但很快，见他只有一个人，互相之间看了一眼，为首的放心地冷笑了声。

"劝你别多管闲事，我们要跟的也不是你。"

陈牧洲解开腕表，眼睛都没抬一下，语气平淡："是吗，还不如来跟我。"

陈牧洲把表随意扔到地上，轻声笑了笑。

没人看清他的动作，只能看见戾气与杀意被平静包裹着，一闪而过。山风悠悠地吹过来，压低了枝芽，也吹起了男人纯黑衬衫的一角。

人本来就没有完全踏入文明世界。在沿用最原始规则的地方，暴力行之有效。

陈牧洲很早就习惯了。

他在那种规则下如鱼得水,就算不回陈家跟那些人斗得死去活来,应该也能在异国活得还不错。

一开始想要踏回来——本来就是因为做了一个梦,他梦到了跃出海面的蓝鲸。

她是个胆小的人。

即使平时刻意不去想,站在这里的这一秒,江聿梁不得不承认,自己是胆小鬼。

没做好,所以不敢来;太忙了,所以不敢来……其实都是借口。

江聿梁抬眼,望向那张她亲自挑选的照片,是江茗刚毕业的时候,在外公家照的。照片上的人穿着海军蓝短袖,半长的发刚刚及肩,笑容明亮、肆意,又懒洋洋的。

以前很多次来,她看着江茗,胸口几乎像被攥住,一丝一丝抽着痛,难以呼吸。

她不止在看人,更像是透过照片看见了久远的那一年,一切还未启程之时。

江聿梁不止一次地想,时间就停留在那时多好,不要跟梁铭相遇,不要有她。但这一次,江聿梁发现那种撕心裂肺的情绪柔和了许多。

她蹲下来,指腹从墓碑上温柔地划下来。

"江女士,我来看你了。

"我很久没来了,但你应该也不怎么想我吧?你在哪儿都能玩得风生水起,我知道的。

"你看,夏天又来了,最近很热,雨也下得少了,是你会喜欢的天气。但我还是觉得太难熬了,我喜欢凉快一点,能下雨,噢,说起这个,你还记得很久以前我们去壹乔那次吗?我当时遇到了个人,你还帮忙了,为了让他进那道门。我们现在很熟,他还挺厉害的,早知道当年跟他多说几句话,你也跟他说两句。"

江聿梁凝视着江茗,江茗也笑吟吟地看着她。

她犹豫几秒,无奈地笑了:"好吧,不只是熟。"

江聿梁维持蹲着的姿势,往前进了几步,跟墓碑凑得又近了些,小声道:"他是我喜欢的人。等会儿来了你也看一看啊,要是觉得不错,晚上来梦里告诉我一声。要觉得不行——晚一点来说吧。你知道的，我都听你的，但这种很难抉择嘛。"

顿了顿，她用手背摩挲了下江茗微翘的嘴角，轻声道："算了，经常来吧。最近你就没来，小气鬼。"

话音刚落，一阵山风袭来。

江聿梁站直，有些出神地望着，墓前的小花都被吹弯，风的回流旋转落在树上，把浓烈的绿一并压低，好似低诉。

她喜欢夏天的原因之一，就因那些鲜活、饱满、热腾腾的存在。

让人感觉活着。

江聿梁视线无意间一扫，注意到了安静站在不远处的身影。

她朝他招手："不过来吗？"

陈牧洲听见她的话，才迈开步子走过来，顺便把手里的浅色花束递给她。

"跟阿姨聊完了吗？把这个给她吧。"

江聿梁有点讶异，低头仔细研究花束："哇，还有洋桔梗。"

青翠的绿色。江茗很喜欢，她觉得那代表着勇气与坚毅。

江聿梁蹲下，把花束放在砖石前，轻拍了拍："妈，这是小陈给你的，嗯，你知道他是谁，我就不再说一遍了。"

陈牧洲沉吟："怎么就不再说一遍？那我跟阿姨怎么介绍自己？"

江聿梁转头，瞪大眼睛："你觉得呢？是什么就什么啊！怎么，我还能说你是我兄弟？"

陈牧洲轻耸了耸肩，眉头微挑看向她："不是你说的吗，暂时不对外说我们的关系。"

江聿梁噎住，无语地指了指墓碑："她还能说出去吗？"

陈牧洲想了一秒："也是。"

沉默了一会儿，他望向江聿梁："你不去周围逛逛吗？我跟阿姨说会儿话。"

江聿梁不服气地轻哼了声："有什么我不能听的？"

陈牧洲点头，神色平淡地转向江茗："阿姨你好，我叫陈牧洲，是——"

"喜欢江聿梁的人。"

他语气偏淡，却像有力的石子投在静然的湖面，泛起涟漪。

江聿梁没想到他会这样说，一下子愣住了，连耳郭都微微发烧。

陈牧洲继续平静地道："跟您随便聊聊。江聿梁今天扔下我，去相

· 218 ·

亲了。"

江聿梁脸红地吼他一声:"喂!陈牧洲!"

"怎么了?"

陈牧洲侧头看向她,好整以暇,语气柔和:"你有什么想纠正的吗?"

现场反思了一遍发现也没说错什么的江聿梁气哼哼地踢走一个小石子,嘟嘟囔囔地走了。

"随便你,我不听了。"

陈牧洲望着她离开,直至目送她走到很远一棵大树下,才又转向墓碑,神色也变得凝重了几分。

"您好。"他轻声道,"请原谅我现在才来。"

江聿梁嘴里衔着根草,靠着百年大树沉思。

她怎么就没好好练过唇语呢,勉强能看清他在说话,但是看不清在说什么,不会一直在说她坏话吧?

她正纠结着,视野里的人回头,朝她的方向无声望来。

今天风本来就不小,刚才江聿梁手机还收到了大风天气的警报。

突然,一阵强劲的风把一切都吹得微微摇曳,包括她的心。

在静谧的景色与流动的山风中,他遥遥投注而来的一眼,似乎包含了复杂的温柔,还有许多她看不懂的东西。耳边只剩风声,还有她心跳如擂鼓的声音。

江聿梁回过神,快走到时,才发现自己同手同脚了,赶忙慌乱地缓过来。

陈牧洲难得没笑她,只在她靠近时,伸手揽过她的肩,像跟孩童说话一样耐心十足:"我结束了,跟阿姨说再见吧。"

江聿梁轻点了点头:"嗯。"她乖巧地对着墓鞠了一躬,"妈,我走了,下次还来。"

陈牧洲无奈地轻笑,掌心在她头顶揉了揉:"行。下次也叫上我吧。"

江聿梁心情明显转晴,满足地转身离开。

陈牧洲站在原地,目光微沉。

今天解决了那几个人后,其中一个昏倒的人手机铃声忽然响起。

他接起来,对方是道有些苍老、带着笑意的男声,听见是陈牧洲,一点也不意外。对方说了很多废话,他本来懒得听,要直接挂断的。

却有另一道虚弱的男声微颤着出现。

——"你到底想干什么?冲我来。"

陈牧洲听着熟悉，但没有第一时间分辨出是谁，只是心里升起一点不妙的预感。

苍老的声音愉快地大笑，电话那端再次传来他的声音。

"陈总，你应该比谁都清楚江小姐的为人。在她看来，梁先生的错，只是太过软弱，于是她就离开了。她的底线不像我们这样的人，总是有转圜余地。

"你觉得，如果她知道陈家在那件事里也有份，她会怎么想呢？"

陈牧洲下颔无声绷紧。

走在前面的江聿梁意识到不对，身边人怎么没跟上来？

"陈牧洲，发什么呆？走了啊！"

"来了。"

陈牧洲说完，跟上了她。

下山以后，他们一起吃了顿晚饭，江聿梁点名要吃的烤肉，饭量比平时好了不少，把选的清酒也一个人喝完了。饭后，她还收集了好几种不同味道的薄荷糖，心满意足地拍拍肚子离开了。

吃得太饱有个坏处，容易困，加上江聿梁又喝了酒，头昏昏沉沉的。一上车，她难得挑了后座，靠在窗户上很快睡着了。

不知道过了多久，江聿梁猛然惊醒，发现停在一个红绿灯前，睡眼惺忪地问："去哪儿？回家吗？"

陈牧洲"嗯"了声，看了眼表："我等会儿要回公司一趟，先把你送回去——"

江聿梁摇了摇头，径直打断他："不用，我看这是松平路吧，都快到总部那块了，你直接开过去好了，我走回去就好。"

陈牧洲刚想说什么，肩膀就被拍了拍，听见她凑过来，声音懒倦："我没跟你客气，走吧。"

"知道了。"

陈牧洲打了方向盘，最后开到 R.C 华际总部的露天停车场，随意找了个角落的位置停好。

叫了她一声，人没反应。陈牧洲松开安全带，下车绕到后门，探身进去，语气放轻了些："江——"

话音没落，就被人偷袭了。

装睡的人手臂绕过他脖颈，把陈牧洲拉下来，在他嘴角亲了很响亮的一口。

江聿梁仰着脸，笑眯眯地说："陈牧洲。"

"我第一次喝酒——"江聿梁"唰"地伸出食指，认真地比了个"1"，眼珠盯着自己食指看，喃喃道，"没有要碎掉（醉了）的感觉。"

陈牧洲没有回她，但她被挤到车座里面了。

车门应声落下，将里外的世界隔出一道银河般的结界。

他俯身过来吻她。第一下是轻而浅的，一触即离，很快，第二下就没有那么温柔了。江聿梁像是被席卷进一场失控的风暴中，深浅她都无法控制，只能任由他去。

迷迷糊糊中，她好像坐在了人膝头上。

看上去她大权在握，实际上，相当没有安全感。

她像是被龙卷风扯进去的一朵云，随着暴风眼摇曳，然后湿润的热带雨季骤然降临，饱满又嫣红地上升，轻柔且混沌地下降。

他掌心温度一路烫到她腰际。江聿梁更加发昏缺氧，肢体纠缠间，牛仔裤兜里的手机滑落，滚到地上，屏幕亮了亮。

陈牧洲瞥过一眼，看到锁屏照片，扣过她后脑勺在耳垂上轻咬了咬，用气音问她："照片换了？"

江聿梁"啊"了一声，有点没反应过来，视线落下去："没有啊，这是锁屏，一直设的这个。"

陈牧洲没多看，想要接着刚才继续，只随意问了句："你养过的？"

江聿梁从他膝头下来，坐到旁边位置上，俯身捡起手机，再度摁亮屏幕给他看："对啊，我们宇杰，好看吧？"

她的语气不乏淡淡的自豪与骄傲。

虽然是夸狗，陈牧洲也不太想浪费时间听，视线从那只边牧的大眼睛上扫过，轻描淡写："嗯。"

电光石火间，男人动作忽然僵住。

"你说什么？"

陈牧洲向来不是什么正人君子。

准确地说，大部分时候，他连基准线都够不到，也懒得够。但在江聿梁这里，很多之前适用的准则一并作废，有条线他迟迟没踏。

因为往她的过去回望，哪儿都有别人的影子，在确定她完全忘掉之前，陈牧洲都不想迈过去，大不了就是多冲几次冷水澡的事。

但反应过来这一秒,陈牧洲大脑难得宕机。他沉默了好一会儿,直到江聿梁伸手,在他面前好奇地晃了晃:"怎么了?"

陈牧洲轻声问道:"它叫林宇杰?"

江聿梁讶异地挑眉:"对,你怎么知道?"

陈牧洲没正面回答,目光若有所思:"你怎么想到要给它起这个名字的?"

如果狗是跟了别人姓,对方远走高飞后再把狗丢给她养,似乎也很合理。

但这狗要真有爹的话,虽然不想承认,还是起了那么一瞬杀心。

江聿梁颇伤感地回忆了几秒,才道:"找人给它算的。宇杰出生的时候我就在了,有它的八字,这是算出来最合适的姓。"

昏暗的空间内,江聿梁也看不清他的表情,只是感觉到男人懒洋洋地靠到了椅背上,听到他轻笑了声。

江聿梁手撑在座椅上,忽地凑了过去,严肃地盯着他:"老实交代,你是不是觉得人家名字很好笑?"

说完,她觉得威胁性不太够,又伸出右手的大拇指和食指,比成手枪的姿势,抵在陈牧洲锋利的喉头,装作凶巴巴道:"宇宙的杰出作品,多有深意,再给你一次机会,坦白从宽,好不好听?"

陈牧洲微仰了仰下巴,一副任她动作的样子,嘴角勾了勾。

"好听。"

江聿梁满意地轻哼了一声:"这还差不多。"

陈牧洲看不得她这样撒娇卖乖,伸手拽了人一把。江聿梁反正重心也不稳,就顺势倒在了男人膝上,耍赖似的。

陈牧洲微凉的指尖在她额上轻点,似是无意间问道:"跟梁总还有联系吗?"

江聿梁没想到他会突然提起这个话题。

这个人已经很久没出现了,不管是在她生活里还是脑海中。当然,要做到后面那点,她还是花费些力气的。

"怎么突然想起问这个?"

江聿梁的声线低了几分,沉默几秒后:"很久没联系了。"

他的指尖换成了掌心,盖在她额际,带有很浓的安抚意味。

"再问最后一个问题。"陈牧洲的音色温淡,"你以前,觉得他是个什么样的人?"

江聿梁不知道怎么回答,但回忆的瞬间她就有种要被侵吞的错觉。

她其实一直在躲避。不回梁家可以,但也可以永远不见他吗?

平心而论,如果没有海岛的意外,梁铭只是个有些忙,但依然对家里还算负责的男人。

他每次出远门,都会精心挑选出礼物,然后带回给她和江茗。十几岁的时候,江聿梁也曾在家翘首以盼,听说他要回来能高兴得跳起来。

江聿梁有些艰难地开了开口:"我——"刚说了一个字,就被陈牧洲叫停了。

"不用想了。"

陈牧洲低头望着她,声线染了几分他自己都难以察觉的柔和。

"还是想想,今天夜宵你想吃什么。"

江聿梁闷闷地"哦"了声。

忽然,她想起什么,猛地坐起来。

"不对,你不——嘶!"江聿梁痛得倒吸了口凉气。她忘了躺在陈牧洲膝盖上这码事,起身的瞬间两人狠狠撞在一起。

陈牧洲眉头深蹙,试图拉开她捂着额头的手:"我看一下。"

江聿梁拨开他:"别看了,不是该去公司了吗?别晚了,快去吧!"

"先把你送回去。"

陈牧洲扔下一句后,从后门下车,上了驾驶座。

江聿梁捂着大包倒在后座上哼哼,这里离他住处不远,来回不到二十分钟的事,她也就任他去了。

等到了电梯口,她坚决不允许陈牧洲跟着她上去了。

"陈牧洲,可以了,我又不是进不去家门!快去忙你的别管我了!"

陈牧洲最后走之前,忽然又回头问她:"你会下方便面吗?"

江聿梁满头黑线:"你觉得呢。我再不会下厨,这种程度不是有手就行?"

陈牧洲笑了笑,眉尖微挑:"好。今天晚上我过去吃夜宵。"

江聿梁也不傻,强行镇定:"好像也没有那么熟练。"

她催促:"你快走吧。"

陈牧洲不置可否,走出几步忽然回头看了眼,见江聿梁掏出手机上上下下地划拉,就知道是在挑夜宵。

他拿出手机给江聿梁发过去两条消息。

江聿梁拿出来看了眼,是陈牧洲发的。

陈牧洲：我期待你的夜宵。

陈牧洲：以及，虽然最近气温偏高，但我也不太想继续洗冷水澡了。

江聿梁缓缓抬眼，对上不远处一双含着笑意的眼睛。

她对着虚空打了一套军体拳，脸色绯红："陈牧洲！快走吧你！别回来了！"

江聿梁闪付后，跨步走进电梯，揉了下发烫的脸颊，平复了心情，才拿出手机，给最近新存的号码拨了出去。

响了六声后，那边才接起。

江聿梁的声音恢复了沉静："秦小姐你好，不知道你还记得我吗？"

秦好那头倒有点提不起力气的样子："嗯，江小姐。"

她回家以后，难得被老秦头关到屋子里反省，连她的 Switch（nintendo switch 任天堂）都给没收了，这日子真是没法过了。

"我想请你帮个忙。相亲对象的资料，可以给我复制一份吗？不用太复杂，就基础的那些。"

秦好的语气充满倦怠："我手上也没有啊。"

"叮！"

电梯门开了。

江聿梁跟要上电梯的人擦肩而过，边走边道："如果秦小姐需要的话，关于相亲的事，我可以试着帮你跟秦总沟通。"

电梯门关上的刹那，江聿梁回了回头，有些疑惑。这里的业主夜跑还要裹这么大遮阳帽？她思索着打开了家里的大门，正当她要发现出什么的时候——她的思绪被秦好的尖叫打断。

"啊——你说真的？你能成功吗？"

江聿梁把手机拎远了一点，过几秒才重新贴回耳边，有些无奈地笑了笑："那我也得先试一试，应该是能成功的。"

毕竟秦总还要跟她签合约，她还是算能洞悉中老年人心理的那类人，让秦好不用再去相亲，倒还算不上什么难题。

挂了电话没多久，秦好把资料飞快地发了过来。

秦好：不过，小江姐你要这个干吗啊？

秦好：不提我都忘了，他今天也有事没去啊？陈总干吗气冲冲的？

看到这条消息，江聿梁握着手机的手不自觉地紧了紧。随后，她心想果然如此，一点也不吃惊。事实上，在见面的时候，她就觉得不对了。

——"我母亲以前会带我去看。"

江聿梁那时候，只说了她跟江茗会一起去看剧。

但对面的第一反应是——"我很遗憾。"

他连求证都没有，顺理成章地就知道江茗已经不在了。

江聿梁靠着沙发腿坐下，拿起一边的平板电脑打开邮件。

映入眼帘的就是一些最基础的资料。

高意，二十七岁，本科、研究生院校都是重本大学，目前职位也跟相亲遇到的人说的一样。

她的视线并没有过多停留在这上面。

她食指快速地划过屏幕，直到对方的照片出现在眼前，戴着眼镜，一副文质彬彬的模样。

但是，完全不是和她见面的人，完完全全，一点都不一样。

这边，江聿梁若有所思地盯着看了会儿，心里定下结论后就出神地想刚才点的外卖怎么还不来，自己是真饿了。

江聿梁拿出感应笔要记录点新发现时，却听见门外铃声响起。

"等一下，来了。"

江聿梁扔下平板电脑和感应笔，顺手抄起皮筋，边扎高头发边朝门口走去。

"不是我说，梁氏跟他老人家又没合作，就算要爆雷，那也是和榕城那边相关的企业跟合作方该头疼。"

郑与坐在沙发左侧，对着林柏小声道，余光时不时扫向不远处的修长身影，对方不发一言地站在落地窗边快十分钟了。

郑与今天本来有投资方面的好消息想告诉陈牧洲，跟林柏再三确认人会回公司，才来这里直接等的，结果气压竟然还是这么凝重。

就因为最近一个放出风的消息——榕城那个梁家被查出了问题。像这种实业上市的企业，有任何一点风吹草动的消息，最终都会反映在股市上。

估计明天开市，梁氏就要表演股价断崖跳水了。

郑与还在絮叨着，就被人打断了。

"林柏。"

陈牧洲转身，平静道："按我之前说的办。"

背后那人并不是想测试梁家。梁铭在他手里，他要怎么处置都行，甚至光明正大地摁死梁氏也可以。

他现在是在探水深，探陈牧洲要搅进来多深，以及怎么个玩法，就和当年在法国一样。

如果这时候陈牧洲有任何动作，跟梁氏沾上了关系，就相当于把弱点主动送了出去。

林柏虽然从来都只是服从，但还是不乏担忧道："您真的确定吗？"

陈牧洲没再回复，转身望向外面的夜色，垂首利落地点燃了一支烟，咬在齿间，眉眼很冷。

郑与仰头靠在沙发上，看不懂暗流涌动的感觉真让人难受啊。

好在林助还是照顾他的，在坐下的时候，轻声提醒道："梁氏是江小姐家的梁氏。"

郑与瞪大眼睛，过了好几秒，他才喃喃感慨道："是岳父啊？"

郑与下意识心虚地看向陈牧洲："我是说，你的岳父。"

"谢谢。"

江聿梁站在门口接过外卖，往里走把其中一份放到餐桌上，另一份拎到了茶几上，又像刚才那样，靠着沙发腿坐在地毯上。

她拿上平板电脑把刚刚看的资料保存好，然后退出去挑了一部下饭剧，想想又拿起手机拍了一张，让小龙虾跟平板屏幕同时入镜。

她发给了陈牧洲：还在加班呢，哎呀好可惜，只能我一个人吃了。

等了一分钟他没回，江聿梁也没再管了，把手机扔到沙发上，戴好手套津津有味地看起电视来。

过了快半小时，手机信息铃声才响起来。

她往后一靠，瞟了眼屏幕，是他的信息，这才把手套卸了，捞过手机解锁。

陈牧洲：早点休息。

江聿梁眉头微挑。没意思，这男人说话真无趣。

但也不知道为什么——

江聿梁用手肘撑着头，盯着屏幕上这四个字出神。

之前一直都没什么实感，但最近是真的，慢慢觉得自己有家了。

就是从这样的细节中习惯的。

吃夜宵也不会想着快点结束，因为还在等人回来。就算没住在一起，也会等他的消息。

不会觉得黑暗太过漫长，因为知道楼下有人在，只要她出声，就能看到他；只要她伸出手，就能握住他。

一阵急促的手机铃声打断了她的思绪。

江津梁回过神，看见来电显示，很快接起："邱邱，怎么这时候找我呀。"

那边，邱叶汀语气少见的严肃："江津梁，你最近几个月联系过梁叔叔吗？"

江津梁愣了下："没有啊，怎么了。"

邱叶汀沉默几秒："你在公寓吗？我现在去找你。"

"嗯，好。"

挂断电话后，江津梁飞快打开浏览器，搜梁铭的名字，没搜出什么新的新闻来，她又果断敲下了梁氏旗下主要公司的名字。

一瞬间，消息铺天盖地。

邱叶汀和周宁是前后脚到的。

邱叶汀先到一分钟，正要关门，就听到连声的"哎哎哎"。

周宁一把扣住门，跟她一起踏了进来。

她们刚踏进玄关，就看见江津梁在开放式厨房正煮着面，动作优哉游哉，神色如常。

周宁看了眼邱叶汀，无声问道："她知道了吗？"

梁家出事了。

梁氏是做实业起家的，现在却卷进了原料风波。最麻烦的是，梁铭人还在国外，不知所终。做生意的圈子说小不小，说大也没那么大，之前江津梁出走梁家的事，有那么几个月，周宁不管在哪里都能听到有人讨论这件事，其中不乏嘲讽与看热闹的。

现在更不用说了。之前的流言蜚语有多难听，现在估计都要成倍地翻。

而且距离邱叶汀给她电话，也过去半小时了，不用想都知道，江津梁肯定上网查到了。

"你们俩，愣那儿干吗呢，换鞋啊。"

江津梁端了一碗面出来，冲她俩皱眉："两位大小姐，是不是要我八抬大轿过去？"

邱叶汀没说话，轻叹了口气，对着周宁无声道："走了，去吃面。"

周宁转向江津梁，换上活泼笑意，双眸晶亮地扑了过去："宝，才多久没见，竟然会做饭了啊！"

江聿梁解开围裙，无奈地笑了笑："你把下方便面也算到厨艺里？香辣牛肉的，各加了两片午餐肉啊。"

周宁："得嘞！"

两个人吃了几口，邱叶汀还是没忍住，抬头望过去，江聿梁正撑着下巴，笑眯眯地看她们吃。

邱叶汀的担忧清楚地写在脸上："你最近先别上网。"

江聿梁直接打断她，做了个鬼脸："知道啦，放心。"

梁铭的事，早都跟她无关了。

从她离开家——不，梁家从那一刻开始就跟她没关系了。

江聿梁在这个时候，其实很想见到陈牧洲，但又有点不想。或者说，不该。

就算她没有接触过梁家的核心业务，但她也敏锐地察觉到，梁家突然有这么一出，绝对是有外力推动的。这股外力是想要给梁铭一个警告，还是想直接毁了梁氏，她都一无所知。

如果说这些都是生意场上的明争暗斗，那也就算了……但如果，这事跟江茗意外背后的力量也有关，那事情就更复杂了。

江聿梁不想把陈牧洲卷进来，更不想在那些流言蜚语里，听到陈牧洲的名字。

跟她相比，陈牧洲处于那个位子，才是真正的牵一发而动全身。他不仅仅是陈牧洲，还是陈家的继承人。

江聿梁非常庆幸，自己做了一个正确的决定。

让陈牧洲对恋情暂时保密。这样无论以后发生什么，对彼此的影响都能削减到最小。

周宁跟邱叶汀本来想陪她，最后被江聿梁打包送到了楼下。

"真的，真的没事，放心吧。"

江聿梁拢了拢被风吹乱的头发，轻松地扬眉："莫申画廊那边，跟我新签的约里，还包括要做的展览呢，到时候都来看啊。"

"那肯定，我跟邱邱在月球都会赶回来。"

周宁上车前又抱了抱她："有事叫我们，我闲着呢，听邱邱的，少上网啊！"

"知道啦。"

江聿梁失笑，看着她俩上车，挥了挥手："付叔开车小心点，到了给我信息啊。"

等车开出一段距离,周宁才摩拳擦掌地掏出手机,杀气腾腾地回复着消息。

邱叶汀皱眉:"怎么了?"

周宁冷哼一声:"明天有个破聚会,一堆闲得没事干的人瞎八卦,本来不打算去的,现在我必须去,看他们敢在我面前怎么编派江江。"

邱叶汀无奈地摇摇头:"你幼不幼稚。"不过她话锋一转,"不会准备自己去吧?加我一个。"

第十一章
以后，多有得罪了

凌晨三点半。

陈牧洲摁到了江聿梁所在的那一楼层，电梯到了，他却靠着栏杆，沉默了好一会儿，才迈开长腿走出电梯。

回来前，他给她发了个信息，她没回复。也许是休息了，也许是根本不想碰手机。

他走到门口，抬头看了一眼角落的监控摄像头，定定地凝视了几秒，才冷淡地收回视线。

陈牧洲抬手敲了敲门。

在变故来临时，人是需要一些独处空间的，这点他比谁都要清楚。但他还是过来了，数不过三秒，门"唰"一下推开了。

江聿梁顶着兔子洗脸发圈，嘴角勾着点笑意："哟，这不是房东嘛，回来了？"

陈牧洲站在原地看她，被她这一幕冲击得有点晃神。

江聿梁扭头就往里走："发什么呆，跟你说啊，就剩两袋面了，我都给宁宁和邱邱下了，你要吃的话只有外卖了。"

身后传来门关紧的声音，还有男人进门的脚步声。

忽然，陈牧洲将一个问题砸过来，而且是什么都不搭边的问题："你有小名吗？"

江聿梁飞快回了一句："小鲸鱼。"

陈牧洲迈开腿走过来，对背对着他的江聿梁说："小鲸鱼，转过来抱抱。"

江聿梁转过身，飞快地钻进了他的怀抱，双手环住他劲瘦的腰。

她已经有些熟悉这个怀抱的温暖了,跟江茗是截然不同,却又有些相似的感觉,是让她能彻底放下很多情绪的拥抱,是没有间隙的拥抱。

陈牧洲掌心拢住她后脑勺,轻之又轻地拍了拍。

江聿梁的声音闷闷的:"谢谢。"

陈牧洲轻笑:"不客气。"

江聿梁在他怀里眷恋地蹭了蹭,无声地长出了口气,胸口窒息的感觉稍微轻了些,也就没管他说了什么。

好在,陈牧洲也没多说什么,没有提问,没有安慰,这样就很好。

主卧的床很大,江聿梁找了个舒服的姿势,像榫卯的一部分,把自己嵌进他怀里,头深埋进陈牧洲胸膛。

她听见了如擂鼓般的心跳声,分不清谁是谁的。

月光从窗外洒进来,清晰地照亮了一小方天地。

"月亮好像灯。"过了几秒,她又轻声道,"要是真消失了,我能习惯吗?"

陈牧洲当然知道她不是在说月亮。

"只有你有答案。

"不过我确定,你要是再乱拱,今天就没人能休息了。"

江聿梁这才后知后觉地察觉到变化。她情绪都被吓跑了一半,撑了一把刚想退出,就被人拽进怀里,紧紧箍住。

过了很久,江聿梁已经昏昏欲睡时,突然听见陈牧洲放轻的声音。

"只要你需要,月亮会一直……一直在你身边。"

江聿梁瞬间清醒了不少。

她能听见自己的心跳如擂鼓。

"问你个事儿,你的证件都随身跟着你吗?"

沉默在两人之间流淌了一会儿,陈牧洲的声音才再度从头顶传来:"户口本那些。"

陈牧洲低声问完,从江聿梁口中得到了肯定的回复。

"那当然跟我了,不然跟谁?"

话刚说完,江聿梁突然意识到什么,有什么事情是需要户口本才能办的啊?

江聿梁没再继续说下去,试图小心翼翼地扭动前行,从他怀里出来,身后的人却直接离开了。

"你……"

她翻身爬起来,却看到男人并没离开,而是站在床前。她不习惯这样的对话姿势,又猜到了大概会发生什么,稍微有些不安地揪住了自己的衣角。

"江聿梁,我叫什么名字?"

陈牧洲俯身靠近,轻声问她。

她真的一头雾水,抱一会儿还能把人抱傻,那还了得。

"没事吧你?"江聿梁伸手探了探他额头。

看到陈牧洲似乎并没有开玩笑的想法,江聿梁才收回手道:"陈牧洲啊。你是打算改名吗?"

陈牧洲微微后撤了一步,单膝跪下,看向她的眼神几乎有些虔诚的意味。

陈牧洲的声音低沉偏哑,下一秒,却叫人想起黑暗中翻涌的海。

"江聿梁,我见过你,很早很早之前。

"生命就像公墓一样,至少我的是这样。活着的每一天,都需要找个可信的理由,才能说服我自己,继续吧,至少别停在这里。

"可是你不是的。无论我什么时候看见你,你就自然地成了一个理由——一天为何值得过,生命也没那么差的理由,我——"

陈牧洲的声音越说越低,顿了一会儿,才把中断的话说完:"不需要再找理由的理由。"

真难。试了才知道,要坦陈这些,甚至都很难找到合适的语言作为载体,传递幽微绵长的一切。

陈牧洲望进她眼里,轻声叫了她的名字。

"江聿梁,你——"

江聿梁忽然打断他的话,低声问道:"你很喜欢我吗?"

"我是喜欢你,你知道的。如果是你,我可能可以接受,跟一个人一直生活在一起。

"但如果喜欢会带来坏运气呢。"

江聿梁笑了笑,笑意浅淡:"跟我结婚,可不算是个好选择。"

只谈恋爱当然好。体验轻松、新鲜、快乐的一切,想分就分,没有任何需要瞻前顾后的东西,而结婚则完全相反。

陈牧洲听她说完,无声地握住她垂在膝头的手。

"是吗?

"可这是我活到现在,能遇到的,一个最好的选择。

"而且这么说,也该是我问你。我们在一起,可能会发生很多事,我身边眼睛太多,危险也不少,我会尽最大的努力,但也许会有我顾及不到的地方,如果是这样,你要不要——"

陈牧洲的声音轻到像一捧雾。

"允许我来你身边……我们结婚吧。"

江聿梁没说话,过了好一会儿,她才挣开他的手,俯下身姿把脸深埋了过去。

陈牧洲看到她肩膀微微抽动,听到小声微弱的抽泣声。

他愣住了,第一次有些无措,是因为他的求婚吗?

陈牧洲刚想说不答应也没什么,就见江聿梁抬起头来,望着他的双眸湿润又有些发红:"那,我现在是不是算有家了?"

"嗯。"他轻声应了一句。

"那就结。"

江聿梁的拳头砸在手心,一锤定音地下定决心,眼里冒起熊熊的小火苗:"可能困难也会比较多,但是办法总比困难多,你说对吧?"

陈牧洲定定地看了她一会儿,忽然失笑,她这情绪怎么来去如风的。

"好,按你说的办。"

陈牧洲并不是喜欢回头看的人。

已经注定无法攥到手里的东西,再好他都不会看,像是跟养父一起生活时的回忆,或是类似的存在,做梦梦见了,倒像是一种惩罚。

但现在,梦不再是惩罚了。

在生活还没有被陈家打扰的时候,有一次新年,他跟养父一起上山,去常去的寺庙求个平安。

前一晚他熬了个通宵,寺庙的人便借了他房间,让他在下山前好好休息。

养父以为他一直在睡觉,其实没有。

进院落后,他便发现隔壁的门只拉上三分之二,地板上四仰八叉地躺了个人。

陈牧洲本来没想理,自顾自地走向屋子,却在进门时脚步忽然僵住。

躺着的人好像有点眼熟,陈牧洲转个方向走到隔壁屋门口仔细看了看,的确是她——梁聿。

之前她脸上落下的青紫痕迹都好得差不多了。

他见过她好几次了,但没有见过她这样,这么安静睡着的样子。

她双眸微合,睡相娇憨,看起来像某种吃饱喝足、惬意打滚的小动物。晨光熹微从窗棂透入,照出她睫毛投下的细密阴影。

陈牧洲无声看了会儿后,抬手帮她把门关紧,转身走向了自己的屋子。他试着休息,但是太难了,墙壁很薄,他能清楚地听见隔壁的动静。

即使在休息,她人也不安分,打滚的声音,脚不小心踢在桌腿上的声音,低声呼痛的声音,一点一点,细密地渗了过来。

心绪如涟漪般荡开。陈牧洲坐在墙边,仰头靠着,闭上眼睛,喉结微动。那一天的所有动静,都如同海啸的余音在他心上肆虐。

坐了不知道多久,他起身拉门准备离开时,隔壁的门竟然也刚好传出响声。

陈牧洲退了一步,直接退回了屋里。

他没有跟她打照面。

养父回家的路上很高兴,黑黢黢的面上都透出喜悦来。

说了很多,新的老板、投资者之类的,但陈牧洲只听到一个熟悉的姓,原来跟养父交谈的人是她母亲。

一看就知道跟他们不是一个世界的人,但不知道为什么,剩下的回程路上,陈牧洲不受控制地想起那个画面。

少女从木质阶梯上蹦下去,暴烈的阳光从树梢缝隙间穿过,如同碎金一般笼住她整个人。

令观者头晕目眩。

那晚,陈牧洲就梦见了这样的她。

江聿梁虽然经常有拖延症,但在真想做的事上,她通常都是实干派。

陈牧洲就更不用说了,无论公事私事,效率都是出了名的。

两个人也没怎么睡,等到天亮民政局上班,赶头趟就把事办了。

出了办事大厅,站在太阳底下,江聿梁冲着阳光的方向举起证,仔细研究了半天。

陈牧洲慢悠悠地跟在她身后。

"陈牧洲。"

江聿梁忽然叫了他一声,转过身冲他扬了扬手里的红本,眉头轻挑:"以后,多有得罪了。"

阳光穿过盛夏的树缝，落在江聿梁眼角眉梢，洒下了一片梦似的光，照出她懒洋洋又有点小得意的神态。

陈牧洲看了好一会儿，才迈开步子朝江聿梁走过去，站定，俯下身，眉眼深邃，笑意直达眼底："多多指教。"

江聿梁望着他眼睛，笑得有些得意忘形："我不亏耶，反正我以后还是不会洗碗的。"

陈牧洲拉过她的手，"有洗碗机。"

他让司机十点四十来接，现在还差十分钟。

他们踩着人行道的树影散步，江聿梁问题多得要命。

"做饭可以还是你来吗？"

"你除了方便面还有其他菜谱吗？"

"暂时没有。"

江聿梁："陈牧洲，你什么表情？现在想反悔可晚了我跟你说，权利和义务是并行的好吧，你既然有了——"

"有了什么？"陈牧洲很快挑眉反问。

她这人不经激，虽然有点脸红，但还是认真道："有老婆了，就要肩负起艰巨的责任，知道吗？"

陈牧洲点头，轻描淡写似的道："老婆说得有道理。"

虽然她自己说过一遍了，但她还是被这个陌生的词击中了。

她强行冷静了好一会儿，看见深灰色的轿车停在了路边，头也不回地钻了上去。

林柏十一点到总部顶楼的时候，总裁办几个秘书都被吓了一跳。

"林助，您还好吗？"

"是生病了吗？怎么看着那么憔悴？"

"林助现在感冒可不行啊，过段时间陈总不是还有出国的行程吗？"

"对了，我最近有个消黑眼圈的眼霜，林助要试试吗？"

林柏一一拒绝并道谢："没事，只是睡得少了点。谢谢，我不用了，到时候休息一下就好了。"

昨天熬夜的时候，他也有过一瞬恍惚，是啊，梁氏出事，为什么是陈总和他在熬夜？

何况也不是要出手救梁氏，只是要在即将到来的舆论旋涡里，捞出江小姐，公布他们的关系，暂时转移那些混乱的视线和关注点，也好名正言顺地保护她。

简单来说，陈总应该是只想帮江小姐，不是出手管梁氏。郑家小公子郑与，在陈牧洲走后，还帮着一起出谋划策了。

郑与刚开始还没想通，为什么陈牧洲突然想公开关系。那梁家本来的对手，万一怒火转移，把陈牧洲看成眼中钉了怎么办？

林柏当时就沧桑地叹了口气。

什么陈牧洲不想公布，他可太想了。陈总平时蛮正常的一个变态，在江小姐面前就显得特别"便宜"。

有时候他把不急的公事会直接扔开，或者线上开会。而且每次都是以江小姐在家等做借口，结果最近林柏才知道，回去了也没能住在一起，还隔着一道厚厚的墙呢。

让人真心想发问这是在干什么。

虽然这样说江小姐不太好，但梁氏那个级别或者说能打上交道的，拿到新城来根本不够看的。

从林柏的角度看，只要江小姐想公开，这事就没什么问题。但唯一的顾虑就是——不知道什么原因，江小姐似乎跟宗家有些隔阂。

本来跟宗家就有矛盾了，如果再加上梁家公司，那到时候冲突估计会极端尖锐。

总之，在怎么公开、公开后会不会对现状有影响这事上，林柏算是纠结了一晚上。

最后，林柏还是决定劝老板再继续观望一下事态发展，总觉得有哪里不太对。

林柏熬了一个通宵，好在一想到陈总只会比他更清醒、更辗转反侧，林柏就会有一丝欣慰，至少不是他一个人在战斗啊。

顶着黑眼圈进办公室前，林柏深呼吸了一口气，敲了三下门。

"进来。"

林柏推门而入，看到办公桌上没人，陈牧洲懒洋洋地靠在沙发上。

果然也是跟他一样熬了一晚上吧。

林柏走过去："您都没休息吧？怎么来这么早？"

陈牧洲正在翻膝头的文件，闻言"嗯"了一声，抬头刚想说什么，沉默了几秒，蹙了蹙眉。

"你没回去？"

林柏看到陈牧洲也愣了下，随即陷入了沉思。

天,能做上位者果然还是有两把刷子啊。最近都忙成这样,昨晚通宵,面色竟然还这么正常甚至比昨天还更好了。

"你没休息吗?没有就回去补觉。"陈牧洲把文件合上,温声道,"就算要工作,那也得先活着吧。"

林柏嘴角抽了抽。

"我没事。就是想问问您,您还决定按之前商量的那样办吗?"林柏的语气有两分小心翼翼,本来以为陈牧洲脸色会一沉,没想到他脸色正常甚至很轻松。

"不了,要改一下,也不用急着通知公关和媒体那边。"

林柏松了口气:"好,您放心,我还没通知。"

陈牧洲"嗯"了声,从手边拿出张什么,放在面前的玻璃茶几上,指尖在上面点了点,轻描淡写道。

"关系跟之前不一样,要放消息的话,按现在的来。"

一个通红的小本子。

林柏一开始没反应过来,定睛看了看,思绪中断了片刻,顶着空白的大脑:"呃,这是谁,我……"

等等!

林柏倒抽了一口冷气:"这不会是,您跟江小姐的结婚证吧。"

陈牧洲眼睛都没抬一下:"还能有别人吗?"

林柏揉了把脸,语无伦次:"不是,您,昨晚还没有吧?"

陈牧洲抬手指了指腕表,神色淡定:"十一点二十分了,你猜民政局开门多久了?"

合着一大早就去了。

原来,昨晚只有他一个人在为了事业辗转反侧。

"祝您新婚快乐,没事我先告退了。"林柏行尸走肉一样点了点头,还没转身就被陈牧洲叫住。

"这个。"陈牧洲指了指放在茶几上的东西。

林柏回头,看到了一个卡通样式的红包,不明就里:"嗯?"

陈牧洲眉头微抬:"我太太嘱咐我拿的,她高兴的时候就喜欢发,辛苦你收着。"

林柏还第一次听说自己结婚给别人包红包的,不过还是收下了。

"那您替我谢谢江小姐。"

在碰到红包的一瞬,林柏就发现,这还不是一般的厚,鼓得都快撑

·237·

开了。

林柏忽然觉得昨晚到现在的疲惫都一扫而空了，喜上眉梢道："陈总，新婚快乐。祝您跟江小姐百年好合，到时候我会好好打点的，一定以最合适的时机宣布这个事！"

陈牧洲笑了笑："你先回去休息吧。"

天，这结婚的人就是不一样。林柏走之前感动到叹气。

"对了。"林柏临到门口前，提醒道，"陈总，咱们明早要飞榕城，您别忘了。我今晚把航班信息发您。"

虽然这是早定好的行程，不过不出意外的话，林柏猜他肯定忘了。

果不其然，陈牧洲眉头深深蹙起："明天？"

林柏点了点头："对，如果是其他公事我可以往后推，但您要我查的那件事，找到关键人了，我想只有您亲自去问，效果最好。"

"我知道了，航班改到明天十一点吧。"

林柏忙道："没问题。您先忙。"

办公室的门关上后，空荡荡的房间里只有中央空调细微的声响。

陈牧洲盯着茶几上的结婚证看了会儿，俯身拿过。

照片上的江聿梁笑得神采飞扬，两个人的肩头挨在一起，其实他都有些不真实感。

陈牧洲轻叹了口气，现在世道是这样的。一个人如果生活中发生了好事，比如赚钱、彩票中奖、买房子，或者画出一幅超级牛还能卖出高价的画，那最好就是捂得紧紧的。

谁都不要告诉。

江聿梁深谙这点，她当然不会蠢到把这件事公开。但问题是，一件事太快乐，也不能光自己揣着啊！

她第一时间就想到了周宁和邱叶汀，江聿梁并没有瞒她俩的打算。

在街边快乐地溜达了三圈后，她喜滋滋地买了根巧克力味的雪糕，靠在电线杆旁边打了个电话。

周宁没接。

邱叶汀接了。

"喂，邱邱，你在哪儿啊？我给周宁打电话她没接啊！"

邱叶汀轻咳了声，才回答她："你在忙吧？今天画不是截至——"

——"哎，是江聿梁吗？她都给你打电话了，让她也过来呗。"

——"谁？梁家改名那个？"

——"对啊,你跟周宁都在,就不见她,你们替她说什么,让她自己来聚呗。"

邱叶汀的声音被打断,周边的背景音里传出几道不太和谐的声音。

有陌生的,有熟悉的。

邱叶汀很快捂着手机声筒,去了一边更安静的地方:"喂,江江,刚才我那边有狗叫,吵了点。"

江聿梁了然地笑了笑,问:"你跟周宁一起去了那个酒会?常霖攒的局吧。"

常霖跟杨总的女儿杨期然很熟,会请周宁过去,自然不是因为关系好。

"嗯。"邱叶汀不好意思地应了声,"我刚才应该出去接的。"

江聿梁叼着雪糕:"我又没事,你把地址给我呗,人家不是邀请我了吗?"

邱叶汀稀奇地"哎"了一声:"你确定吗?你知道常霖是谁吧?"

二代圈子里的 party animal(派对狂)。

因为有常家做后台,相差一岁半的堂妹常曦在娱乐圈有一席之地,常霖人脉多,事也多,跟周宁从小见面就跟斗鸡似的,两个人互相看对方不爽,不过常霖还没有吵赢过周宁,这次也是看周宁老护着的人,也就是江聿梁失势了,才看热闹不嫌事大地把周宁叫过来。

江聿梁笑了笑:"我知道啊。没事的,把地址给我吧,我去接你们,有个事跟你们说。"

她才没有要深入聚会的打算,只想把周宁和邱叶汀拉走,再跟她们分享好消息,要不然都憋到快爆炸了。

不过显然,江聿梁低估了别人对她的关注度。

聚会在一个私人老宅。

江聿梁上了二楼以后,本来想在门口给邱叶汀打个电话,结果很快被人认出来。对方从她后面绕过来,不可思议地捂住嘴:"哇,梁聿,你真的还没进局子。"

江聿梁无声地后退了两步,笑了笑:"是啊,你要没事,帮我把周宁叫出来。"

结果人家根本没听她说完话,惊异地冲着众人喊:"梁聿真来了!"

江聿梁还没反应过来,门已经迅速被人打开又合上。

是周宁。

周宁后背紧紧压着门,瞪大眼睛看着她:"你怎么还真来啊?"

江聿梁耸了耸肩:"没有啊,邱邱叫我了,不行吗?"

周宁长长地哀叹了一声:"不是,怎么偏偏这个时候,以前都还好说啦,现在她们就等着看你笑话呢。"

她之前嘴太毒,嘲笑江聿梁的全被她顶回去了,但她也不好意思开口向江聿梁解释。

"没事的,放心吧,她们又不是洪水猛兽,还能吃了我?"江聿梁轻笑了声,抬手拍了拍周宁的肩,"邱邱跟我说过了,我知道有谁。"

周宁万般不愿地挪开了,江聿梁随即推门进去。

"邱叶汀。"

虽然有很多道投注过来的目光,不过江聿梁并没有在意,只是冲着斜对角的人招了招手:"走了。"

她踏进来的瞬间,衣香鬓影的场面定了一瞬,很快又响起轻笑声,不知道谁问了句。

"梁聿,你改名字以后,还是第一次来玩啊。看来我们霖姐还是有面子嘛。"

"对啊,梁聿,我们都不好意思给你发消息,你说那个新闻出来以后,我爸都担心地问我,你自己在新城混的这两年,还好吧?"

"混得挺好的呀。之前聿姐不是想跟我爸借资金吗?但是也不需要我爸帮忙,就有人帮聿姐了。"

杨期然突然笑吟吟地插了句话。

"你是说陈家吗?但他们一年投资那么多家哎,我哥去年也拿到陈氏底下的投资了。"

"人家跟你不一样吧,我看梁姐是不是认识陈氏一把手啊?之前不是有照片吗,梁姐你目送着人家车走呢。"

"哇,真的吗,我也想认识一下陈总,有没有联系方式啊?"

"你想要吗?"江聿梁忽然开口,有些好奇似的问道。

"想要的话没问题啊,但是我也没有内线,只有华际的,你可以打到办公室再转。要吗?"江聿梁转身,从路过的侍者托盘上取了杯酒,抿了一口,笑眯眯道。

"我听人说,陈总最近有要公开的女友了,好像还是未婚妻。"

常霖的声音冷不丁冒出来。

她看向江聿梁,有些可惜地叹了口气:"也不知道那种人会跟谁结婚，但是这种事上，努力是没什么用的，我妹心心念念那么久，肯定是没戏了，梁小姐，你说是吧？"

江聿梁循着声源望过去，看到一个精致又甜美的女人，打扮得也很大方贵气。

江聿梁勾唇笑了笑，无奈地耸了耸肩："确实，可能还是要看缘分的，我相信常小姐会有属于自己的缘分。"

她浅淡懒散的样子，让在场的人都有些面面相觑。

"那么，还有其他想问的吗？"

江聿梁无所顾虑的将视线一一扫过在场的所有人。

"邱邱、周宁走了。"

站在另一边的邱叶汀飞奔过来拉着周宁就飞扑向江聿梁。

"江江，走吧。"

余下在场的人都怀疑看到的新闻难道是假，梁家明明就上了财经版新闻，他们家也就只剩梁铭跟梁聿了。

如果梁铭真的出事，转移财产跑到了国外，那矛头自然就会指向梁聿啊！她怎么还能气定神闲成这样？

"我真的要笑死了，江江你真的好牛。"

一出去，周宁就笑倒在邱叶汀的肩头，笑得眼泪都出来了："之前不说，真的是对的，到时候我一定要亲眼看到她知道你跟陈牧洲关系的时候是什么表情！"

"先别说这些。"邱叶汀颇为头疼地看着她，"江聿梁，你怎么想的？什么叫鸿门宴你知道吗？她搞游艇局你就去啊？到时候那里的人可不像这边一样，随便说两句就完事了，那种局上面坏人很多的。"

"别担心了，我是想去看会不会有消息。"江聿梁轻声道，"我爸可能没去国外，我是这么觉得的。"

梁铭可能有无数弱点，但是畏罪潜逃，江聿梁觉得他不会。

"你……"邱叶汀刚想说话，就被江聿梁打断了。

"被你们打岔打忘了，我今天找你们是有事的。"

江聿梁朝她们俩伸出手，笑眯眯地说："你们该给我红包了。真对不起，我是第一个，想要个红包图案漂亮点的！"

"什么啊？"

周宁和邱叶汀一头雾水。

"你的展览能办了？"邱叶汀瞬间反应过来，差点没高兴得跳起来。

"什么展览，我又没有长八只手，哪有那么快。"

江聿梁失笑，从随身的包里摸出一个薄薄的红色小本本，在她们俩眼前慢悠悠地晃了晃。

"我看看。"周宁好奇地拿过来，刚一打开，声音就消失了。

邱叶汀凑过头去，在视线望过去的瞬间，人就定住了。

两座雕像靠在一起发呆。

"我要向周宁女士、邱叶汀女士，正式宣布！"江聿梁往旁边的树墩上一站，迎着风张开手臂，"我有家了！"

"这是真的假的？"邱叶汀瞠目结舌地指着结婚证，轻飘飘地问，"这不是你在网上定做的吧？"

"什么啊，我像这么变态的人吗！"江聿梁又恢复早上特得意的状态，"是陈牧洲求着我，我才答应去的。"

江聿梁又冲周宁道："怎么样，周女士鉴定完真假了吗？是不是真的？红包红包红包！"

"啊啊啊啊——"

周宁沉寂过后，突然高声尖叫，一个俯冲挂到江聿梁脖子上："江聿梁！你不会怀孕了吧你！"

江聿梁被勒得满脸通红，邱叶汀见状，赶紧把周宁拖开。

等把人拉开，邱叶汀也腾出来手，拧了拧江聿梁的脸颊，语气温和："你最好从实招来。"

江聿梁正要说什么，突然看见周宁家司机的车停到了跟前，眼睛一亮，赶紧指了指停稳的轿车："我说，但是我们先上车吧，站这儿不热吗？"

她上了车后被两人夹在 C 位，周宁和邱叶汀虎视眈眈地盯着她。

"我没有先上车后补票！"

江聿梁伸出三根手指，做出发誓的手势，神情严肃："绝对没有，他挺忙的，我们见面的时间都不多，怎么可能啊，我自己隔山打牛吗！"

周宁恍然大悟："现在流行跟不怎么见面的人结婚吗！"

邱叶汀没开玩笑，也没揶揄，语气认真地问道："他提的还是你提的？你真的想清楚了吗？"

江聿梁脸上出现了一瞬犹疑，但很快，又变得坚定："想清楚了，是他先问我的。"

周宁也想起了什么,探身紧张地问道:"他有没有带你见律师,让你签什么东西啊?"

手握财富和权势的人,很少会吃冲动的亏,在她们认识的人里,无论几婚,签婚前协议都是必不可少的,无论有多陷入当下那段感情,这点上都是一样的。

只是划清界限倒还好,去年周家认识的一位世交家二叔,跟第三任太太打离婚官司的时候,借合同反将了一军。

周宁一提起来,邱叶汀和江聿梁也都立刻明白过来。

江聿梁摆摆手:"还没有。我们也是昨晚临时决定的,今早直接去了民政局。"

邱叶汀和周宁异口同声惊叫道:"昨晚?"

"他都没好好准备求婚吧!戒指呢?"周宁视线下移,气到失笑,"戒指也没给你准备啊?"

江聿梁却展开双臂,将两个人同时揽进怀里,温柔地晃了晃:"好啦,你们知道的,我对首饰真的没兴趣,而且我本来要还他那个石头,就可以打磨成戒指。重要的是,我真的很高兴,所以想第一时间分享给你们。在他身边,我有种很奇异,又很安心的感觉。"

邱叶汀跟周宁都靠在她肩头,沉默了一会儿后,邱叶汀开了口:"他对你好就行,有什么不高兴咱就把他踹了,我们在呢,知道吗?"

"知道了!"江聿梁失笑,"晚上一起吃个饭,有时间吗?"

周宁忽然高举拳头:"代表娘家人,吃垮姓陈的!"

这下轮到江聿梁笑倒在邱叶汀的肩上,邱叶汀叹了口气:"啧,看你那点出息。"

笑完,江聿梁还是爬起来,掏出手机发了条短信:晚上有时间吗?跟宁宁和邱邱一起吃顿饭。

她还没放下手机,回讯就到了。江聿梁有些讶异地扬扬眉,嘴角却很轻地翘了翘。

陈牧洲回她:好。地方定了吗?

她想了想,回了他一条:我们选好了跟你说。做好心理准备!

这条陈牧洲没再回。

江聿梁也没在意,把手机放回兜里,拍了拍正在狂搜餐厅的周宁:"给你个建议,你可以点酒。"

菜品的价格是有上限的,但酒就不一样了。

周宁瞳孔微震:"对哦!"

在一旁的邱叶汀嗤笑了声,连这点都忘了,还想宰陈牧洲呢。

另一边。

陈牧洲结束了视频会议,垂眼看了眼桌上的手机,自那条信息以后,屏幕就没再亮过了。

餐厅还没选好吗?

他刚想拿起手机回拨,秘书敲门的声音很快响起。

陈牧洲:"进。"

林柏今天回家休息了,进来的是秘书处的艾娃。

"陈总。"

艾娃递给他两份待签的文件,检查了眼日程表便开始汇报:"您下午六点到八点后……"

"五点半以后的日程都帮我取消。"

陈牧洲抬手松了下领带,顿了顿又道:"从榕城回来以后的也一样,推三天。"

艾娃愣住了,老板要休假,在年中这么紧张的时候?

"您确定……"

陈牧洲从椅子里起身,拎起一旁的西装外套,径直往门口走。

他淡淡扔下三个字:"休婚假。"

艾娃:我是不是工作太忙了,幻听了?

周宁不负众望,挑了家各方面平衡得最好的餐厅。简单来说,菜能入口,环境私密,并且酒够贵。

可惜周宁酒量不行,半程就醉倒在江聿梁的肩头了。江聿梁跟邱叶汀交换了个眼神,无奈地笑了笑。

但还没完全扶稳,人忽然又垂死病中惊坐起一般,双目圆睁,食指唰地指着斜对面的男人,中气十足地吼了句:"姓陈的!你要对我们江江好一点,听到没!"

邱叶汀心微微吊起来,这饭吃到现在,陈牧洲都没多说什么,简单感谢了她们的祝贺,安静地回酒、给江聿梁夹菜,就做了这两件事。

要不是陈牧洲平时的脸色比现在冷十条街,邱叶汀都要以为他现在这种平淡的神色是被迫联姻了。

· 244 ·

江聿梁赶紧把周宁揽到自己怀里，安抚小狗一样顺毛："好了，睡觉睡觉。"

邱叶汀忽然起身，用眼神示意了下江聿梁。

江聿梁看了眼包厢内的沙发，了然，随即点头："好，你扶那边。"

两个人把周宁架到沙发上平躺，邱叶汀把带的薄外套盖周宁身上，将要起身之际，无声地拉了把江聿梁手臂，凑近她小声问："你不需要上个洗手间什么的？"

江聿梁刚想说不，突然想起什么，扭头扫了眼餐桌上的男人："我需要吗？"

邱叶汀严肃地点头："我觉得需要。"

包厢里是有洗手间的，但江聿梁还是打了个招呼，飞快闪到门外让服务生带路其他洗手间了。

邱叶汀坐到位子上，缓缓吐出一口气，看向陈牧洲："陈总，我有话想问您。"

陈牧洲垂眸，指节分明的手轻转着酒杯，抬了抬眼："嗯。"

邱叶汀眉头蹙起："虽然我不知道，陈总为什么做出这么突然的决定。江江她只是比较独立，但不代表就只有她一个人，如果您只是觉得她好拿捏……"

"邱小姐，你是什么时候认识她的？"

邱叶汀没想到他会突然问这个，下意识地愣了愣。但陈牧洲似乎也不需要回答，他自顾自地继续说："我认识她的时间，比你想象的要长很多，你和周小姐担心的事情不会发生。"

陈牧洲放下酒杯，微仰头往椅子深处靠了靠，若有所思般陷入了回忆。

头顶流苏般的灯饰发出柔和的光，从男人深邃的眉目上徐徐滑过。

江聿梁在外面转了一圈，推门的时候，看见陈牧洲很快回头追望过来的目光。男人嘴角忽然勾了勾，声音放轻，跟邱叶汀说了句什么。

江聿梁走过去拉开椅子坐下，跃跃欲试："继续喝吗？"她的手刚碰上酒杯就被抽走。

江聿梁飞速扭头，皱眉盯着他。

开玩笑，这才结婚第一天，就要这样管她？

陈牧洲神态自若，把酒杯推到旁边："明天要坐飞机，你还是保持清醒比较好。"

江聿梁沉默了一秒，突然飞快探身，越过他就要取回酒杯："是你要出差又不是我要出差！"

陈牧洲长臂一揽，把人重新按回了座位，声音放低了些："准确地说，我们一起。"

邱叶汀适时拿起了自己面前的酒杯，微微笑了笑："虽然二位可能忘了，但我还在喘气呢。"

晚饭结束后，周宁被周家人开车接走，陈牧洲接了个电话，先行出去等江聿梁，留给江聿梁跟朋友独处的时间。

"江江。"

邱叶汀思虑再三，还是拉了下她袖口，轻声道："你做的决定，确定不跟他说一下吗？"

邱叶汀没有直接点出来，但两个人都心知肚明说的是谁。

比起她的消失，梁铭好像从她生活中消失得更彻底一些。

江聿梁垂眸，沉默了一会儿："有必要吗？"

梁家的情况她半点都不清楚，连梁铭在国外的消息都是从媒体上知道的。

察觉到邱叶汀担忧的视线，江聿梁勾唇笑了笑，拍了拍她的手背，语气轻快："放心吧，有机会的话我也会通知到的。"

一直到把邱邱送回家，车上除了司机就剩他们两人的时候，江聿梁坐在后座，额头抵着窗户，准备全程装睡。但轿车没有马上开，陈牧洲从副驾驶上下来，绕到后座。

车门关上的声音很清晰，江聿梁听得心里微微一跳。随着男人落座，轻淡的木质焚香随即裹挟着夜风笼住她感官。

车很快再度启动。

陈牧洲没说话，但即使是闭着眼，江聿梁也能感觉到视线的存在。最后还是撑不住了，她认输般地叹口气，睁开眼："我们明天要去哪儿？我必须去吗？"

陈牧洲的声线悦耳微沉："榕城。"

江聿梁怔了怔，望进他眼里："要回家？"

陈牧洲接过她话头："嗯，回家一趟。"

江聿梁欣喜还没冒头，又被冰冷的凉意覆盖，虽然是家，但是人都不在了。

江聿梁低着头，没说话，掌心却被人握住。

陈牧洲的指尖温度偏凉,掌心却温意十足。

"既然是家,就要跟家人一起回。"

江聿梁心下一震,抬眼望他。

陈牧洲却只是跟她十指交握,语气懒散:"江聿梁,这次不管你想不想,都必须给我名分了。"

——"她跟我们说,她有家了。"

——"你知道她什么意思吧?"

怎么可能不知道呢。

江聿听到他说那个字眼——虽然她已经说了很多遍,跟好友,跟自己。但再次听到时,依然觉得心都要化成一摊水了。

她曾经有过的,以为永远不再有的,让她感觉活着的东西。

"好。"

江聿梁用只有他们俩能听到的声音小声说:"回家吧。"

自从来了新城以后,江聿梁一直没回榕城,不是不想,而是不敢。

出机场的那一刻,江聿梁抬头看了看极厚的云层,忽然很轻地笑了笑。

"怎么了?"陈牧洲落后她一两步,走到跟她并肩的地方,顺着她视线的方向抬眼望去。

"没什么。"江聿梁想了想,唇边勾着很淡的笑意,"这边不是日照少吗,大部分人皮肤都挺白的,我妈尤其白,但我就不是,每次升学的时候,总有人以为我是外地来的。"

陈牧洲安静地垂眸望着她,没说话。

"哎!不过我要是中学的时候就认识你,"江聿梁的话题转得很快,眼睛倏地一亮,"说不定我们那时候就认识了,不过你肯定很受欢迎!"

她得意地扬了扬眉:"就像我一样。"

陈牧洲失笑:"你还真是不客气。"

江聿梁耸了耸肩:"实话实说而已。"

她话音刚落,司机已经把车开了过来。

江聿梁昨晚其实没睡好,一直在收拾行李,在飞机上也清醒得很,到了车上才有睡意,倚着车窗很快睡着了。

陈牧洲没坐副驾驶,坐到了后座,让她枕到自己肩头,动作轻柔无声。

"陈总。"

司机从后视镜上看了眼，刚想问什么，瞥到男人的神情，赶忙放低声量："去西郊那边的别墅吗？还是金域府？"

陈牧洲："金域府。"

他扔下答案，接了蓝牙耳返："什么事？"

手机响了三次他才接起，声音压到最低。

林柏听出来他的情绪了，但要不是真有正事，谁会没事干在老板婚假时打扰他啊！

林柏清了清嗓子，同样压低了声音，尽量平静地叙述这件事："陈董那边不知道怎么就知道了您结婚的事，好像人已经在回国路上，这次他夫人也随行了。"

陈牧洲"嗯"了一声，音色冷淡："就这样？"

林柏愣了下："是的。如果陈董回公司……"

陈董上次回来，就闹得不欢而散。别说父子情了，陈牧洲连最基本的待客礼仪都懒得给他。林柏自然清楚，那边能忍下，也是因为陈牧洲对陈家的掌控度极高，对方没什么办法。

如果这次陈董拿这件事做文章，会不会借机对陈牧洲不利，林柏也不能确定了。

陈牧洲直接回复了林柏："不需要。什么都不用做，他要想闹，就让他去。"

说完，他直接挂了电话，沉默地垂下眼眉，压下了些极寒的冷意。

江聿梁睡到一半突然一骨碌惊坐起，从噩梦中醒来似的："我们要去哪儿？"

从机场到市区这条路，她曾经走过无数遍，连树木的种类都可以复述。上一次，是她自己走的，从榕城到新城；上上次，是全家人一起，去时三人，回来却少了一个。

江聿梁闭了闭眼，觉得心脏仿佛被狠狠捏住，将她的呼吸也一并止住。

榕城的街景，天色，她不愿回想起的所有。等真的回来了，她却发现，所有细节早已刻入了骨髓，只需要稍勾一勾，它便全从记忆里翻涌而出。

陈牧洲注意到了。

"我们先回去休息，等晚上了，你想出去逛我们一起。"陈牧洲低声在她耳边道，柔和而耐心。

司机彷徨慌乱地又瞟了后视镜一眼。

她开了口，冲着驾驶座道："王叔，能去趟三明路吗？"

三明路在武凌区，离处在新中心区的金域府还有段距离。

梁家以前的住处就在三明路248号。

"要换地址吗？"

司机试探着问了一句，从后视镜上望了眼，实际上也是在看陈牧洲。

陈牧洲却一眼也没看过来，只顾着低声应下她："好，去看一看。"

三明路上都是独栋别墅，248号在偏里的位置，一条林荫道往里，倒数第三家。

从驶入这条路开始，江聿梁就一直望着车窗外，看得出神。

车一停稳，她飞快地开了车门下车。

江聿梁知道，以梁铭躲避惯了的个性，肯定会卖掉这里。

但她还是想看一眼。

果然，看上去就知道是没人住的。榕城本来就不大，梁家出了什么意外，很多人也都清楚。

愿意买这类房产的买家，通常也很在意风水、气运之类的，挂了牌卖不出去也很正常，她已经做好心理准备了，所以面上始终维持着平静。

铁门已经上了锁，前面的庭院从栏杆处一眼就能望见。

江聿梁却蹙了蹙眉，眉心有极淡的疑惑一闪而过。

没人打理的话，杂草野蛮生长也能把这里淹了，可草地和院中的树，却都是打理过的样子。

江聿梁下意识地回头寻陈牧洲，陈牧洲站在她身后，目光平淡地落在她身上。

她难得有些无措，头一次为自己可能猜错而庆幸："是不是他没有卖呢。"

陈牧洲站在原地，回了一句："也许是想保留回忆呢。"

江聿梁目光有些失神，半晌，才轻轻"嗯"一声。

"可能吧。"

陈牧洲的视线越过她肩头，从前院一扫而过，很快又回到她身上。

他迈开步子靠近她。

"不是可能。

"他肯定会留在手里的，这里有跟你有关的回忆，江聿梁。"

他的声音风轻云淡，等叫到她名字时，尾音落得重了一些。

"不会有人舍得丢掉这个。"

249

江丰梁听懂了。懂是能懂，却不知道怎么回应。

她愣了好几秒，才忍着翻腾的心绪问："跟我有关的回忆？是什么，拯救世界的必备密钥吗？"

陈牧洲眉头微挑，眉眼被云层漏下的日光照得很柔和。

他似乎不准备回答，因为答案显而易见是肯定的。

"好吧，那我问你。"

江丰梁转身，沿着林荫道的边沿走着，小心翼翼地保持着平衡："你还记得我们最早见面是什么时候？"

陈牧洲步伐随着她走，听到问题后轻笑了声。

"怎么，觉得简单啊？"

江丰梁扬眉。

陈牧洲侧头，凝视了她几秒，嘴角懒懒一弯："反正，不是下雨天。"

江丰梁刚想说答对了一半，不是医院那天，转念一想，不对啊，就是在下雨天，便竖起右手食指摇了摇："错。"

陈牧洲突然停下，抬头看了眼云际："那就是，很好的一天。"

江丰梁听着耳熟，一想，这不就是她自己说过的嘛，顿时莞尔："你这人，喜欢照抄答案啊？"

散步是件很神奇的事，跟合适的人一起走，时间会不知不觉地流淌过去。

本来看阳光初露端倪，想着走一段就折返，可一不留神，都快到河边了，再走一走，穿过桥就到她中学附近了，那边有很热闹的市场。

江丰梁心情恢复了，就忍不住想带他好好参观榕城，恨不得把最精髓的东西都捧给他仔细看过。

穿过人潮汹涌的市场内部时，江丰梁艰难地扭头解释道："现在好多应季水果，桃子什么的品种真的很好，就是水果摊位那边人太多了，我带你过去！"

陈牧洲的反应让她很满意，他很认真地应下："好，我跟着你。"

二十分钟后，挤到了市场干货区域的小江同志与站在一旁的陈牧洲面面相觑。

"水果应该是西边，我们好像走错了。"陈牧洲嘴角含笑，温和地拨开她额前一缕汗湿的发。

江丰梁震惊地望过去："你怎么知道？"

男人抬手随意一指："进来的时候看到标牌了。"

江津梁出奇愤怒:"那你怎么不提醒我?"

陈牧洲眉头微挑:"有时候这些标牌换得慢,我以为你知道里面的情况。"

"小梁?是梁津吗?"

江津梁扭头,看到一个戴着黑框眼镜、长相亲切中透着丝熟悉的中年人,她只花了两秒就认出了人:"蒋老师?"

对方是她高一高二时的班主任,那时候是整个三中最受欢迎的老师。江津梁当时作为翻墙小能手,屡次被抓到现场,但真正被罚的却没几次,也是因为蒋老师放她很多次水。

蒋老师也很惊喜:"你回榕城了?"

江津梁笑得见牙不见眼:"啊,我才刚下飞机不久。真的好巧,看来还是我跟咱们蒋帅哥有缘!"

蒋老师失笑,无奈地摇头:"你啊,还跟以前差不多,闹腾。这位不介绍一下?"

江津梁看了眼安静的男人,赶紧道:"蒋老师,这是我先生。"

她镇定地介绍完,为了稳定心神,又添了一句:"我们刚结婚不久,老师你到时候记得跟师母来吃喜酒啊。"

蒋老师本来想到了,估计也是男朋友之类的,但一听结婚,又对面前的年轻男人生了一分好奇。

陈牧洲这才彬彬有礼地伸出手:"您好,陈牧洲。"

蒋老师握住他的手,颇为感慨:"能收住小梁,不简单啊。"

江津梁眼睛一亮:"蒋老师,师母呢?你今天别做晚饭了,我请你们吃饭吧,那么久没见了!"

蒋老师刚想摆手拒绝,就见陈牧洲也礼貌颔首:"如果有时间的话,您能赏光是最好的。"

这听起来怎么也不是客套,蒋老师也不再推托,转头给妻子打电话了。

看到蒋老师转身的一刹那,江津梁无声地松了口气。很好,晚上又有事情做了。多喝点酒,能直接睡到第二天。

这气还没顺完,她敏锐地感知到什么,抬头撞进男人一双深邃的眼里,若有所思,又像是将她由甲及外地看透。

江津梁避开他的视线,轻咳了声:"怎么了?你也在想晚上吃什么?"

陈牧洲轻笑了笑:"你选就行,我来买单。"

跟蒋老师一聚，结束的时候已经接近晚上十点了。

江聿梁本来打算喝到三成微醺，演个六成醉，但跟知晓她情况的蒋老师、师母聊着聊着，她就喝多了。

但理智还残存两分。

把老师送上车以后，她直接开始当街耍赖。

"背我。"江聿梁顺着他西裤滑下来，规矩地坐在地上，仰头傻笑。

陈牧洲提醒："车来了。"

"背我。"江聿梁又笑了笑，双眸弯弯地眯起，又重复了一遍。

陈牧洲便没再说什么，蹲下把人轻松背了起来。司机王叔本来想探出头来说什么，车窗刚降了三分之一，又默默升了回去。

江聿梁虽然醉了，又没完全醉死，还是有力气说胡话的。

趴在宽阔有力的背上，她指尖在他背上点一点，哼哼唧唧说了很多。

说蒋老师以前对她多好，她翻墙的技术有多高超，在画室通宵要带什么零食，说为什么没有时光机——把她再带回去一次吧，她会好好珍惜每一秒的。

陈牧洲一直听着。

回到金域府，他背她进了电梯，摁下"27"，但很快，又摁两下取消，摁下了"28"。

这里的户型是跃层，从二十八楼进去，直接能把人送到卧室。

陈牧洲把江聿梁放在玄关处，单腿蹲下帮她穿拖鞋时，她忽然俯下身来，抱住了他的脖颈："陈牧洲，我还是好恨，我什么都没了，除了你。如果我找到了证据，不管是谁，我一定一定要让他付出代价。"

有一句，她却说不出口——即使要让她赔上一切也无所谓，包括这条命。

对方大概以为，她安心嫁给陈牧洲，从此执念也会淡很多。

毕竟有他挡在前面，而他能提供的一切，又是那样甜美的蜜糖，会将她牢牢裹在里面。

那就让对方这样以为好了。

"江聿梁。"陈牧洲掌心轻抚着她后脑，低声道，"你有我，你记着就行。

"不管是什么事，你都可以直接跟我说。"

他扣着江聿梁肩部，拉出一点距离，凝重地望进她眼睛："大事也好，小事也好。比如说,你不想尝试的事,那就慢慢来,我会等到你可以接受那一天。梁总的事也是,你——"

江聿梁再度俯身,用吻堵住了他后面的话。

陈牧洲一开始愣住了,直到玄关的感应灯自动暗下来。他没给她继续穿拖鞋,把人抱起来就往里走。

江聿梁双手环住他的脖颈,腿挂在男人劲瘦的腰际,用唇齿探他的温度。

岩浆不是一朝将人淹没的,它起初只是薄薄一层,沿着地面奔涌,逐渐没过彼此脚脖。

没有人说话,只有被淹没的声响、进犯的声响。

"你记得。"

陈牧洲只来得及补充这一句。

吻的地方一换,感官变得既迟钝又锐利。

她小时候在陌生人那里玩过蛇,那时候还不懂那么多,让那条小蛇小心攀爬过手臂,绕住她的感觉,到如今已经忘得差不多了。

但仍然记得当下那一秒的头皮发麻。犹如此刻,她被丢入深海,下沉,漂浮。

白天的时候,陈牧洲安慰好江聿梁后,她不是没有反应,只是学会了不让人担心。她还是发了那条早该发的消息。

给梁铭的。

江聿梁:我结婚了。

江聿梁:没别的意思,就是说一声。不用回我。

手机屏幕在黑夜中短暂地亮起,又很快灭了。

Besian 的视线从梁铭的手机屏幕上划过。

结婚?

他眯了眯眼,转而看向夜色中的万家灯火。

那个年轻人,最终还是做了这个出格的决定。显然,相当不明智。

无论从什么角度看,对陈牧洲都没有任何好处,他身在局中,不会不明白这一点。

虽然于己方来说是好事,但他仍有一丝可惜,大概就是眼看着利刃的寒光消失,刀刃变钝。

不过,在这个节骨眼上,她还会往梁铭的手机上发信息,看来父女关系并没有他想象中的差。

高处的风总是更劲一些，掠过阳台边缘，Besian的银发几乎纹丝不动，他低头滑开屏幕解锁，在消息框里打下了字。

软肋摆在眼前了，不用岂不是很可惜。

榕城的光照时间不多，像今天这种太阳大方露面的天气，实属难得。

老城区街边有家老梁面馆，挂出了今天要提早关店的牌子，老板娘想早点收工晒太阳。

江聿梁也就提前半小时来报到，照例来了二两面加排骨。

店面虽小，十张桌椅却坐得满满当当。

她环视一圈，走到了角落，靠在墙边，正好候在了一张靠角落的桌椅旁。江聿梁环胸倚着墙角，视线落在对面的电视上。

老板娘停在了财经频道，没换台，她没看清字幕条，但看清了屏幕上的男人，一身纯黑西装，如同吸收所有光色的某类矿石，一出现在机场，便被如同海啸般的浪潮围起来，在记者的长枪短炮下，步态依然不紧不慢，很快消失在VIP通道后。

老板娘兴奋地跟旁边顾客唠了起来，说这可是她看着长大的陈家小孩，小时候就出挑，长大了更不得了了。

老顾客也是熟人了，跟老板娘打趣道，你认识人家，人家认识你吗？

整个小店都热热闹闹的，唯有角落略显冷清。而最边上的桌椅旁，坐在那里的客人忍无可忍地抬头，气得头顶冒烟："你站在这里，别人怎么吃啊！"

宋子路觉得今天真是点背。

某人回榕城只待两三天就算了，走了也不知道把自己的家属带走！

虽然跟江聿梁没见过几次，宋子路非常确定，陈牧洲给自己找的这个老婆，绝对不是个省油的灯。

江聿梁，也就是榕城的——梁聿，她的曾用名，宋子路中学时期听到耳朵起茧。

传闻里就是个刺头，现在一见，表面笑眯眯又文静，其实全是骗人的，嘴毒得要命，感觉随时憋着坏水。

江聿梁耸了耸肩，嘴角弯了弯："我看你快吃完了嘛，就等一会儿，不急哈。"

看到她这个笑，宋子路脑子里断了的弦突然又接了起来。

难道不是在等位子？脑子里顿时警铃大作，宋子路迅速收起空碗，起身就要溜。

但人还没完全起身，就被一股力道摁住了肩头，摁回了座位。

"吃这么点不够吧，再来点儿。"

江聿梁拉开椅子，在对面坐下，抬手又多叫了份豌杂面，微笑道："别客气，我刚好有点事想跟你聊聊。听他说你们关系很好，那你肯定很熟悉他吧。"

陈牧洲原来告诉别人"他们关系很好"。宋子路身心舒畅，不由得骄傲地扬了扬眉："当然，我跟阿恒、顺安，都是跟他一起长大的！"

江聿梁："这样啊。"

她嘴角含笑，轻松转了话头："那你们父辈跟陈牧洲的养父也很熟吧？能跟我讲讲他去世前的事吗？"

宋子路一僵。

陈牧洲委托过他最大的事，也不过是嘴严一点。但陈牧洲没说过，跟他家属能不能透底啊！

很快，宋子路脑子转过来了。如果陈牧洲都没跟她说，那肯定有他的原因，自己肯定不能越俎代庖。

豌杂面是无福消受了，宋子路转身就要溜，从江聿梁拦不到的方向走的，但一步还没迈出去，就听见她声音从背后传来。

"那场矿难里，去世的不止陈叔叔一个人。"

江聿梁轻声道。

"受伤的也不止被埋在里面的人。"

第十二章
望天光

傍晚时分，江聿梁去了两家甜品店，顺着大桥慢悠悠遛弯，看着夕阳的光照在波光粼粼的河面。

她靠在栏杆上看了会儿，拿起手机照了一张，给人发了过去。他这时候应该还在飞机上，十几个小时，这时候估计刚飞到大洋上方。

江聿梁发完刚想收起手机，就见新信息跳了出来。

陈牧洲：先存起来。

陈牧洲：回来再一起看。

她微笑，回了条：大好的休息时间，不好好利用。

话是这么说，陈牧洲会不会利用时间，她心里还是有数的。他在榕城待了不到三天，除了见老友故人，剩下的时间都跟她待在一起。

他们连房门都没出，也没人做饭，饿了就点外卖上门。他跟她一起，安安心心当起了废物。

江聿梁刚走神了几秒，就见消息又弹了出来：等我回来。

江聿梁盯了屏幕一会儿，指尖在屏幕上悬空几秒，最终还是移开了。

她是有想问的，应该说有很多。比如说，这次突然去出差，是不是因为宗家。

跟宗家会对上，是不是因为跟他养父的意外有关系。这次少说也要去一周，刚好过了九月初，宋子路如果没记错的话，过四天就是陈叔叔的忌日了。

他待在榕城的这几天，江聿梁本想直接问他。

但她能明显感觉到，有关这件事相关的一切，他都用巧妙的方式转开了话题，对真正会触及核心的一切避而不谈。

江聿梁能理解，他并不想把她牵扯进来。

但有一点，陈牧洲也许没意识到。从一开始，她就没法把自己择出去了。

江聿梁没再回他信息，抬眸望向远处的暮色。

现在的榕城让她有一种奇异的感觉，熟悉到骨血的一切，和陈牧洲竟然融合到了一起。

记忆里拐个街角就能去的市场，现在也变成了他们一起去过的地方。

过去与未来在冥冥之中接壤，这种感觉让人觉得不真实，可又忍不住地渴求更多。

比如说，互相汲取、依靠、坦诚。

她转身靠着栏杆，极轻地吐出了口气。

忽然有一阵细小的风流掀过，有高中生骑着山地车从眼前飞速而过，意气风发的笑容几乎要融化在风里。

江聿梁没忍住，视线不受控制地跟了过去。

从桥上下去这段下坡路，骑起来非常舒服，她记得很清楚，那时候心里空荡荡又清明的感觉，还有风扬起她发梢的感觉。

回忆真是神奇。

有时候很小的一个点，却有着难以想象的力量，将一切都重新盘活。

这座桥是，今天得到的新信息也是。

之前她无法梳理整件事，是因为缺少非常关键的东西，她根本想不通，江茗是如何牵扯其中的，陈牧洲的养父又是如何被牵连的——矿上明明发生了透水事故，经济损失接近五千万，后来的新闻明明都发酵起来了，突然间偃旗息鼓，尤其是人员调动上面，当地追责看似严厉，但在真正核心人员的处理上，却不痛不痒。

在背后博弈的力量中，提供设备相关的那方，的确有宗家的身影，但似乎也不是核心人员。

那陈牧洲为什么要紧扣着他那边不放？

今天因为宋子路提供的信息，结合梁铭回她的消息，她意识到了一些极为关键的东西。

可惜，串联起所有可能时，那一秒的感受最终还是无处分享。

要验证所有想法，自然也要由她自己来了。

他不想卷她进来，但现在她先行一步，也完全能理解陈牧洲的想法。

她现在也不想把他卷进来了。

江津梁清楚地意识到，能自己把情况摸清楚是最好的，至少今天收获颇丰。看了陈牧洲养父的照片后，江津梁也从记忆之河中打捞出一段回忆。

有一次过年，他们全家去了寺庙祈福，她醒来后推开门，走到院中时，看到了江茗正在跟人聊天的画面。

对面那个中年人虽然黝黑，但五官周正，笑起来让人印象深刻。

当时江津梁跟他们之间还有些距离，她只能隐约听见一些"新年快乐""矿上""粥"之类的词，那时候她以为，中午斋饭会提供什么甜粥，最后也没有。

现在想来，那中年人如果是陈牧洲的养父，那"粥"大概是指陈牧洲，只是她没听清。

"您要的资料。"

林柏把文件递过去，看着头也不抬的男人，犹疑了半天，最后还是开了口："夫人已经回新城了，但最近待在家的时间好像不多，经常出门，很可能会被拍到。"

原先陈牧洲在海外出长差，虽然也经常日夜颠倒，但总归会空出一点休息时间。现在除了公事，他还要留出国内白天的时间视频。

林柏就是奇怪，如果真被人拍到，拿去大做文章，这消息就会曝光得十分被动。明明之前公关部已经做好准备了，可现在看来，两人都还想压着这事，暂时不公开。

林柏："所以我是想让夫人用——"

"她出门用车吗？还是用了司机？"

林柏回想了两秒，都没有。不仅没有，他没记错的话，人家还自己办了打车平台的会员，出去一半靠打车，一半靠地铁。也不知道该夸人独立，还是界限划得太清。

林柏很识趣地关门离开，在关门的前一秒，还看见男人眉目笼雾、神色沉沉地抬手松了领带，让人一下想起四天前的机场。

陈牧洲发疯向来是不分场合的。

在高清镜头下，男人虽然西装衬衫一件不落，但扣子毕竟没有扣死，锁骨上方一些隐约的痕迹，遮都遮不住。

落地以后第一场会议，陈牧洲脱了西装外套，坐下去的瞬间，几个负责人眼神都不敢乱瞟了，从头到尾目光都十分正直。

那时候其实已经淡了一点,但那痕迹从修长颈项一路往下,瑰丽多彩,让人想不多想都难。

有人还偷偷提醒了林柏,林柏只能礼貌笑一下就算了。

陈牧洲怎么可能意识不到,只是单纯享受被标记的感觉罢了。

门关上的瞬间,陈牧洲合上眸,无声轻叹一口气。无论做什么事,他都有自己的步调和节奏,他很清楚事情进展到什么地步,对方已然快被逼进了角落。宗家最近在海外开辟的这条线如果失败,资金链末端的问题就会暴露出来,宗家也好,背后那条大鱼也好,都会露出破绽,就像牢不可破的幕墙裂开一道口子。

唯独有关她的事,完全不在可控范围。

作为旁观者,凝视她这件事本身,就足够让幸福像清晨的雾一样弥漫,一点一滴渗入骨缝。

陈牧洲也知道,她想问的是什么。

避开话题时,他能看见江聿梁微蹙的眉心。但陈牧洲只想把所有一切解决完,没有后顾之忧时,再跟她一一解释。

不想把她卷进来,尤其是宗家背后的势力明显也盯上了她。

可江聿梁有多聪明,行动力有多强,没人比他更清楚。

她不用家里的车,不用配的司机,每天去了哪里,在视频的时候也不会细说,只会笑眯眯地转移话题。

陈牧洲不用想都知道,江聿梁从来不是乖乖待着的人。

江茗的事她也绝对不可能放弃,而只有背后的大鱼露面,江茗的事才有可能解决。

陈牧洲从没体会过这样的心境。第一次希望整件事的进度能够加快,一切尘埃落定后,在榕城时,那些欲言又止的隔阂才能彻底消除。

陈牧洲能预料到,在事情彻底结束前,她不会轻易放弃。

陈牧洲确实没猜错,江聿梁回了新城以后,一天也没闲着。她虽然没继承江茗的管理能力,但刨根问底、顺藤摸瓜的天赋点,算是点满了。

在寺庙遇到陈牧洲的养父那一年,江茗跟梁铭想投的新项目,的确跟矿业有关,而且那年秋天新增组就要正式开始了。陈牧洲的养父是组长,当时已经签好了合同,但没能等到秋天,他在上一个矿井项目里,遇到了透水事故。

隔年,陈牧洲才被现在的陈家认领回去。

江聿梁甚至找到了那时的调查记者,当年,对方去了榕城大半个月,最后报道出来了,但也被调离了当时的岗位。

她赶早班机去的,想办法见到了对方,一直到午夜才回的新城。

出了机场大厅,江聿梁没有马上离开,尽管司机已经把车开到了跟前。

她没有跟任何人说过今天去哪儿了,包括陈牧洲。他们每天都会通视频,但她也没跟他提起过。

初秋的风已有凉意,她没往前走,靠在机场门口的柱子旁,拨了个视频电话出去。

他们有时差,这时候刚好是他那边午后,如果在工作,他八成是不会接的。

响了几声一直没人接,江聿梁刚打算挂断,视频被接通了。

刚开始两三秒是黑屏,很快,他的眉眼在视频里渐渐清晰起来,带着极明显的笑意。

最近江聿梁很少主动找他,更别说这种时候,已经是国内的深夜了。

"刚下飞机吗?什么时候到家?"陈牧洲问道。

江聿梁刚开始没说话,视线从他身后的背景滑过。

陈牧洲背后是深灰色的墙体,根本看不出来在哪儿,更看不出来白天黑夜。

他就是这样。无论什么时候,做事总能滴水不漏,接电话的短短时间,都能找到不会暴露地点的位置。

江聿梁没说话,陈牧洲唇边的笑意也渐渐淡了,神色微沉,语气却更柔和。

"怎么了?"

"陈牧洲,问你个事。"江聿梁忽然开口,"你回陈家那几年,也帮陈礼办过不少事,对吗?"

陈礼是他生父,陈牧洲从来都不曾提起过的名字。

从江聿梁口中听到,他其实并不意外。

她话只说一半,他已然明了。

短暂的沉寂后,他轻声道:"你是想问,当年海岛的事故,陈家有没有参与。"

周边人来人往,十分热闹,陈牧洲话音落下的瞬间,江聿梁的神色已经冷淡下来。

那件事明显是宗家主导。更准确地说，宗家是某种势力的白手套，替人办事，换取资源和信息。

榕城那次矿上的透水事故跟宗家也脱不了干系，但他们总是能轻易脱身，来年还能精准地踩中新的风向点。

陈礼掌管陈氏的时候，新城的势力还没有大换血。陈礼又是精明的生意人，自然是愿意跟宗家合作的。

彼此之间能够输送利益，自然也会互相帮忙打掩护。

"陈牧洲，我可以接受很多事。

"你派人暗中跟着我，应该连我地铁坐几号车厢都知道的，对吧。不管我去哪里，航班你也知道得清清楚楚，接我的车是卡点来的，可能这样你能安心，好，可以。但你真的没觉得不对吗？"

江聿梁说到一半，平复了下呼吸，把语调压低了些。

"关于你，我又知道什么呢，我一无所知。你以前说，你要把罐子打开——因为我就像在里面来回打转的飞虫，压根儿找不到路。你要怎么开，什么时候开，全是你来掌控，我无权知道，是吗？"

陈牧洲双眸极轻地闪了闪，音色微哑："不是。"

江聿梁干脆地转了话题，眼圈微不可察地红了："好，那我再问你一遍，陈家有没有？"

"没有。

"但陈礼跟宗家有合作。"

他语调渐低："陈家明面上跟宗家没有往来。那时候，陈礼盯上了宗家手上的信息源，用了他现任妻子旁支的公司跟宗家合作。"

当时陈牧洲还没拿到所有实权。

陈礼本性冷酷自私，其实他不在乎任何一个孩子，他只想看他们为了继承人的位置互相倾轧争斗。但他也没想到，接回来的这个，跟陈家的其他后代有壁，其他几个捆在一起合作，都能被陈牧洲玩在股掌之间。

江聿梁听到答案，轻点了下头。

"行，我知道了。"

她又对着陈牧洲道："别让人跟着我。我也不需要司机。"

"那你需要我吗？"

陈牧洲问得轻之又轻，问得她指尖僵悬在屏幕上。

江聿梁沉默了好几秒："可能只是不适合结婚。"

谈恋爱时不会索求很多，只要对方能在目之所及的范围内，就觉得那一天没白过。

但婚姻不同。它是人定的契约，是枷锁，放置了更多期望的枷锁。

他不想跟她透露细节，是多正常的一件事。

但她想要无所保留，甚至在收到"梁铭"信息的第一时间后，想先告诉陈牧洲她的猜测。

梁铭并没有离开国内，可能是被谁禁锢住了自由——这本身不是个好消息，但还是让江聿梁心底深处生出一份浅淡的庆幸。

他也有他的难处，也许他并不是她想象中那样糟糕的父亲。

就是因为想跟他倾诉的冲动太强烈，江聿梁很快发现，陈牧洲有意将她划到这事的外圈，她也就丧失了表达的冲动。

可这句话说出口，并不是因为冲动。即使江聿梁清楚地看见陈牧洲神色骤变，依然低声复述了一遍："其实像以前一样，也挺好的。我们没有向彼此坦诚的义务。"

说完，江聿梁也没等他再回复，径直挂了电话。

她挂断以后，陈牧洲在原地站了好一会儿。

直到林柏低声提醒，屋里锁着的人还在大闹，让陈牧洲把证据丢到他脸上。

Noah 虽是管家 Besian 的弟弟，两个人性格却截然不同。

蠢是蠢了点，但拿来做突破口还是很好用的。他在这儿干的烂事，都有兄长给兜底，回到国内跟新城商人勾结，依然能赚得盆满钵满。

这辈子顺当过头了，就算现在被扣住，也依然觉得对方迟早会放了他。

Besian 离开前，虽然提点过他，让他自己出行小心点，多配点暗中随行人员，别到时候被人钻了空子。

这次虽然稍有不慎，但他一看，不过是个年轻的华人，还是生面孔。

生面孔就意味着在此地没有根系。

Noah 叫嚣到一半，看到门再度打开，一身纯黑的男人踱步进来，对方眼神微垂，看不出任何情绪波动来。

"哎，我劝你，要是聪明的话，直接找我哥就行了，你要的什么什么资料。"Noah 往椅子上重重一靠，椅腿晃来晃去，轻蔑地哼笑一声，"有种回国跟 Besian 直接要，你杀了我也没用。"

他刚说完，椅子陡然被踹倒，他连人带椅直接砸在水泥地面，发出巨大的响声。

Noah 刚痛叫一声，尾音还没发出来，就被人一把揪起领子，狠掼在一旁的墙上。

男人的动作迅疾无声，利落狠辣。

他刚想装晕，就听见耳边响起一道温意十足的男声："你可以晕，但你会一直在这里，直到能回答我的话为止。"

陈牧洲的音色惑人，修罗杀意包裹在轻淡之中。

三秒内，Noah 睁开眼，哆哆嗦嗦地说："你到底是谁，我真的没有你要的东西。"

陈牧洲陡然松手，把人扔回椅子上。

他走到对面坐下，双手优雅地在膝头交握，语气平淡："何准，何奇，铜市人，外文名是 Besian 和 Noah，不过你们假身份也不少。自从何准退下来以后，就移居到了这边，跟你会合。在外面做事，他用的都是所谓管家的身份，自己当自己的管家。"

陈牧洲顿了顿，面无表情地挑了眉："还挺有效率。"

何奇已经意识到，眼前的人绝非善茬，今天这关不好过，但他早已想好无数种拖延时间的方式。

只是没想到，他跟 Besian 最核心的身份，会这样直接地被扒开，扔在他眼前。

而对方的态度却如此轻描淡写，好像这只是他所知晓的最浅最基础的东西。

何奇脸色煞白，冷汗霎时就出来了。

一门之隔，当地总负责人楚予小心地低声问道："林助，人都在手了，怎么感觉陈总还是火气冲天啊。"

林柏放空了一会儿，表情深沉："跟人吵架了。"

"啊？"楚予眼珠子都快掉出来了，"怎么会？谁敢啊？我听说 R.C 国内最近运营很顺利啊。"

林柏沧桑地叹了口气："不是，陈总的家事。"

看来就算是陈牧洲，一旦跟家属吵架，还只是看不到人的跨国架，也免不了会变成气到生烟、情绪浮动巨大的俗人。

爱情这东西，果然碰不得。

旁边的楚予正要八卦地追问，林柏接了个电话，神色微微一变。

江聿梁忘性大，无论跟谁吵架，很少过夜，本来以为这次也一样。

她回了趟家,又出来了。

她坐着出租车绕城两圈,在江边吹风吹到半夜一点半,最后还是没忍住,给邱叶汀发了个信息,问她能不能收留自己一晚。

今晚如果回家住,看到熟悉的摆设,一个人孤零零的,还要消化今晚的一切,待在里面会很折磨。

邱叶汀接到电话很诧异,这段时间怎么说都是新婚宴尔,虽然暂时分开,但两口子聊天肯定少不了,她跟周宁都默契地没找江聿梁。

江聿梁这种死撑的性格,会半夜主动打电话也是稀奇。

"你赶紧过来,我没睡呢。"

江聿梁吸了吸鼻子,被初秋的晚风吹得下意识打了个寒战:"那我现在过去,我还带了瓶酒。"

挂了电话,邱叶汀点开中断的聊天框,打了句:我刚接江江电话去了,她要过来住一晚,还说拿酒过来。

江聿梁来电话之前,邱叶汀正跟周宁聊工作细节,周宁还奇怪,工作狂怎么聊到一半消失了。

昏昏欲睡中,周宁一看消息,立刻精神到两眼放光:等我等我,我现在也去找你!

不管什么事,还是跟当事人在一起最好听,要是隔个一两道转述就没意思了。

周宁本来以为是听听冷战八卦、出出主意之类的,结果江聿梁和盘托出以后,事情比她想的严重太多,周宁看了眼江女士从家里顺来的名酒,竟然觉得一瓶不够。

"所以说,陈牧洲他爸,跟江阿姨遇上的,可能是同一拨人?"

邱叶汀蹙眉:"我没记错的话,我爸当年也说,江阿姨和叔叔是想投资矿,他本来也想跟的,但顾虑太多,搁置了一年,后来就出了那个事故。"

江聿梁一杯接一杯地闷头喝。

两个人也没拦她,周宁把卤鸭爪默默塞到江聿梁手里。

"你知道那个记者说什么吗?"

江聿梁把头放在臂弯里:"她说,我是第三个来问她这件事的人。"

江聿梁扯起嘴角,撑了一个勉强算笑的笑意:"一个叫江茗,一个叫陈牧洲,都是很久之前的事了。"

记者还说,两个人相隔一年来的,都几乎触碰到了事件最敏感的核心——在那个意外当中，是否包含了超深越界的问题，比如资源外流、布局混乱、违法生产。

——"当时那个年轻男生，找完回去就被教训了，在医院躺了一阵子。好像隔年还去了趟壹乔，想找真正的该负责的人。"

另一个结局就更令人唏嘘了。

记者正要说什么，突然想起来，又多看了两眼面前的人，骨相跟当年的江茗很是相似，便又把话吞了回去，只隐晦道："你也多保重。活着的人还得活着。"

江聿梁一路坐飞机回来，都在心底默念着这句话。

到底要活成什么样子？这晚没人跟她抢酒喝，江聿梁一个人喝了大半，一直到最后也没发酒疯，只是趴在餐桌上自己喃喃自语。

好累。

她已经很累了，虽然一直一直在碰壁，但其实并不知道，真正要面对的，是什么样的存在，那是比宗家和商界都更高一层，扎根数年的力量，资源和权力本身就是能让人如痴如狂的东西。

但他知道，从一开始就知道，所以要一路往上爬，直到站在能跟对方抗衡的位置上。

其中种种，用醉酒的脑子也能想到。每走一步，如履薄冰，稍有不慎，就如同落入万丈悬崖，粉身碎骨。

她都这么累了，那他呢。

邱叶汀看到她垂着眸，以为人睡着了，刚想把她拖回卧室，却看见一滴温热的泪从眼眶里落下，滑过了鼻梁。

因为落得安静而迅速，让人还以为是幻觉。

等江聿梁真正睡着了，邱叶汀才在通讯录里找到某个号码，发了条信息：陈总，到底怎么回事啊？

江聿梁第二天去了趟R.C华际。

高意约她在华际附近的咖啡厅见面。

她有印象的，她之前帮秦馆长的女儿应付过一个相亲，男方就叫高意，不过不是真的高意。

收到信息后，江聿梁盯了手机屏幕好一会儿。她当时一露面，对方就知道她是代替秦小姐来的。

而江聿梁后来给秦好打了个电话，也知道了高意根本没去——换言之，对方也骗了她。

这个假高意，不是宗家的人，就是宗家背后势力的人，那次大概就是来摸个底。

大家彼此心知肚明，为什么还会回过头来找她？

她本来可以不去，但她还有事没弄清，实在不想浪费这个机会，地点又是华际附近。她跟邱邱打了声招呼，把实时定位也分享给她，这才出了门。

咖啡厅在 R.C 华际总部大楼西侧，从侧边的小路穿过去更快。西侧进总部的门通常是关着的，只有公司高层有权限进入。

今天门口刚好停了辆黑色宾利慕尚。

江津梁看到黑色轿车时，步伐微微一顿，很快西侧的门有人出来，对方径直走向车后座，约莫五十岁，身边还跟了个穿着华贵、保养得当的女人。

她不动声色地转移开了视线。

怎么是他？陈氏上任一把手，陈礼。

江津梁站在原地几秒，午后的太阳烤得她手脚发烫。

最后，她还是去拦了下来："陈先生！"

江津梁叫了一声，但陈礼头也没回地上了车，估计觉得她就是不小心混进来的小角色。

在车门被关上的前一秒，她将手直接横了进去。

车门夹住骨肉的声音很闷，江津梁咬了咬后槽牙，把手缓缓地收回来。

保镖也吓了一跳，反应过来后，刚想把人带走，就见陈礼忽然抬了抬手，示意他暂停。

"你是……"

女人的位置其实更靠近车门，她抬头刚好能看见江津梁没有血色的脸，冷然的神色忽然一怔。她这次陪着丈夫陈礼回国，就是因为陈牧洲结婚的事。

他们都不敢相信，陈牧洲就这么草率、秘密地决定了这种大事，她也看过女方资料，除了一张脸，什么都没有。

本来陈礼想趁着陈牧洲在国外，挖地三尺也把人找出来，好好确定一番，她到底是不是另有所图，会不会对陈氏造成任何威胁。

没想到人自己跑到他们跟前来了。

陈礼眼神阴鸷地扫过去，正要开口，就被人堵了回去。

"陈先生，我有件事想问您。"

江聿梁神色很淡，眉尖轻挑了挑："当年，您想跟宗家合作，是不是因为知道他们的靠山很硬——那您亲眼见过吗？"

她的问话，就像猝不及防地丢了个炸弹出去，直接炸到人发蒙。

陈礼无数立威的话到了嘴边，却陷入了沉默。

本来以为陈牧洲只是赌气，才随便找了个女人结婚！怎么会到这个地步！

陈礼气得就要下车来质问，江聿梁却后撤了两步，很有礼貌地颔了颔首："如果您想起来，可以随时来找我。今天就不打扰了。"

她转身大步流星地离开，背影十分潇洒。

一直到转角隐蔽处，江聿梁才扶着墙体一秒蹲了下来，扶着淤血肿胀的右手倒抽凉气，眼前有漆黑一片的趋势。

保镖关门也太用力了吧！

江聿梁缓了很久，才咬牙打车去了趟医院。等包扎完出了医院大门，她才猛然想起来，今天正事没干，忘了赴约的事。

放了那假相亲对象的鸽子。

江聿梁只花了一秒，就决定直接回家。这种可见可不见的人，当然可以随时不见。

况且她清楚，就算今天见不到，对方也不会善罢甘休，反正迟早会见到的。

江聿梁现在已经能把一切梳理出大致的脉络，虽然无法填充细节，也不确定梁铭此刻的处境——

能确定的是，宗家这十来年的发家史，跟当白手套脱不了干系，为对方势力做事的同时，也能不断地换取资源。对于宗家或陈家这种体量的存在来说，信息和渠道都极为重要，那股势力就能给宗家提供这些。

在那次煤矿事故中，安全生产许可证已经注销的前提下，竟然有人能擅自决定，拆除了封条、切断监控，昼停夜始地复工。早在事故发生两年前，矿就已经越界开采到地下三百米。那里地形特殊，被盗采的国家资源也极难追回。

事情闹大后，主要负责人却能全身而退，提供了设备的宗家也一并销声匿迹。

梁家本来有跟宗家合作的机会，但江茗发觉不对，便深入查了下去，而这件事本身并不难挖，只是很难处理。

能保护宗家的人，大概不在国内，却又在国内处处有眼。

江茗对他们来说，太碍眼了，于是有不得不消失的理由。

陈牧洲提到过，跟江茗一起出海的人，是宗奕手下的人。也就是说，宗家同时也是趁手锋利的武器。

她只是不能确定，宗奕头上那个人的具体身份；也不确定，现在的梁铭究竟是在宗家手里，还是在那股势力手中。

可抓梁铭有什么用呢？

江聿梁站在医院门口，心事重重地叹了口气。她妈妈也好，梁铭也好，陈牧洲也好，每个人知道的都比她多得多，可没有人试图分享给她过。

江聿梁忧郁到一半，被邱叶汀一通电话打断了。

"喂，邱邱。"

邱叶汀："常霖她之前说的那个什么游艇局，就是后天，她那边又联系我，老想让你去。你应该没时间吧？我就说你忙。"

江聿梁想了想，问道："常家办的啊，宗兴也去？"

邱叶汀艰难回忆了十秒："宗兴，是宗奕那个爱惹事的小儿子？我看名单好像去的。"

宗兴出了名的花心爱玩，这种热闹三天的大场面怎么可能没他。

江聿梁："好，我去。"

宗兴不只是宗家爱玩荒唐的幺子，还是宗奕最宠爱的孩子。

"你不……什么？"邱叶汀再三确定，"游艇要出海三天，可能还会晃去公海，陈——"算了，陈牧洲要是没跟她说，或者最后又忙到回不来，不就更失望。

江聿梁正忙着松手上的绷带，绑得太紧了疼得慌，一时岔了，又问了句："什么？成什么？"

邱叶汀："没事，我就是说，那我跟宁宁也一起。"

"好，到时候见。"

手重新缠了一圈，江聿梁这才轻出了口气。健康是革命的本钱，这话真没错。

目前看来，真正的对手太强大，比宗家要难解决多了，离结束估计还遥遥无期，在那之前，她必须得确保体力和精力——等他想通了，他们就可以站在一道，朝着同一个目标前进了。

在陈牧洲想通前，她得再多收集点碎片，说不定什么时候就能拼出更完整的拼图。

何奇活到四十五岁,没见过这么疯的人。

仅仅半天,何奇就听说了一个晴天霹雳的消息。

他哥在当地和邻国的三处驻地工厂与生产线,遇到了爆炸事故,虽然今天是公共假日,没人上班,但何奇从陈牧洲嘴里听到这个消息后,一阵头晕目眩,等缓过来一点劲以后,冲上去揪住了男人的衬衫领子:"你干的吧?是你干的!等Besian回来你死定了!"

陈牧洲面无表情地垂眸,没有任何动作。

"他为什么要回来?"

陈牧洲微微俯身,唇边露出一丝清淡的笑意,扔下一个街区名字:"首府9区。你们在那边曾经关过人,对吗?这次何准把人带回去了。"

"既然都回去了,就没必要再过来了,你说呢?"

陈牧洲如果没猜错,对何家来说,江茗曾手握足以毁灭他们的证据,而何准料定江茗会把东西交给丈夫梁铭。

何奇脸上没有半分血色。

陈牧洲好整以暇地欣赏了一会儿,才淡声道:"那份文件,你们果然舍不得扔掉,你们倒卖的东西,你应该清楚。你的兄长在国内,我想想,上面的来往清单……你们死十次也不够吧?刚好,抓到他了,让他先一步,替你在底下探探路。"

"不可能,你是在诈我……"何奇喃喃的声音传来。

"1162358920——"陈牧洲轻声开口,一字一句念出数字。

听到的瞬间,何奇的呼吸像是被抽光一样,瞬间失力倒在地上,突然尖叫:"不可能——怎么可能!"

直到他被警察带走。

一切结束后,陈牧洲扫了眼林柏欲言又止的神色。

"想说什么,说。"

"您提前告诉他了?孟局今天还来确认了,这样会不会在何准那边打草惊蛇?"

林柏有些不解,陈牧洲从来不是会提前计划的人。

这件事本来就是跟警方那边的合作,市局的副局长孟殷亲自负责跟进后续。可以说在Besian也就是何准回国落地那一秒开始,已经有无形的大网在缓缓收束了。

只缺最关键的证据。但何奇跟何准都是极其谨慎的人，就算抓了也很难审，最后若放虎归山，他们日后只会更加小心。

"嗯。这边事告一段落，你来收尾。"

林柏顿了顿："因为江小姐吗？"

陈牧洲头也不抬，径直穿过光线幽暗的长廊，快走到尽头时，才随意道："嗯。"

林柏订了后天早上的机票，比计划的归国行程提前了三天。

林柏天人交战了很久，最后还是开了口："陈总，有个事，我还没来得及跟您说，陈董这两天也在国内。"

陈牧洲倏然停下脚步。

"他跟江小姐，应该是短暂地见过一面。"

林柏怕告诉陈牧洲以后，加速他的回国进程，打乱了事情本身的节奏，也只是叫暗中保护的人盯紧，但现在已经打乱了。自他们吵架那天以后，陈牧洲就让林柏别再汇报她的动态，他就当不知道，自然也就不会挂心。

"在哪儿见的？"

"应该是总部，西侧门那边。"林柏都没敢抬头看陈牧洲的表情。

"监控调来。"陈牧洲扔下一句，转身就走。

半小时后，林柏敲门进了行政套房，低声提醒："已经传您那边了。"

陈牧洲本来站在窗边，闻言也只是"嗯"了一声，并没有马上转过身。

他想试试。

想听到她的声音，想看看她会不会跟他说这件事。陈礼跟她撞上，她很有可能吃亏，要是听到了难听的话——光是想一想，都让人觉得气血翻涌。

自那晚以后，陈牧洲刻意不去想她，用大量的事情填满时间空隙，却越压越难挨。

"陈总，我是觉得，不管怎么样，您还是要冷静一点。"在一旁的林柏忽然开口道，怎么听都有两分艰难在里面。

陈牧洲微微蹙眉，坐回办公桌，顺手点开了视频。

画面里显示得很清楚，江聿梁走了两步，又转身回去，停在车旁。陈牧洲的视线本来在江聿梁脸上，试图从这个角度看清她在说什么。

但下一秒，车门猛地关上，却没有关紧。江聿梁肩头一缩，身体微不可察地打了个战。

人是有条件反射和本能的,受伤了就会下意识想要蜷缩,或是护住伤处,但她没有。

江津梁只是僵了几秒,缓缓收回了手,腰的弧度都没有多弯半分,接着又低头说了句什么。

陈牧洲已经不感兴趣了,他把视频往回调了五遍,很久没说话。

整个房间静默到让林柏想即刻消失。要是发火就好了。

陈牧洲的神色晦暗不明,光看面上什么都看不出来。

"订今天内的票,最快的。"

林柏松了口气,立马道:"好的,我马上去。"

下飞机前,林柏本来有点担心,也不知道陈牧洲会先杀去找陈董,还是先找江小姐。结果都不是。

飞机落地后,开机的第一时间,陈牧洲的手机就被打爆了。

四十六通电话,都是来自副局长孟殷。

这得是何准埋了的程度啊,打了这么多电话,林柏不由得嘀咕。

陈牧洲心情差到极点,但还是回拨了过去。

对面在接通的第一秒就沉声道:"何准想要从公海离开!"

陈牧洲眉心微皱:"我在国内,海警船呢?"

孟殷:"我已经在过去的路上了,坐标也发你了……哎,算了!也管不了那么多了,他手里还有人质!"

陈牧洲"嗯"了声,在手机屏幕上一划,点开定位看了眼,递给林柏让他安排,又顺口道:"人质应该是梁铭,他坐的什么船?"

"游艇!一帮小孩聚会的游艇,让何准提前把船上人给买通了。"孟殷道。

"保持联系吧。"

陈牧洲淡声道:"他能挟持人质,自然也会准备武器。孟局可以挑点准头高的狙击手。"

"行了,知道。他也是穷途末路,一个人抓人家父女两个人质,肯定会有失控的时候。"

陈牧洲已经走到了自动感应门,在门开的瞬间,脚步骤停。

"你说什么?"他轻声问道,"什么父女?"

孟殷:"梁铭的女儿啊,也是榕城人。"

秋风从敞开的门中涌入,卷过,吹得他心忽然空了一块。

事情的变化是所有人始料未及的。

没上船的邱叶汀早早等在港口，在看到陈牧洲的瞬间飞快跑了过去："陈总！这个给你！"

邱叶汀把硬皮本塞到他手里，急忙道："是之前江江跟我说，打算给你的东西，说可能会帮上忙的我也不知道能不能，这是——江茗阿姨的日记本。"

这句话没等说完，陈牧洲已经抽走本子，上了船。

其实看不看，里面最核心的那条信息他都能倒背如流了，那是她曾经主动分享给他的。

海风劲吹，孟殷跟海上指挥商量完方案，回过头看了眼，把林柏叫了过去，低声问道："小林啊，你们陈总，跟小梁也就是那个小江，成婚多久了？"

林柏神色严肃："新婚。"

孟殷点点头，无声叹了口气："这样啊，真可惜。不过，你也别觉得我说话不好听，这情况要真有点什么，跟真正老夫老妻的比，走出来也快，你到时候就多看着点你老板。"

"江小姐会安全回来的。"很快，林柏又无奈地苦笑一声，"孟局，就拜托您了。"

要真出了什么事，一切还是以吵架画上句号的。

别说陈牧洲了，林柏觉得搁谁都得疯。

而且如果要论时间——

林柏朝船头的方向看了眼，男人沉默无声地靠着栏杆，正快速地翻着蓝鲸封皮的日记本，周围的一切声音都被他尽数屏蔽。

"这游艇是常家买的啊，图纸拿到了没？"

"图纸我给吴队了，你去让他直接给你！现在是要拦截住的问题，上不上还两说呢！"

"那主舱客舱的位置和面积很重要的，现在天气也有变化，我们得知道清楚才能布控人啊！"

"是 OSx 公司的！Zero288 系列！"

"他们肯定不会在客舱待的！找一下最方便隐藏和观察的位置——"

孟殷穿过人群走到了陈牧洲身边。

"陈总，我能理解你的心情，但你别太紧张，我们这边肯定会尽最大……"

在孟殷，不，周围所有人看来，陈牧洲精神的那根弦已经在绷断边缘了，才会一直翻日记。这毕竟是江聿梁想留给他的东西。

"你知道何准这个计划的代号吗？"陈牧洲忽然抬头问道。

孟殷愣了下："什么意思？"

陈牧洲神色微冷："往外运国内资源，他给这个计划起了个名字，就是他年轻时待过的研究所代号。"

628。

江茗在日记里反复提及的数字，在某一页上，还有一串无序排列的数字字母组合。

e1162358920n3869。

两人同时陷入沉默。

半晌，陈牧洲开口："是地理位置，应该有能决定他们罪行的证据。"

孟殷瞳孔微震："如果不是呢？你为这句判断负责吗？"

"负责。"陈牧洲一字一顿道，"我从何奇那儿确定的。"

何奇！没错，他也是人精，这么多年跟何准里应外合，把事业做得风生水起，现在至少何奇在他们手里。

振奋下，孟殷迅速把信息发了出去，离开之前，又轻叹了口气，拍了拍他肩："她也是不知道，这些都是意外，你也别太伤心。"

"她知道。"陈牧洲转头看了眼无边无际的海，轻声道。

以江聿梁的观察习惯和敏锐度，她上船的时候应该就知道不对。但她毕竟没见过何准，不知道那人的作风，又太想见到梁铭了。

是他自己太自大，以为一切总能在掌握中。

何准当然没打算死，手握最重要的两个人质，一个梁铭，毁了他就没人能找出定罪他的秘密，另一个梁铭女儿，有她在，不愁那边不给逃生的机会。

何准当然能看出来，陈家那位对她有多上心。于是何准选择带她上甲板，让她替他挡在前面。

周围船只夹击，喇叭扩音扩得满世界都能听到。

何准刚开始不以为意地微笑，只是慢悠悠重复了一遍自己的要求，他要出公海。

何奇跟他的配合一向天衣无缝，他们只要能离开，就能再找机会东山再起。直到听见对面公放出的一道男声，脸色才彻底沉下来。

何奇的声音。

"……不可能！怎么可能！"

何准当然能判断出来，那是一道录音。

声音极其清晰。

所以他也能听清，其中所含的崩溃与恐惧，但这两个词，一向是与何奇无缘的。他们是亲兄弟，他当然清楚这一点。

而何奇的心理素质有多强，没人会比何准更清楚。那份文件的位置何奇绝不可能暴露！

"别拿合成音来糊弄我。"

何准笑了笑，手臂紧紧箍着江聿梁的脖颈，眼里阴狠而狂妄。

"我跟他会会合——"

"不会了。"江聿梁嘴角忽然很轻地上扬，用气音有些艰难地说道。

她直白地戳破了此时何准最恐惧的事情。

何奇如果落网了，那真是他的声音怎么办？

不，不会的。

就算何奇被抓，何准有把握，何奇绝对不会说出任何有关那份文件藏匿地点的信息！

何准对准她太阳穴的手在微微发抖，禁锢住她的手臂力量松了一瞬。

除了她，谁也感觉不到。

对面陷入了静默，所有人的心都吊到了嗓子眼，何准万一手一滑，人质随时会陷入危险！而他们现在需要一个短暂的、万中无一的时机，只要何准持有武器的手不再对准人质，他们这边的狙击手就有机会！

"我死了无所谓，你以为我有多……重要吗？但你的好搭档，估计一被抓就说了吧——"江聿梁用只有何准能听见的声音轻声道。

"闭嘴——"

何准神色阴沉得几乎要滴下水来，枪口又往她的太阳穴深处狠狠一抵。

与此同时，对面再次试图跟何准沟通。

这次是一道清冷男声传来,他轻声报了一连串数字。

"经纬度,对吗?多亏了何奇。你的文件里记录得很详细,'帮'过你的人也都在上面。给大家减少了工作量,多谢。不过何奇说了,你是主谋,他只是听你的命令行事,你要逃了也没关系,你帮过的那些大客户应该很乐意找到你——"

何准持枪拖着江聿梁猛地冲向了对面,黑洞洞的枪口径直对准了陈牧洲,失声嘶吼:"你闭嘴!他不会背叛我!东西我也早都取走了!我——已经取走了!"

何准话音刚落,腹部被一记肘击击痛——何准左手卡住的人飞快逃脱,对方一个前翻,飞速离开了他的控制范围。

最佳时机来了!

下一秒,在暗处等待的狙击手无声扣动扳机,子弹破风呼啸而过!

何准的视线中,最后看见的一幕,就是翻涌的海浪和远处的天际。

对江聿梁来说,一切画面都像慢放。

很多人跳了下来,尖叫声、嘈杂声此起彼伏,有人摔倒,有人冲向对接的船。

江聿梁爬到甲板角落,捂着脖颈大口地呼吸,还没来得及咳嗽,就被一个跟跟跄跄的人影吓了一跳。

她应激反应很重,瞬间寒毛直竖,要往一旁滚去。

但她余光很快扫见是谁,才松了口气,放心地任对方把她紧紧拥入怀抱。

初秋的海风凉意十足。

陈牧洲手心也凉,只有拥抱是温热的。

温热而绵长。

就是这个拥抱有点太紧了。

"陈咳,陈牧洲!"江聿梁脸色痛苦地拍了拍他手臂,示意男人轻一些,"我要窒息了!"

"江聿梁,我在来的路上,一直在想,有件事我没来得及告诉你。"

陈牧洲极轻地打着战,掌心扣住她的后脑勺,用额头碰着她的,眼里一片血丝:"我爱你很久了,看着你也很久了,我怕来不及说。"

江聿梁凝视了他一会儿,很无奈地笑了笑,低头用鼻尖蹭了蹭他的,安抚小动物似的,却含着无限柔意。

"我知道啊。"

在一片混乱中，江聿梁拖他坐到了一个无人角落，仰头看着天边暮色与卷边、轻盈的云。

"我一直忘了问你，你为什么喜欢'7'啊？"

"你真不记得了吗？"

"真的。"

"阿姨的日记你也没看？"

"看了啊，不看我怎么能把重要信息交给你！不过那又怎么样？"

"你打架打输，被阿姨写进日记那天，是几号？"

"……啊，是7号吗？"

"算了。"

陈牧洲失笑，再度把她拥在怀里，每一处温度都提醒着他，人还在身边。

只有这样，他仿佛才能一遍遍地确认噩梦已经过去。

岁月真是神奇。

消隐的一切凝视，最终还是会出现。

沉默的一切爱意，最终会浮出水面。

就像此刻。

天光最终会从云后出来，逐渐清晰——

直到永远。

－正文完－

番外
一周年结婚礼物

R.C华际的老板陈牧洲是出了名的难预约,尤其是结婚以后,直接从工作狂模式,转成了居家模式。

他结婚很低调,连官方都没有正式放出过消息。反正最后陈牧洲直接消失了十天,对外放风说是去度蜜月了。在那之后,很长一段时间里,女方的身份都是谜团。

甚至有传闻,说陈牧洲根本没结婚,他要真有太太,怎么能不在他们圈子里活动?

八卦的创造性总是最强的,传播速度也一样。

不少消息通过周宁传到江聿梁耳朵里,在无数猜测中,有一条是陈牧洲对白月光爱而不得但对方已经嫁人他只能欺骗自己去国外疗情伤——江聿梁连画都画不下去,整个人彻底笑倒在沙发上。

"我说你还笑得出来啊,江聿梁同志,你可真够没良心的。"

周宁叹了口气,抱着包薯片数落:"你说说你,婚礼也没好好操办,就搞了个小型的庆祝仪式,我都打算叫我表姐回来帮忙了,她在这方面不要太有经验,保管给你震翻全场!"

"我谢谢你。"江聿梁失笑,"那我只好等着参加你的了。最近跟混血小帅哥发展得怎么样?下周带着他一起来我画展玩呗。"

周宁无奈:"那肯定啊,不过丑话说在前面,你现在的画他应该买不起,我能勉强买一两幅吧,你家陈——"

江聿梁随手捡了个抱枕扔她怀里:"周宁你个小没良心的,我是请你们俩吃饭好不好!你看这工作室,我都设了门禁,别说陈牧洲了,一只蚊子都飞不进来,好意思跟我说这些。"

虽然是半开玩笑，但这里确实是江聿梁在城西的工作室，梁铭在她结婚时送的礼物。

自那次事件结束后，梁铭总是想方设法补偿她。他不求修复父女关系，只是想让江聿梁能更自由地放手做她自己想做的事。

而且，在她工作的时候，陈牧洲确实进不来。

江聿梁最近在闭关期，下周是她第二次开画展，她更是连工作室都懒得出门了，好几天没着家，差点忘了家里还有一位。

思及此，为了家庭和谐，江聿梁决定今天早点收工。

"宁宁你玩好了吗，好了就去找邱邱吃饭，我要忙了！"

江聿梁这人想一出是一出，很快就回到了工作台，继续投入了手上那幅画的收尾。

"行了，分享完八卦了，我走了。"

周宁从沙发上爬起来的时候，摇了摇头："话说回来，陈牧洲也太没原则了，去年刚结婚的时候，我觉得他铆足了劲想公开呢。后来你不想公开，他还真同意了，被外面编排也不介意，你是给他下什么蛊了，教教我。"

话到最后，周宁眼睛发亮地凑过去，又在江聿梁的挠痒下马不停蹄地逃走。

"江江拜拜，那我明天来找你吃晚饭哎？"

周宁说这话时，人已经出了门，讶异的尾音在空中飘到一半："你怎么在这儿？"

"等她。"

江聿梁耳朵尖，反应却慢了半拍，她以为是来接周宁的人。

等她反应过来才迅速冲到门口，一抬眼，撞进一双沉静的眸。

"那没事的话我先走了，你们慢慢聊。"周宁迅速脚底抹油开溜了。

只剩他们俩的时候，不知道为什么，江聿梁莫名有点心虚。

之前跟他强调过，工作不能有人打扰。今天也是在收尾阶段，周宁神秘兮兮地说有大事要讲，她才放周宁进来的。

但眼下的场面，她怎么开口解释。一解释，倒显得欲盖弥彰了。

陈牧洲什么也没说，只是倚在门框上，安静地凝视她。

江聿梁轻咳一声："怎么想起——"

所有话都被截断在一个深深的拥抱中。

陈牧洲伸手，把她揽在怀里："想你了。"

江聿梁愣了一秒，想把人先往屋里带，但陈牧洲又不肯。

"充会儿电。"陈牧洲说。

她很轻地叹了口气，就着这个拥抱，跌跌撞撞地往里走，又顺势用脚把门带上。

"是不是累了呀，再等几天哦，我很快就搬回去了，到时候，"江聿梁笑着拥紧他，也放低了声音，"可以随时充电。"

这个工作室在二楼，窗台外是栽满梧桐树的小道，正值夏日，午后的碎光照在木地板上，整个房间都飘浮着夏的气息，连带着这个拥抱也变得漫长。

没有人说话，江聿梁发现，不只是他要充电，最近她的弦绷得太紧了，一个紧密贴合的拥抱，享受着阳光暖洋洋地照在脸上的感觉，也将她从焦虑中救了出来。

"江聿梁。"陈牧洲低声叫了她。

"嗯。"

江聿梁闭着眼睛，懒洋洋地应了声。

"以后你每次办展，都要让我独守空房那么久吗？"

江聿梁倏然睁开了眼。

陈牧洲语气很平淡，但怎么听都有点幽怨在里面，她忍着笑意，挣开陈牧洲去了工作台附近。

没一会儿，她又折回来，掌心里藏着什么。

江聿梁神秘地眨了眨眼："猜猜。"

陈牧洲眉头轻挑，但还是认真想了想："你前段时间去看了米歇尔展，这是买的手工艺品？还是送的伴手礼？你挺喜欢她的设计。"

江聿梁点头，又摇了摇头："猜对了一半。"

江聿梁摊开掌心，里面躺着一颗透明装的糖果，她拆开，送到陈牧洲嘴边。

"是那场展上送的，我也不知道为什么，就给一颗，后来我又多买了件展品，人家又给送了一颗。这软糖真的好吃，我在市面上都没找到类似的，你说是不是他们自己做的？"

江聿梁絮絮叨叨，下意识折着手中的糖纸。

直到被陈牧洲拉过来吻住。

果汁天然的清甜味在唇齿间流淌。

对江聿梁来说，这个夏天除了油画颜料、绿植和微风，又多了种植入记忆的味道——非常特别的果汁软糖。

以陈牧洲为风暴中心的八卦很快更新了,这次不是空穴来风,是许多人亲眼所见。

在一场青年美术家的个展上,陈牧洲难得抽出时间来看。不少人认出他,想上前打招呼,转眼陈牧洲却不见了。

很快,有人注意到他去了人少的角落,跟年轻貌美的画家搭上了关系。

准确地说,是搭肩。

随即,两个人非常自然地拥抱了对方,女方还懒而亲昵地在陈牧洲肩头靠了几秒。

时间很短,两人眼神相交,周边的一切仿佛都变成远去的布景。

包括人群里的窃窃私语。

"哎,那个是梁家的女儿吗?"

"不知道啊,好像是吧,她知不知道人家已婚啊?"

"啧,还敢在公共场合,真当陈总家里那位是吃素的。"

江聿梁仿若未闻,跟陈牧洲会面以后,嘱咐他自己先逛逛,说她要去找周宁和邱邱。

"去吧,晚上一起吃,我订了餐厅。"

陈牧洲在她额上轻吻了吻,低声道:"祝贺江小姐,心愿达成。"

"江聿梁,放手做你喜欢的事。我永远是你的后盾。"

江聿梁拉着他的手晃了晃,嘴角的笑意遮挡不住。

"谢谢啦——"她凑近陈牧洲耳边,"老公。"

陈牧洲没动,结婚这一年多,不管陈牧洲怎么试,江聿梁对他的称呼都没变过来。

在家要么陈牧洲,要么"陈总",要么"哎,大哥"。

再加上江聿梁这人做事时也认真,一投入到画展中,就进入完全忘我的状态。

陈牧洲经常没有已婚的实感。

他先松开江聿梁,自己逛了半小时,然后看到人群聚到了一个偏高的展台上,那儿有一幅被盖住的画。

江聿梁就站在旁边。

策展人说了些什么,是介绍她这次最花心血的主打作品之类的。

不过陈牧洲都没有在认真听,因为江聿梁唇边挂着淡笑,接过话筒,只说了很简单的几句话。

"感谢各位莅临我的个展。这幅《跃光》是我今年花了最多时间的作品,我想把它送给我生命中很重要的人,我的丈夫。跟他的相遇——

"不,应该说是重逢,是上天赐予我的礼物。希望我的画也能传递这样的心境,祝各位得偿所愿,谢谢。"

幕布揭开,流动的笔触与跳跃的色彩下,两束火焰似的光点在画布正中汇聚。

所有人都下意识地扭头,看向江聿梁目光所至。

陈牧洲站在人群边缘,抬眸望着她,就像望着一场漫长到不真实的美梦。

"陈牧洲。"

她突然又拿过话筒,冲他笑眯眯地多加了一句:"快到一周年了,这个当礼物,可以吗?"

陈牧洲莞尔,目光柔和。

"当然。"

在日光汇聚流转的地方,总有绵长不息的爱在悄然生长。

－番外完－

路过巴纳德